KB187005

폰 쇤부르크 씨의

우아하게 가난해지는 법

폰 쇤부르크씨의
우아하게 가난해지는 법

알렉산더 폰 쇤부르크 지음 · 김인순 옮김

P 필로소픽

목 차

제 1 부

제 2 부

제 3 부

+

폰 쇤부르크 씨의 우아하게 가난해지는 법

절약의 불가피성

◆

상실에 익숙해지는 편이 낫다
그러면 많은 슬픔에서 벗어날 수 있다

헬무트 베르거

◆

사회 전반적으로 아직 호경기일 때, 나는 근사한 사무실에 앉아 있었다. 내 호주머니에는 독일의 유력한 언론사 직원임을 증명하는 명함이 들어 있었고, 우리의 노동법 덕분에 일정 기간이 지난 후에는 탄탄한 앞날이 보장될 가망이 컸다. 그리고 정기적인 봉급 인상을 약속하는 채용 계약서가 우리 집 서가 어딘가에 깔끔하게 철해져 있었다. 내 봉급은 해마다 어림잡아 1천 마르크씩 상승할 예정이었다. 그러므로 나는 서서히 그러나 확실하게 부자가 될 수 있었다. 물론 그 무렵에 내가 전혀 알지 못했던, 미래를 위한 온갖 대책도 우리 회사 사주가 나 대신 떠맡았다. 사주가 나를 위해 연금보험과 의료보험, 실업보험, 간호보험으로 납부하는 금액은 거의 내 봉급과 맞먹었다.

그러나 뜻밖의 비상 브레이크 때문에 예상과 전혀 다른 상황이 벌어졌다. 오사마 빈 라덴이 뉴욕에서 역사의 흐름을 바꿔놓은 후에, 내가 다니던 언론사는 비상 브레이크를 밟았다. 당시에는 1990년대 후반의 황금시대가 영원히 지속되길 바라는 소박한 바람이 널리 퍼져 있었다. 그런데 경영자가 그 사건을 계기로 인적자원에 과잉투자를 했다는 사실을 갑자기 깨달은 것이다. 급기야 회사는 비상 제동을 걸었고, 지난 2년 동안 고용된 모든 사람이 일시에 회사에서 떨려 났다.

우리가 고용될 당시, 우리 회사의 신문은 그야말로 광고로 넘쳤다. 주말마다 신문 배달원은 우편함의 좁은 투입구로 신문이 들어가지 않아 애를 먹었다. 토요일에 신문을 집어 들면서 구인란에 관심이 없는 사람은 먼저 광고란을 폐기 처분해야 할 정도였다. 틀림없이 그 광고 1년분을 만들어내는 데 중간 크기의 혼합림 하나가 몽땅 벌목되고, 그걸 수송하는 데 수백만 년에 걸쳐 축적된 화석 연료가 연소되었을 것이다. 언론사들은 앞으로도 그런 식으로 계속되리라고 확신했다. 모두 그런 시대의 흐름에 행여나 뒤처지지나 않을까 두려워했다. 대기업 회장에서부터 증권투자를 위해 예금통장을 바닥내는 퇴직자에 이르기까지 모두 나만 호경기에서 소외당하지 않을까, 오로지 그것만 걱정했다. 기업들은 앞다투어 투자에 열을 올렸으며, 일반 시민들은 소비에 탐닉하고 '국민주'를 사들였다.

물론 이런 모든 것은 감당하기 어려운 부작용으로 끝을 맺었다. 언론 분야에 종사하는 사람들이 누구보다 변화에 민감한 것은 당연한 일이다. 판매량이 감소하는 경우에, 기업들은 무엇보다 먼저 광고비를 절감한다. 광고 예산을 삭감함으로써, 사회적으로 곤혹스러운 상황에 부딪히거나 회사 운영에 큰 부담을 지우지 않고도 즉각 수백만 유로를 절약할 수 있다. 보수적인 신문사의 참신한 맛을 돋우기 위해

고용되었던 우리는 필연적으로 고수익자들의 노동시장에서 일어난 연쇄 대량 해고의 첫 번째 희생양이 될 수밖에 없었다.

나한테는 상당히 가혹한 시련이었다. 사실 아무리 작은 가족이라도 정기적으로 일정한 수입이 있어야만 부양할 수 있는 법이다. 그런데도 나는 나름대로 신문사의 처신을 이해하려고 노력했다. 어쨌든 오늘날과 같은 시대에 기업이 신입 사원을 거느릴 수 없는 것은 부인할 수 없는 사실이다. 그래서 나는 이때야말로 의연하게 대처해야 하는 인생의 결정적인 시기라고 굳게 확신하고, 해고 사태를 애써 웃음으로 넘기려고 하였다. 얼마 남지 않은 근무 기간에 사무실에서 일부러 즐거운 척하였으며, 내 운명을 원망하는 듯한 인상을 주지 않으려고 주의를 기울였다. 그리고 평소에는 나이 지긋한 직원들만이 넥타이 차림이었으나, 예전과 달리 나는 하루도 빠짐없이 넥타이를 매고 출근했다. 그러다 햇빛이 유난히 따사하게 비치는 어느 가을날 마지막으로 편집부에 들어섰다. 나는 내가 일했던 흔적을 조금도 남기지 않고 말끔히 치웠으며, 사장실 여비서에게 실내 관상식물들을 돌봐 달라고 맡겼다. 그런 뒤 방마다 돌아다니며 "내 사무실을 말끔히 청소했다"는 말로 작별 인사를 나누었다.

우리 해고된 사람들의 지배적인 의견은 '야비한' 취급을 당했다는 것이었다. 달콤한 양념으로 마련했다가 갑자기 예상과 전혀 다른 방향으로 사태가 흘러가자 즉각 차버렸다는 것이다. 그것은 내 생애 처음으로 당한 해고였으며 지금까지 겪은 유일한 해고로 남아 있다. 그러니 내 다른 경험에 비추어 비교할 수는 없지만, 나는 특별히 야비하게 부당한 대접을 받았다는 생각은 들지 않았다. '인간적으로 야비한' 해고는 따로 있다. 예를 들어, 신자유주의가 팽배한 영국 같은 나라들에서는 해고 사실을 직원들에게 통보하는 방법과 관련하여 사회적으로 구속력 있는 관례가 없다. 런던의 어느 보험회사는 직원들에게 문자 메시지를 통해서 해고 사실을 통보했다. 이것보다 훨씬 더 파렴치하고 효과적인 감원 방법을 도입한 기업도 있는데, 그 기업은 전 직원을 건물 밖으로 불러내기 위해서 화재 경보를 발령했다. 그런 다음 칩 카드가 더 이상 작동하지 않는 사람들은 회사 안으로 들어갈 수 없도록 했다. 심지어 미국의 어느 투자은행은 런던 주재 사무실 직원들에게 제비뽑기를 실행했고, '꽝'을 뽑은 사람은 회사를 떠나야 했다.

물론 해고당하는 게 절대로 유쾌한 일은 아니다. 그러나 해고당하는 데에도 친절한 방식이 있다면, 내 경우는 분명 가장 교양 있는 부류에 속한다. 나는 중역실의 푹신한 검은 가죽 소파에 앉아 있었고, 내 상사는 나를 내보내는 것이 회사로서는 얼마나 큰 손실인지 누누이 이야기했다. 그리고 몇 주일 더 근무하는 동안, 위기를 모면한 동료들은 죽을병에 걸린 사람처럼 조심스럽게 나를 대했다. 뿐만 아니라 회사 밖에서도 나는 커다란 동정심에 부딪혔다. 독일연방 대통령의 여름 파티 석상에서 — 그것은 내가 신문사를 위해 방문했던 마지막 행사 가운데 하나였으며, 나에게는 한 번 더 배불리 먹을 수 있는 기회였다 — 그때까지 나한테 눈길 한 번 주지 않았던 베를린 시장이 일부러 멀리에서부터 다가와 위로의 말을 건넸다.

그 당시 두 눈을 크게 뜨고 베를린 시내를 활보한 사람이라면 누구나 앞으로 해고 파동이 줄줄이 이어지리라는 것을 똑똑히 알 수 있었다. 희망에 찬 1990년대에 유명 건축가들의 손을 빌려 우뚝 솟아난 유리 궁전들의 창문 여기저기에는 '사무실 임대'라는 표시가 되어 있었고, 그 아래에는 흔히 좀 더 작은 글자로 '유리한 조건'이라고 씌어 있었다. 유리한 조건이 어떤 내용인지는 사람들의 입을 통해 순식간에 퍼져 나갔다. 많은 건물주들은 텅 빈 건물을 활기로 채우기 위해서 돈 없는 창업주들에게 무상으로 사무실을 임대하는 수고를 아끼지 않았다. 베를린의 프리드리히슈트라세는 보석상과 일류 호텔, 고급 양복점과 값비싼 의상실들이 서로 좋은 자리를 차지하려고 경쟁하는 런던의 본드스트리트나 파리의 포부르 생토노레 같은 거리가 생겨나리라는 믿음 속에서 새롭게 단장했지만, 지방에서 온 쇼핑에 미친 사람들이 커다란 쇼핑백을 들고 보행자 전용 도로를 바쁘게 다니고 있어야 할 황금 시간에도 한적하기 그지없었다. 샤넬이나 에르메스, 루이비통의 여점원들은 며칠씩 손님 구경을 하지 못할 때가 많았다. 그러다 누군가가, 이를테면 길 잃은 러시아인들이 가게에 들어섰을 때 소스라치게 놀라는 점원들의 벌어진 입 안 깊숙한 곳에서, 서서히 모습을 드러내는 경제 위기의 심연을 볼 수 있었다. 1990년대 초에 폭스바겐이나 도이체 방크 같은 대기업들이 베를린의 번화가 운터덴린덴과 프리드리히슈트라세의 노른자위를 확보하기 위해 투자한 돈으로 지금은 베를린 시내의 절반을 매입할 수 있다.

사회체제도 뭔가 분명히 문제가 있었다. 전문 직업교육을 받은 젊고 건강한 남자가 빈곤한 사람으로 분류된다면 어찌 놀랄 일이 아니겠는가. 어쨌든 국가가 내 봉급의 상당 부분은 계속 지불해주었고, 일정 기간이 지난 다음에는 정말로 자랑스러운 내 마지막 소득에 기준하여 정규 수당을 청구할 권리가 나한테 있었다. 다른 말로 표현하면 나는 1인 기업가라고 내세울 수 있었으며, 그 대가로 매달 인도 조종사의 연봉에 맞먹는 액수를 거머쥘 수 있었다.

나와 비슷한 시기에 해고당한 어떤 여성 언론인의 경우는 사실 주목할 만했다. 그녀는 어느 텔레비전 방송국의 편집부에서 일했는데, 아버지가 대기업의 대표 이사인데도 해고 후에 이른바 임시 실업보험금 받는 것을 당연하게 여겼다. 그녀는 부모의 궁궐 같은 집에서 가혹한 운명을 눈물로 하소연하기 위해, 아버지에게서 선물받은 BMW 5시리즈를 뮌헨 부자들의 슬럼 그륀발트로 몰았다. 그리고 하늘을 우러러 한 점 부끄럼 없이 실업보험금을 받았다. 그녀 입으로 직접 말했듯이, 자신도 '그것에 대한 권리'를 가지고 있으며 합법적인 것이 잘못될 리 없기 때문이었다.

나도 처음에는 실업보험금을 받았다. 게다가 적지 않은 금액이었기 때문에 실직 가장으로서의 새로운 삶을 긴 여행으로 시작하는 게 그럴듯해 보였다. 여행에서 돌아온 후, 나는 산더미처럼 쌓여 있는 우편물 속에서 노동청의 서신을 발견했다. 일정 기간 안에 노동청에 직접 출두해야 하는 규정을 어겼기 때문에 실업보험금의 지불이 중단되었음을 알리는 내용이었다. 그러나 원하는 경우에는 그 조치에 이의를 제기할 권리가 있었다. 나는 그 권리를 포기했다.

페터 슬로터다이크의 말을 빌리면, "국민의 5분의 4에게 복지를 약속하는" 나라에 살고 있다는 것은 참으로 근사한 일이다. 그러나 에르하르트의 '모두를 위한 복지' 이념의 기본 정신이 예견한 바와 같이 국가가 바닐라 소스를 더 이상 공급하지 못하고 온갖 사회적인 불균형이 움트는 경우에, 과연 독일연방공화국이 계속 안정을 누릴 것인지는 매우 흥미진진한 문제이다. 대부분의 전문가들은 현재의 대량 해고가 더 심각한 사태의 전주곡에 지나지 않는다고 판단한다. 유감스럽게도 무척 신중한 전문가들마저 이 점에서는 예외가 아니다. 올해도 파산하는 기업과 개인은 10만여 건에 이를 것이며, 저임금 국가로 기업을 이전하는 일은 더욱 가속화될 전망이다. 신중한 예측에 따르면, 2010년까지 독일 국내 산업에 종사하는 사람의 4분의 1이 일자리를 잃어버리고, 소매업의 3분의 1이 사라질 것이라고 한다. 게다가 기업합병의 파도가 밀려오고 있다. 현재 독일에는 40만 명 이상의 은행원이 있다. 앞으로 은행의 수가 현재의 절반으로 감소한다면 그 가운데 몇 명이나 남게 될 것인가? 그 밖에도 세계화가 우리의 임금체계를 지속적으로 압박해서 아직 해고되지 않은 사람들도 지금까지의 생활수준을 유지하기는 어려울 것이다.

최후의 원유통 뚜껑이 열리는 날 자본주의는 붕괴할 것이라고 막스 베버가 베르너 좀바르트와 나눈 유명한 대화에서 말했다. 우리 대다수가 그날을 체험할 것이다. 원유 생산량 산정 분야에서 자타가 공인하는 전문가 콜린 캠벨은 2004년에 “내년에 절정에 이를 듯 보인다”라고 주장했다. 여기에서 콜린 캠벨이 말하는 ‘절정’은 ‘전 세계 경제가 정체되는 시점’을 의미한다. 캠벨은 얼마 전까지만 해도 2010년을 전후하여 그런 정체 위기에 직면할 것이라고 예상했는데, 그런 그의 생각은 염세주의적인 것으로 받아들여졌다. 세계경제가 절정에 이르게 되면 그때부터는 이른바 예비 탱크에 의존할 것이다. 그럼에도 소비량은 증가할 것이다.

현재의 원유 가격 상승이 원전 고갈 직전의 최후 경주를 알리는 스타트 총성이라는 말이 맞다면 우리는 획기적인 전환점에 서 있다. 그 뒤를 이을 세계 경제 공황은 1929년의 공황을 어린아이 생일잔치 정도로 보이게 할 것이다. 얼마 안 있어 우리는 느긋하게 크리스마스 쇼핑을 하고 양말 두 켤레를 빨기 위해 세탁기를 돌리고 별장을 소유하고 한 가정에 자동차 세 대를 굴리고 주말에 잠깐 튀니지로 여행 떠나던 일을 먼 옛날의 일로 여기게 될 것이다. 전기 요금과 난방비, 수도 요금, 교통비와 함께 우리의 모든 경제와 가정에 들어가는 비용이 폭발적으로 상승할 것이다. 아무리 성실하게 요구르트 통을 씻고 절전용 전등을 사용해도 그것을 막을 수는 없다. 우리 경제의 안정성은 요슈카 피셔◆의 결혼 생활의 안정성에나 비교할 수 있을 따름이다.

우리의 현실을 직시하자. 풍요로운 시대는 이제 완전히 지나갔다. 그러나 물론 당사자인 우리에게는 긍정적인 면도 있다. 자본주의는 수십 년 동안 가난이 수치스러운 것이라고 우리를 설득했다. 가난은 저 미련한 자, 게으른 자, '저 사람은 성공하지 못했다'라는 뜻이었다. 그러나 우리에게 끊임없이 '누구나 할 수 있다!'라고 주입시킨 자본주의의 신화는 근거 없는 것으로 드러났다. 누구나 할 수 있는 게 아니다! 출세 의지는 좌절당하고, 승자와 패자가 있으며, 패자의 수는 점점 더 늘어나고 있다. 오늘날 가난해지는 사람은 자신만이 실패자라

◆ Joschka Fischer(1948~). 독일의 정치가. 독일 녹색당의 실질적인 당수였으며 부총리 겸 외무 장관을 역임했다. 지금까지 네 번 결혼하고 네 번 이혼했으며, 현재 스물여덟 살 연하의 영화학도와 동거 중이다.

고 느낄 필요가 없다. 훨씬 더 포괄적인 과정의 일부로 가난해지는 것이며, 따라서 그의 운명은 역사적인 차원을 가진다. 이것에 위로를 느낄 수 있지 않겠는가.

혼자서 개인적으로 실패하는 것보다는 시대와 함께, 자신이 속하는 사회계층 모두와 함께 물러나는 경우가 견디기 훨씬 쉽다. 1945년 성이나 장원에서 쫓겨난 많은 사람들이 새로운 상황을 침착하고 냉정하게 받아들인 사실도 이것으로 설명할 수 있다. 발트 해 지방 출신의 어느 노백작이 그곳 특유의 코믹한 사투리로 이렇게 말한 적이 있다.

"소유, 이보게. 소유란 우연일세. 우리는 모든 걸 잃어버렸지만 그 대가로 넓은 세상을 떠돌지 않았는가. 파리, 마드리드, 남아메리카. 에스토니아의 시골에 오래 있다 보니 참 지루하더구먼."

나는 내 경험에 비추어, 상대적으로 가난해지는 경우에 올바른 태도로 잘 대처하면 오히려 생활양식의 이점이 될 수 있다고 말한다. 우리 집안은 이미 몇백 년 전부터 가난해지는 길을 걷고 있다. 그러니 오늘날과 같은 시대에서 가난해지면서도 부유하게 느낄 수 있는 방법에 대해 당연히 몇 가지 조언을 할 수 있지 않을까 생각한다.

우리 집안의 부흥은 아주 오래전으로 거슬러 올라간다. 그 당시에 사람들은 장소를 옮겨 다니며 물건을 약탈하는 도적 떼를 무척 두려워한 나머지, 거처가 확실한 도적들에게 거처가 확실하지 않은 도적들을 막아 달라고 부탁했다. 우리는 철철 넘치는 상납금으로 아름다운 성들을 지었다. 우리 집안 최초의 성 쇤부르크는 10세기부터 튀링겐의 잘레 강변에 우뚝 서 있다. 12세기 중반, 우리는 바바로사 황제

시대에 물덴란트로 세력을 확장했으며 글라우하우에 새로운 기반을 확보했다. 글라우하우 성의 해자는 여느 평범한 성들처럼 물로 채워진 게 아니었다. 우리 성의 해자 안에서는 불곰들이 침입자를 겁주었다. 우리는 18세기까지 현재 작센의 남서부 지방을 다스렸다. 그사이에 선제후의 자리에 올라선 베티너 집안 사람들이 물덴란트의 주도권을 장악하기 위해 몇 세대 동안 끈질기게 우리를 공략했다. 그들은 갈수록 막강해졌고 그들이 원하는 대로 되어 갔다.

1803년 작센 왕국은 마침내 우리의 영토를 꿀꺽 삼켰다. 그러고 나서 150년이 채 지나지 않아 우리는 공산주의자들에게 모든 성을 빼앗겼다. 아버지가 어린 시절을 보낸, 끝없이 펼쳐지는 정원 사이로 물데 강이 아름답게 굽이치는 벡셀부르크 성도 그 가운데 하나였다. 그러나 그때는 우리의 권력과 부의 토대가 이미 오래전에 사라진 뒤였다. 소비에트 점령군 치하의 재산 몰수는 오랜 세월 질질 끌어온 과정, 작은 왕국의 통치자에서 단순한 귀족 계층으로 몰락하는 과정의 필연적인 마무리에 지나지 않았다. 그러나 우리가 상실을 감내하는 방법을 배운 것은 훗날 이득으로 증명되었다.

우리 아버지와 어머니는 가난해지는 데 뛰어난 역량을 지니셨다고 말할 수 있다. 두 분은 당신들 세대의 수많은 사람들처럼 피난민이라는 운명을 짊어지셨다. 아버지는 열여섯 살의 나이에 어머니와 동생 다섯을 서독에 데려다 놓으신 다음, 러시아 점령군을 두려워할 필요가 없다고 믿으셨기 때문에 다시 혼자서 물덴란트로 돌아가셨다. 그러나 결국 가족들처럼 서독으로 피신함으로써 간신히 체포의 손길에서 벗어나실 수 있었다. 아버지가 조상 대대로 살아온 성에서 무엇을 먼저 챙길지 결정할 때, 우선적으로 선택하신 것이 흥미롭다. 아버지는 보석이나 은그릇 대신에 할아버지 곁에서 생전 처음으로 사냥한 들짐승, 작은 숫양의 뿔을 가져오셨다.

어머니는 1951년 스물한 살의 나이로 스탈린 치하 최악의 시대에 헝가리에서 서방으로 피신하셨다. 어머니가 노이지들러 호수◆의 오스트리아 편 기슭에서 온몸이 거머리에 물린 채 물 밖으로 나오셨을 때, 헝가리에 두고 온 건 아무것도 없었다. 적어도 물질적인 것은 전혀 없었다. 이미 오래전부터 가진 게 전혀 없었기 때문이다. 어머니는 인민의 적으로 여겨졌기 때문에 파출부 일자리마저 거부당하셨다.

부모님은 독일이 한창 경제 기적을 구가하던 무렵에 꼭 필요한 것만을 지니고 결혼하셨다. 두 분은 주로 노동자들이 모여 사는 베를린 템펠호프의 쥐구멍만 한 집에서 신혼살림을 차리셨고, 그곳에서 큰누나 마야가 태어났다. 그런 다음 슈투트가르트로 이사하셨고 둘째 누나 글로리아가 태어났다. 그러다 마침내 아버지가 공영 라디오 방송의 아프리카 특파원 자리를 얻어서, 우리 가족은 1960년대 중반부터 말기까지 아프리카에서 살았다. 처음에는 형이 태어난 로메■에서 살다가, 나중에 모가디슈▲로 자리를 옮겼다. 그 두 곳에서 우리는 공영 방송 특파원의 적은 봉급으로 제후처럼 살 수 있었다.

나는 인간이 사상 최초로 달에 발을 디디던 해에 모가디슈에서 태

◆ 오스트리아와 헝가리 사이에 놓여 있는 커다란 호수.

■ 서아프리카에 위치한 토고 공화국의 수도.

▲ 아프리카 북동부에 위치한 소말리아의 수도.

어났다. 그러나 그 무렵 소말리아에서 혁명이 일어나 부모님은 독일로 돌아올 수밖에 없었다. 그것으로써 근심 걱정 없었던 — 적어도 경제적인 면에서는 — 아프리카 시절은 끝을 맺었다. 부모님은 다시 독일에서 기반을 잡으셨지만 어린 시절 나는 당시 독일을 지배했던 번영의 입김을 별로 맛보지 못했다. 우리 부모님의 생활양식은 극도의 근검절약 그 자체였다. 학교 친구들의 냉장고가 맛있는 기호 식품으로 넘치고 모든 어린이들이 기본적으로 초코 잼에 대한 권리를 누리는 동안, 우리 집 냉장고에는 언제나 우유만 덜렁 있었다. 내 어린 시절의 음식은 볶은 감자와 달걀 프라이가 거의 전부였다. '휴가 여행'이나 '용돈' 같은 것들은 학교 친구들의 입을 통해 들었을 뿐이다. 그러나 우리 집은 더 유복한 대부분의 친구들 집보다 눈에 띌 정도로 훨씬 더 우아하게 꾸며져 있었다. 그것은 어머니가 우아하게 가난해지는 기술을 이용하셨기 때문이다. 압착 목재로 만든 책장은 천으로 가리고 이케아 침대는 예쁜 이불과 베개로 숨기셨다. 주변 사람들 모두 신분을 상징하는 물건들로 중무장하는 동안 부모님은 절약의 기교를 완벽하게 실행하셨다. 평소에 아버지는 여러 번 기운 재킷에다, 천으로 지은 바지를 아끼려고 가죽 바지를 입고 다니셨다. 나는 원칙적으로 형이나 사촌 형제들의 옷을 물려 입었다. 어머니가 어린 아들을 데리고 옷을 사러 갈 때마다 벌어진다고 하는, 그 끔찍한 소동을 나는 경험하지 않아도 되었다.

아버지는 공영방송의 특파원으로 일하면서 개발도상국을 위한 자원봉사와 자연보호 운동을 했다. 그리고 말년에는 몇 년 동안 고향 물덴란트를 대표하는 국회의원으로 연방의회에 참석하셨다. 그러나 아버지에게 진정한 삶의 의미와 목적은 숲과 사냥에 있었다. 그래서 내 어린 시절은 아주 음습한 것으로 기억에 남아 있다. 어린 나는 노란 아노락 차림으로 몰이사냥을 따라나서서 "와, 와, 와!"라고 외치거나 아버지 옆 높은 곳에 앉아 망을 보았다. 망을 볼 때면 조금이라도 움직이거나 아주 작은 소리도 내서는 안 되었으며, 겨우 조용히 숨만 쉴 수 있었다. 아버지는 언제나 가장 값싼 자동차만 타고 다니셨다. 아버지의 러시아제 라다 자동차, 가죽 바지, 낡은 셔츠가 창피했던 적이 한두 번이 아니었다. 이제야 나는 아버지의 생활양식이 우월했던 것을 안다. 약간 낡은 짙은 색 양복 차림으로 연방의회에 들어서시던 아버지의 모습을 돌이켜보면 완벽하게 차려입은 다른 동료들보다 더 근사해 보이셨다.

이제 나는 부모님의 근검절약이 실용적인 원칙뿐 아니라 동시에 미학적인 원칙에서 비롯되었다는 것을 안다. 아이자쿠 스즈키는 《활쏘기의 선》에서 부족함의 아름다움, 경제성의 미학을 추종하는 사무라이의 '와비' 이념에 대해 이야기한다. 사무라이에게 과잉은 무엇보다도 추하기 때문에 혐오스러운 것이었다. 그리고 낭비는 '감정의 결핍'이었다. 우리 부모님은 와비 이념의 유럽적인 형태를 몸으로 보여주셨다. 아버지에게 찻주전자는 조금 금이 가거나 아니면 이미 한 번 때운 경우에야 정말 아름다운 것이었다. 또한 재킷도 다른 사람들이라면 내다 버릴 순간이 되어야 즐겨 입으셨다.

우리는 이미 대부호들의 가난한 친척 역할에 충분히 익숙해져 있었기 때문에, 글로리아 누나가 투른 운트 탁시스 후작과 결혼했을 때도 우리의 삶은 전혀 흔들리지 않았다. 제2차세계대전 이후에 우리 가족은 끊임없이 부유한 친척들 가까이에서 살았다. 할머니는 서독으로 피신하신 후에, 유럽의 가장 부유한 삼림 소유주로 꼽혔던 막시밀리안 추 퓌르스텐베르크 후작과 결혼한 할아버지의 누이동생 집에서 어린 자녀들과 함께 얹혀사셨다. 막시밀리안 후작은 보덴제 호숫가에 위치한 하일리겐베르크 성의 일부를 할머니에게 내주었는데, 그 당시 상황에서는 참 너그러운 처사였다. 할머니는 그곳에서 여덟 자녀들과 함께 사셨다. 그리고 훗날 우리 부모님이 집을 장만하신 후에야 우리 집으로 들어오셨다. 우리 형제들은 어린 시절의 절반을 부유한 친척들의 성과 숲에서 보냈으며, 그러면서 우리의 삶과 부유한 친척들의 삶을 혼동하지 않도록 교육받았다. 언젠가 나는 어느 친척 집의 하인에게 콜라 아니면 그 비슷한 것을 부탁했다가 심한 꾸지람을 들었다. 어린아이가 하인에게 뭔가를 부탁해서는 안 되었기 때문이다.

그러므로 나한테 가난과 부의 병존은 아주 일상적인 것이었다. 물론 가진 자와 가지지 못한 자 사이에는 언제나 경계가 있었다. 귀족들이 사냥을 하거나 커다란 파티를 여는 경우에 온갖 사람들이 모이는 것은 사실이지만 가난한 친척들이 환영받는 일은 무척 드물다. 부를 지킨 소수 귀족들의 숨은 본보기는 베스트팔렌 지방의 어느 남작이다. 그 남작은 제2차세계대전 후에 신세 지려고 밀려드는 가난한 귀족들을 사전에 막기 위해서 성의 한편을 헐어냈다. 온 집안 식구들과 빈한한 일가친지들에게 정기적으로 재정적인 도움을 주던 씨족장의 시대는 이미 오래전에 막을 내렸다. 그들의 자손들은 그 관행에 종지부를 찍었고 가난한 친척들을 친구로 삼으려 들지 않았다.

이른바 대저택에서 하인들을 거느리는 부유한 친척들의 수가 줄어들면서 친척 집에 오래 머물기가 어려워지자 귀족계급 집안의 가난과 부의 병존도 차츰 와해되어 갔다. 차 한잔 마시러 나타나서 30년 동안 머무르는 시대는 종말을 고했다. 20년 전만 해도 커다란 성을 독차지하며 살았던 제후 집안들조차 이미 10년 전에 성의 한쪽 작은 귀퉁이로 이사했으며, 지금은 훨씬 더 실용적인 작은 집에서 거처한다. 이제는 모두 현대적인 삶을 영위하고 있고, 따라서 부자들의 세계와 가난한 사람들의 세계는 점점 더 마주칠 일이 없다. 귀족의 90퍼센트가 임대주택 아니면 잘해야 시골의 연립주택에 살고, 아직 직장이 있는 경우에는 행여 떨려 나지 않을까 걱정하며 중고차를 타고 다닌다. 내가 실직자의 대열에 들어섰을 때, 이렇게 말한 동료가 있다.

"쇤부르크 씨는 전혀 걱정할 필요가 없겠지요."

이름에 '폰'을 달고 다니는 사람은 볼가강 너머에 언제든 돌아갈 수 있는 대농장이라도 가지고 있는 듯한 말투였다. 이런 말을 하면 조금 귀에 거슬릴지 모르지만, 현재 남아 있는 소수의 대지주를 제외한 독일의 귀족은 이미 오래전에 독일연방공화국의 사회적인 현실에 발맞추어 살고 있다.

나는 부끄러운 가난의 세계와 뻔뻔스러운 부의 세계 사이를 능숙하게 넘나들었다. 이제는 고인이 된 우리 매형 요하네스 폰 투른 운트 탁시스 후작이 나를 즐겨 데리고 다녔기 때문이다. 그래서 나는 석유 생산국의 왕자, 인도의 토후, 재계 및 정계의 실력자들과 한자리에 앉아 있다가 이튿날 아침에는 다시 학교에 가서 강의를 듣거나 자유 기고가로서의 삶을 헤쳐 나가는 것에 익숙해져야 했다. 낮에는 사치와 향락에 둘러싸여 지내다가 저녁이면 수도꼭지에서 물이 뚝뚝 떨어지는 방 두 칸짜리 집에 앉아 있어야 하는 현실을 소화하지 못하는 웨이터들이 전형적으로 걸리는 사치 바이러스, 웨이터 신드롬과 평생 싸워야 했다.

나는 부모님의 근검절약에 반발하며 내 눈으로 본 사치스러운 생활을 흉내 내기 위해, 이를테면 1등 칸을 즐겨 탔다. 어머니는 뮌헨의 기차역까지 나를 배웅하시곤 했다. 어머니가 보는 앞에서는 2등 칸에 올라탔지만 어머니의 모습이 보이지 않을 때까지 기다렸다가 1등 칸으로 자리를 옮겨 타곤 했다. 그러나 가족들에게 웃음거리가 되지 않으려면 그 사실을 비밀로 해야 했다. 한번은 뮌헨의 프란틀에서 값비싼 개인 편지지를 인쇄했는데, 그 영수증이 어머니의 눈에 띄고 말았다. 하지만 어머니는 뭔가 오해가 있었다고 믿으셨다. 그리고 바덴바덴의 브레너스 파크 호텔에서 일하는 사촌 누이에게서 내가 그 호텔에 한 번 묵었다는 말을 들으셨을 때는, 누이가 사람을 잘못 보았다고 확신하셨다.

부모님 집을 나와 런던에서 친구들과 함께 살기 시작한 후로, 이따금 벌이가 아주 좋을 때도 있었다. 그러나 근본적으로 돈은 내 호주머니에 들어오기가 무섭게 순식간에 나가버렸다. 그런데도 전선에서 전기가 흐르고 수도꼭지에서 물이 나오듯이, 신기하게도 항상 어떤 식으로든 현금 지급기가 작동했다. 내가 양손에 물건을 가득 들지 않고서는 주유소나 역 구내의 매점을 떠나지 않으며, 당연히 물소리도 이 닦는 과정에 속하는 탓에 수돗물을 틀어놓은 채 이를 닦고, 바지 호주머니에서 차 안으로 동전이 떨어져도 줍지 않는 것을 알아챘을 때 비로소 내 낭비벽이 부모님의 지나친 근검절약에 대한 우스꽝스러운 반항이라는 사실을 이해하기 시작했다. 나는 부모님이 완벽하게 실행하신 포기의 기술이 그 어떤 낭비벽보다 미학적인 이유에서 우월할 뿐 아니라 무엇보다도 만족을 극대화시킨다는 아주 실용적인 목적에 보탬이 된다는 것을 차츰 깨달았다.

이 원칙을 창안한 사람은 에피쿠로스이다. 지나친 만족을 추구하지 마라. 감각적인 만족이 나쁘기 때문이 아니라 과다한 만족 후에는 오히려 심신이 침체되기 때문이다. 에피쿠로스에게 일시적인 만족의 포기는 만족감의 고조로 이어진다. 언제나 흥청거리며 호사스럽게 사는 사람은 머지않아 다시없이 근사한 물건 앞에서도 더 이상 만족감을 느낄 수 없다. 경제학에서는 그것을 '한계효용체감의 법칙'이라고 부른다. 어느 지점부터는 아무리 늘어나도 더 이상 감각이 없는 것이다. 하이니 튀센처럼 손님용 화장실에 피카소 그림을 걸거나 아랍 왕족처럼 일주일에 한 번 몇 시간 골프를 치기 위해 닉 팔도를 비행기로 불러들여도 삶의 질은 개선되지 않는다.

소비가 미덕인 잉여 사회에서 소비자들은 어쩔 수 없이 실망을 맛보게 된다. 경제는 점점 더 정교한 세뇌 작용을 통해서 행복을 돈으로 살 수 있다고 주입시키려 한다. 그동안 이런 주장은 잘못된 것으로 증명되었다. 산업계는 아유르베다 차에서부터 몸에 좋은 초콜릿 푸딩에 이르기까지 다양한 건강식품을 제공함으로써, 우리의 관심을 그것에서 돌리려 한다. 그러나 우리는 사치의 개념을 새롭게 정의해야 한다! 이 사실을 부인할 수는 없다. 윤택한 삶은 많은 돈이나 물건을 쌓아 두는 것과 무관하다. 인간은 오로지 올바른 태도를 통해서만 윤택한 삶을 누릴 수 있다.

너도나도 욕심을 부리며 손을 뻗치는 곳에서 포기할 수 있는 능력, 다른 사람들의 생활양식을 자신의 척도로 삼지 않는 자주성, 우리의 경제적인 쇠퇴는 전적으로 불행이 아니라 어쩌면 우리의 생활 방식을 세련되게 할 수 있는 기회라는 인식이 바로 이런 올바른 태도에 속한다. 막스 프리슈에 따르면 "위기는 재앙의 씁쓸한 맛을 제거하는 경우에 엄청나게 생산적인 상태"이다.

우리가 각종 마케팅 전략에 넘어가지만 않으면 지나친 동질화와 규격화의 시대에 위기는 오히려 획일화를 분쇄하는 찬스일 수 있다. 커피 전문점 체인이 '수페르 그란데 수프레모'를 마시라고 강요한다고 해서, 크림과 설탕을 타지 않은 커피를 주문하지 말라는 법이 어디 있겠는가. 어느 회사의 마케팅 부서에서 무아지경에 빠져 커피 잔에 '수퍼두퍼메가컵'이라는 이름을 붙일 착상이 떠올랐다고 해서, 우리가 굳이 그것에 동참해야 한단 말인가? 또 '루콜라'의 경우는 어떠한가. 과거에는 아무리 과감한 샐러드라고 해도 감히 라우케를 넣을 생각을 한 사람이 없었다. 그러기에는 라우케 맛이 너무 씁쓸했다. 그러다 누군가가 라우케 대신 루콜라라고 부를 생각을 해냈다. 그 후로 독일에서는 루콜라를 '곁들이거나 얹지' 않은 샐러드는 거의 찾아보기 어려워졌다. 함부르크 에펜도르프와 뮌헨 그륀발트 사이에서 새로운 경제 붐의 절정기에 라우케에 대한 수요가 얼마나 넘쳤는지, 오로지 브란덴부르크와 메클렌부르크 포어포메른만이 겨우 라우케 수요를 충족시킬 수 있었다.

내가 이런 욕구를 느끼지 않는다면 더 풍요롭게 살 수 있지 않을까? 이런 기준에 맞춰 자신의 모든 욕구를 돌아보는 경우에만 돈 없이도 풍요로운 삶을 누릴 수 있다. 수많은 사례 가운데 한 가지만 예를 들어 보자. 과연 휴대폰이 꼭 필요한가? 아니면 연락 두절은 잘해야 오사마 빈 라덴 같은 사람들이나 누릴 수 있는 특권이 되었는가? 또 인터넷은 어떠한가? 세계은행의 총재 제임스 울펀슨은 아주 가난한 사람들에게도 신선한 물을 마실 권리뿐 아니라 자유롭게 정보 고속도로를 이용할 권리가 있다고 언젠가 주장했다. 인터넷 시설을 갖추지 않은 사람은 경제 혁명에서 소외되면서 현실적으로 새로운 디지털 시대의 하층계급에 속한다는 것이다. 생각이 비슷한 사람들하고 채팅을 하거나 온라인으로 컴퓨터 게임을 하는 것이 인생에 반드시 필요한 일인가 아니면 사치인가? 아니면 그것을 포기할 수 있는 것이 사치인가? 고대 그리스에서는 공적인 생활에 참여하지 않는 사람을 '바보idiot'라고 불렀다. 전 세계가 네트워크로 연결된 오늘날에는 그 말의 의미가 뒤바뀌지 않았을까. 이제는 네트워크에서 벗어날 수 없는 사람이 바보가 아닐까.

생활 습관을 검열하고 주변을 정리 정돈하여 쓸데없는 것들을 버려야 하는 처지가 되면, 진정으로 사치스러운 일들을 존중하는 법을 배우게 된다. 또한 가난해지면 우선순위를 정하는 법을 배우고 자신에게 무엇이 중요한지 비로소 인식할 수 있다. 우리의 세계를 주도하는 경영효율 전문가들의 말을 빌리면 마침내 핵심적인 일에 집중해서 '린 매니지먼트lean management'를 할 수 있는 것이다. 경제계처럼 우리도 단번에 비용에 제동을 걸 수 있다. 그러면서도 생활의 질을 향상시킬 수 있는 방법에 대해 알려주고자 한다.

먼저 분명히 말하는데, 나는 여기에서 결코, 암묵적으로도, 삶의 쾌락을 부정할 생각은 없다. 물론 현재 사회를 휩쓰는 여행 열풍보다 더 즐거운 것이 있지 않을까 또는 우리가 '잘 먹었다'고 일컫는 것이 과연 진정으로 즐거운 것일까, 이런 문제들을 제기할 수는 있다. 그러나 이 모든 것은 쾌적한 삶을 부정하려는 게 아니라 쾌적한 삶에 이르기 위한 시도의 일환이다. 삶의 쾌락은 세계와 하나로 묶이기 위한 전제 조건이며 그렇지 못한 인간은 황폐해지기 마련이다. 물질적인 것을 외면하고 모든 쾌락에 등을 돌리고 금욕자가 되는 것은 겁쟁이들이나 엄숙주의자들을 위한 길이다. 디오게네스처럼 자진해서 악취를 풍기고 통 속에서 지내며 모든 편안함에 혐오감을 느낄 정도로 단련된 사람에게는, 편안함을 포기하는 게 특별한 기술이 아닐 것이다. 포기할 수 있는 참된 기술은, 첫째 진정으로 아름다운 것들을 인식하고, 둘째 그것들을 최대한 많이 갖도록 힘쓰는 능력이다. 포기할 수 있는 기술은 삶의 쾌락을 위한 진정한 전제 조건이다.

여기에서 삶의 쾌락과 더불어 인생의 행복을 극대화시키기 위한 한 가지 중요한 원칙을 미리 말하고 싶다. 변덕이 심하고 사물들에 많이 의존하는 사람일수록 더 가난한 법이다. 항상 뭔가에 불만스러운 탓에 아주 가난하게 사는 부자들이 무척 많다. 실크 와이셔츠가 제대로 다려지지 않았고 연방 총리가 다시 아는 체하지 않았으며 운전기사가 마늘 냄새를 풍긴다는 식이다. 특히 부자들 가운데는 평균 이상으로 불행한 사람들이 많다. 이런 사실은 다른 나라 사람들보다 부유한 우리 모두에게 생각을 요하는 점이다. 어느 정도 행복해 보이는 부자들이 있다면 그것은 오로지 절제할 줄 아는 사람들이다. 일부 사람들이 아침마다 꼭 '필요하다'고 주장하는 카푸치노 같은 사소한 것이나 영국 왕세자처럼 어디를 가든 반드시 지참해야 하는 은 포크와 은 나이프 같은 것은 결국 중요하지 않다. 뭔가가 반드시 '필요하다'고 하는 고백은 이미 항복이나 다름없다. 우리를 맹렬하게 덮치는 저속한 대중문화와의 싸움에서는 오로지 작은 승리만이 있을 수 있다. 그러한 승리는, 예를 들어 결코 포기할 수 없다고 믿었던 것 없이 살아가는 데 있다.

이 책에서 나는 지나친 소비에 대처하는 삶의 지혜를 기를 수 있도록 몇 가지 도움을 주려 한다. 적은 돈을 다루는 법을 제때에 배우는 사람은 곧 주변의 부러움을 사는 엘리트 계층에 속할 것이다. 어쨌든 앞으로 가진 자들에게 정말로 불편한 시대가 올 것이기 때문이다. 가진 자들은 수중의 돈을 잃어버리지 않을까 염려하는 것으로 대부분의 시간을 보낼 것이다. 그러나 가진 게 별로 없는 사람은 잃어버릴 것도 별로 없는 법이다. 블라디미르 나보코프처럼 자신에 대해 생각할 줄 아는 사람은 가진 게 전혀 없어도 뜻을 이룰 수 있다.

사회적으로 몰락하는 데에도 기술이 필요하다. 많은 민족들이 몰락의 과정을 능숙하게 극복했으며, 때로는 몰락하는 과정에서 비로소 진실한 광채를 발휘하기도 한다. 다음 장에서는 우선 몰락의 기술을 탁월하게 구사한 본보기를 몇 가지 살펴보려고 한다.

망해도 의연하게 사는 방법

◆

실패에 실패를 거듭하면서도
열광하는 마음을 잃지 않는 것이 곧 성공이다

윈스턴 처칠

◆

가난의 영웅들을 위한 기념관이 있다면 그곳을 채울 사람들이 많을 것이다. 그런 사람들을 일일이 열거하다 보면 이 책의 범위를 벗어나리라. 그러나 그 기념관에는 사람들만이 아니라 도시나 문명을 위한 홀도 마련할 수 있을 것이다. 이 시대 사람들을 위한 홀의 영예로운 자리는 내가 몇 년 전부터 간간이 만나본 남자이자 영화사에 길이 남을 위대한 배우 헬무트 베르거에게 주어져야 마땅하다. 나는 헬무트 베르거의 예순 번째 생일을 앞두고 인터뷰하는 자리에서 그를 마지막으로 만났다.

헬무트 베르거

그것은 내 평생 가장 힘들었던 인터뷰 가운데 하나였다. 첫째 내가 헬무트 베르거를 무척 좋아하기 때문이다. 우리는 서로 친구라고 여길 만한 사이이다. 둘째 그에 대한 기사를 자칫 잘못 실었다가는 한때 유럽 배우들 가운데 추앙받던 스타, 치네치타뿐 아니라 할리우드까지도 떠받들던 헬무트 베르거가 올림포스의 슈퍼스타에서 한낱 평범한 인간으로 추락했다는 소리로 들릴 수 있기 때문이었다. 베르거는 이제 빈털터리다. 로마의 집마저 잃었으며 잘츠부르크의 어머니 집에서 살고 있다. 우리 시대에는 어떤 식으로든 쇠퇴하는 것은 부끄러운 일로 여겨지는 탓에, 빈의 무례한 언론은 은퇴한 배우 헬무트 베르거가 파티 석상에서 약간 술에 취한 듯한 모습을 보였다고 벌써 여러 차례 조롱한 바 있다.

우리는 '외스터라이히셴 호프'에서 만나기로 약속했다. 외스터라이히셴 호프는 그동안에 '자허 잘츠부르크'로 이름이 바뀌었다. 건달처럼 보이는 남자가 문을 열고 들어섰다. 그러나 그는 호텔 로비에 있던 사람들 모두 본능적으로 한 걸음 비켜설 만큼 위엄을 발했다. 다들 조금 떨어져서 존경 어린 태도로 헬무트 베르거의 등장이 알리는 구경거리를 지켜보았다. 아무렇게나 머리를 흐트러뜨린 베르거가 요란한 몸짓으로 파시미나 숄을 목에 두른 채 로비로 통하는 유리문을 열어젖혔을 때, 프런트 지배인의 눈에서 잠시 공포의 빛이 어른거렸다. 그러나 동시에 지배인의 눈빛은 베르거가 모차르트 이후로 이 도시의 가장 유명한 아들, 감히 건드릴 수 없는 사람이라고 말했다. 혀를 날름거리며 험악한 표정을 짓는 베르거의 모습에 일본인 관광객 몇 명이 기겁을 할지라도 사실이 그렇다. 심지어는 로비에서 누군가와 이야기를 나누고 있던 전통적인 재킷 차림의 카를 폰 외스터라이히 대공마저 헬무트 베르거가 방약무인한 태도로 옆을 지나가는데도 눈썹 하나 까딱하지 않았다.

그런 후에 호텔 측이 신중을 기해 온실 안의 특실에 차린 점심 식사가 시작되었다. 베르거는 과거에 직접 웨이터로 일한 경험이 있어서 손님들이 그런 장소에서 뭘 기대하는지 잘 알았다.

"베르거 씨, 바닷가재가 어떻겠습니까?" 눈치 빠른 웨이터가 물었다.

"살을 발라냈소?"

"그야 물론이지요. 버터에 살짝 볶은 탈리아텔레와 흰 송로버섯을 곁들인 것입니다."

"당신 정신 나갔소? 국수하고 버터 소스는 절대로 안 되오! 그 무슨 말도 안 되는 소리를 하는 거요! 비네그레트 소스라면 몰라도! 그런 소스가 여기 있소? 아니면 레몬은 어떻소?"

그날 우리가 나눈 대화를 여기에서 상세하게 재현하기는 어렵다. 어쩌다 보니 두서없이 이야기를 나누었기 때문인데, 사실 그 원인은 어리석게도 나중에 포도주를 마시기로 결정한 데 있었다. 그러나 헬무트 베르거는 평소와 다름없이 섬뜩할 정도로 무진장한 몸짓을 구사했으며, 특히 화제가 마음에 들지 않아서 — 그런 경우가 자주 있지만 — 무척 피곤한 척할 때의 제스처는 아주 환상적이었다. 그러면 상대방의 눈을 똑바로 응시하며 집게손가락을 윈도 브러시처럼 움직인다. 그래도 상대방이 아랑곳하지 않고 막무가내로 고집을 피우는 일이 있다. 그러면 상대방이 말을 바꿔 좀 전의 물음을 되풀이하려고 시도하는 동안, 베르거는 앞으로 몸을 깊이 숙였다가 잘게 썬 바닷가재 조각과 비네그레트 소스를 솔에 잔뜩 묻히고서 다시 몸을 든다.

여러모로 힘은 들었지만 참으로 근사했던 그 점심 식사와 관련하여 나는 후세 사람들을 위해서 여기에 몇 마디 남기고 싶다. 몇 년 전 자서전에서 '애교스러운 말이나 행동 없이' 오로지 '순수한 쾌락'을 추구할 때만 최고의 섹스가 가능하다고 주장했던 헬무트 베르거, 문란한 성생활과 양성애의 상징인 이 인물은 예순 번째 생일을 하루 앞두고서 바닷가재와 비네그레트 소스를 즐기며 피곤한 표정으로 말했다. "이보게, 사랑 없는 섹스라고… 쳇! C'st rrrrien(다 헛소리야)! 잊어버리게!" 그 얼마 전 어느 인터뷰에서 베르거는 어린 시절에 주입된 가톨릭교회의 성도덕 때문에 평생 괴로웠다고 선언했다. 섹스에 대해 생각할 때마다 죄책감에 시달렸다는 것이다. 우리가 함께 점심을 먹는 자리에서 헬무트 베르거는 말했다. "그때 나는 그 죄책감을 참 힘들게 억눌렀네. 그런데 이제 와서 생각하면 그게 무슨 계시가 아니었나 싶어. 누가 알겠나, 내 수호천사의 계시였는지도 모르지. 그것에 귀 기울이지 않기로 결정했던 건 정말이지…." 게다가 다른 사람들보다 더 무절제하게 사는 것도 쉽지는 않았다고 덧붙였다. 1970년대에 온 로마 사교계가 코카인에 중독되어 너도나도 코카인을 흡입하려고 연신 화장실로 달려갔을 때, 베르거는 다른 사람들을 속물로 보이게 하기 위해서는 대중이 보는 앞에서 그 독물을 다량으로 소비하는 수밖에 별다른 도리가 없었다. 베르거는 불가리아에서 금으로 작은 빨대를 하나 맞추어 항상 목에 걸고 다녔다. 코카인 알맹이를 잘게 부수기 위한 금빛 안전 면도날도 항상 손이 닿는 곳에 있었다.

베르거가 연기했던 뛰어난 배역들, 그것은 실제로 영화사에 길이 남을 배역들이었다. 그러나 그런 배역들은 이미 옛일이 된 지 오래였다. 루키노 비스콘티의 〈저주받은 자들〉에서 젊은 상속자 마르틴 폰 에센베크, 비토리오 데 시카의 〈핀치 콘티니스의 정원〉에서 폐결핵에 걸린 상류사회의 아들, 그리고 〈루트비히 신들의 황혼〉. 서른 살의 헬무트 베르거는 당시 가장 사랑받던 젊은 배우였다. 그때부터 베르거는 셰익스피어식으로 인생을 무대로 보았으며, 당연히 연기하듯 살아야 한다고 생각했다. 베르거의 유력한 후원자 비스콘티가 1976년 세상을 떠났을 때 그는 일생일대의 역할인 미친 홀아비 역할을 선택했다. 그러나 극단적으로 무절제하게 행동하는 순간에도 결코 중심을 잃지 않았다. 한번은 그리말디 왕가의 몬테카를로 장미 무도회에서 코카인을 지나치게 흡입한 나머지, 괄약근을 제대로 통제하지 못하고 그만 흰 야회복의 뒷부분을 더럽히고 말았다. 베르거는 새벽 6시에 파티가 끝날 때까지 1밀리미터도 움직이지 않고 비통하게 자리를 지키고 앉아 있었다.

헬무트 베르거는 무절제를 상징하는 인물이 되었다. 쉰 번째 생일 파티를 데스탕빌 백작 부인의 집에서 열었는데, 아마 그 파티가 1970년대 태평한 데카당스의 뒤늦은 피날레, 최후의 반항, 인습으로부터 해방의 절정, 몰락의 우렁찬 대단원이었을 것이다. 그때 로마 시내 바로크 양식의 대저택 살롱에서 열린 파티에 참석했던 많은 사람들이 이미 고인이 되었거나 세상에서 은퇴했다. 그날 저녁처럼 코카인과 상어 알, 샴페인이 소모된 적은 두 번 다시 없었다.

잭 니콜슨과 로만 폴란스키가 그날 저녁 파티의 참석자들 중 살아남은 사람에 속한다. 그리고 헬무트 베르거도 나름대로 살아남았다. 그때 헬무트 베르거는 이미 몇 년 전부터 이렇다 할 만한 배역을 맡지 못하고 있었다. 그럼에도 1980년대에도 여전히 세계 일주 여행을 다니는 로마의 왕자처럼 살았다. 언제나 개인 비서를 대동하고 다니며 재산을 갉아먹었고, 최고급 호텔에만 묵었다. 그와 동시에 베르거의 출입을 금지하는 호텔 수는 점점 늘어났다. 뮌헨의 '사계절' 호텔에서 한 특실의 값비싼 가구들이 즉흥적인 '정글 파티' 때문에 고통을 겪었다. 베르거와 그 파티에 참석한 손님들은 벽걸이용 양탄자를 떼어 의상으로 걸쳤으며 샹들리에를 열대목 대용으로 이용하였다. 베르거는 호텔을 나서면서 조금도 주저하지 않고 9만 마르크를 지불했는데, 계산서에는 "두 번 다시 우리 호텔을 이용하지 마십시오"라는 '특별 기재 사항'이 적혀 있었다.

가십 기자 미하엘 그레터는 헬무트 디틀이 원래 〈키르 로얄〉의 뮌헨 가십 기자 바비 시메를로스 역을 베르거에게 맡길 계획이었다고 주장한다. 하지만 차츰 무성영화 시대의 유명 인사처럼 보이는 '옛' 스타의 괴팍한 언동을 우려한 나머지, 프란츠 크사버 크뢰츠에게 그 배역을 의뢰하기로 생각을 바꿨다는 것이다. 이따금 세상에 선을 보이는 예술영화에서 베르거는 한 번 더 등장했다. 쿠엔틴 타란티노의 〈펄프 픽션〉에서 화면을 스쳐 지나간다. 〈다이너스티*Dynasty*〉에는 직접 출연할 기회가 있었지만, 촬영하는 동안에 잭 니콜슨을 방문하지 말라는 감독의 말을 듣지 않아 해고되었다. ("나는 그들에게 꺼지고 엿이나 먹으라고 말했지!") 그러다 1992년 가을, 로마에 있는 베르거의 아파트가 화재에 휩싸였다. 이미 그때는 개인 비서는 없었다. 미로, 샤갈, 실레의 그림들과 피카소의 도자기, 유겐트슈틸풍의 많은 꽃병과 가구들, 수많은 편지와 추억 어린 물건들이 불에 타버렸다. 헬무트 베르거는 그때 수중에 남아 있던 귀중한 것을 모두 잃었다. 비아 네메아로 이사한 것은 한 시대와의 고별이었다.

그는 이런 현실을 받아들일 줄 알았으며, 주머니를 털어 마지막 남은 돈으로 친구들에게 줄 선물을 샀다. 그리고 어느 날 비아 네메아의 집을 비워 달라는 말을 들었을 때, 소중하게 여기는 약간의 물건을 챙겨 들고 잘츠부르크의 어머니 집으로 이사했다. 헬무트는 어린 시절부터 여느 아이들과는 조금 '다르다'는 것이 알려졌고, 그때부터 어머니와 아들은 각별히 친밀한 공범 관계를 유지했다. 어머니는 부모가 운영하는 맥줏집의 숨 막히는 분위기에서 '커다란 넓은 세계'로 도망쳐야 하는 아들의 심정을 잘 이해했다. 이제 그 소년이 돌아온 것이다. 어머니도 아들도 그것을 특별히 애달픈 불행이라고 생각하지 않았다. 헬무트 베르거는 이따금 시내에서 담배를 보루로 사고, 때로는 슈퍼마켓에서 연어를 슬쩍했다. 그러다 들통나면 사람들은 베르거에게 더없이 존경하는 태도를 보였다. 잘츠부르크 사람이야말로 문화인이 아니던가.

우리가 만났을 때 그는 길가의 가판점에서 1백 유로어치의 담배를 산 후에 싸구려 플라스틱 라이터 한 개와 그림엽서 한 장을 슬쩍 호주머니에 쑤셔 넣었다. 세상이 자신에게 부여한 역할, 건달로 추락한 귀족의 역할에 그런 식으로 부응했던 것이다. 베르거는 나와 함께 잘츠부르크 시내를 거닐면서 토할 것만 같다고 거듭 암시했다. 그러다 모차르트 집 앞에 쌓여 있는 낡은 상자들을 보고서, 그 위에 벌렁 드러누워 노숙자의 포즈를 취했다. 그러나 물론 더할 나위 없이 자신감이 넘쳤다. 분명 죽어서도 완벽한 포즈를 취할 것이다.

베르거는 자신에게 주어진 새로운 역할에 크게 개의치 않는다고 말한다. 올림포스 정상에 올랐었기 때문에 이제 평지에서 어슬렁거릴 생각이 없는 것이다. "나는 모든 것을 보았네. 파리, 마드리드, 몬테카를로, 뉴욕, 로마, 밀라노…." 이렇게 말하는데, 마치 다이아몬드처럼 번쩍거리는 이름을 가진, 세상에 하나밖에 없는 거대한 국제도시 이야기를 하는 듯했다.

우리가 나란히 잘츠부르크 시내를 거니는 동안 베르거는 시나리오 한 권을 내내 손에 들고 다녔다. 영국의 어느 감독이 보낸 대본이었는데, 감독은 동봉한 편지에서 알렉산드로스대왕에게 출몰하는 유령 역을 맡아 달라고 베르거에게 간곡히 부탁했다. 그러고는 그 대가로 엄청난 보수를 제시했다. 그러나 헬무트 베르거는 수준 이하의 형편없는 대본이라고 생각했다. "그런 영화에는 출연하고 싶지 않아! 이것으로 끝일세! 오늘 저녁에 이 역을 맡지 않겠다고 말할 생각이야. 엿이나 먹으라지."

베르거는 택시를 부르기 전에 호주머니를 탈탈 털어서 — 구겨진 20유로짜리 지폐 세 장이 들어 있었다 — 어머니에게 드릴 커다란 초콜릿 한 상자와 내 아내 이리나를 위한 초콜릿 케이크를 샀다. 이리나는 우리의 신혼여행 길에서 베르거를 알게 되었다(그날 베르거는 하비 케이틀과 만찬을 들었는데, 저녁 내내 특별히 눈에 띄는 점이 없어서 우리는 조금 실망했다. 그러다 만찬을 끝내고 자리에서 일어나면서 미끄러져 넘어지는 친절을 베풀어 레스토랑 안의 거의 모든 손님을 열광시켰다).

베르거는 작별 인사를 나누면서 자기 집에 한번 저녁 식사하러 오지 않겠냐고 물었다. "우리 어머니 팔라칭케◆ 솜씨는 세상에서 따라올 사람이 없다네."

◆ 주로 달걀, 우유, 밀가루로 반죽해서 프라이팬에 부침개처럼 구워 먹는 요리.

피사

부유한 사람들과 가난한 사람들, 또 새로 부유해진 사람들과 새로 가난해진 사람들이 있듯이, 도시들도 마찬가지다. 예를 들어 베를린은 도시들 사이에서 벼락부자로 간주된다. 뮌헨과 쾰른, 함부르크, 프랑크푸르트가 둘러서 있는 칵테일파티에 베를린이 참석한다면, 필경 이런저런 도시들에 업신여김을 당할 것이다. 베를린에는 150년 넘은 돌덩이 하나 없으며, 새로운 건물들 대부분이 모조품의 모조품의 모조품에 지나지 않는다고 모두 뒤에서 수군거릴 것이다. 그 말은 대체로 맞는 말이다. 다만 뮌헨 사람들만이 베를린 사람들보다 겨우 1백 년 앞서서 도심을 꾸몄을 뿐이다. 그 당시 뮌헨 시내에서는 왕이 거처하는 곳을 중심으로 피렌체풍의 궁성들이 라스베이거스식으로 생겨났다. 오늘날 그 궁성들은 아주 그럴듯하고 매력적으로 보인다. 나이 이야기가 나왔으니까 말인데 아우크스부르크◆는 뭐라 말할 것인가? 또 레겐스부르크는? 아니면 보름스나 쾰른은? 쾰른에 비하면 뮌헨은 벼락부자다. 또 로마에 비하면 쾰른이 벼락부자이고, 아테네에 비하면 로마가 그렇다. 이런 식으로 계속하는 경우 바그다드, 어쨌든 《창세기》에 따르면 에덴의 동산이 있었던 메소포타미아 어딘가에 이르게 될 것이다.

여느 도시들보다 고매한 도시를 찾아내려면 도시의 나이를 보는 것만으로는 충분하지 않다. 한때 아름답게 꽃 피었던 것은 정말로 우아하다. 더욱 다채롭게 꽃을 피우고 현재와 차이가 크면 클수록 고매함

◆ 독일에서 트리어 다음으로 역사가 오래된 도시. 기원전 15년, 로마 황제 아우구스투스에 의해 창건된 데에서 그 이름이 비롯되었다.

은 숭고함에 가까워진다. 이러한 기준에 따르면 피사가 도시들 가운데 단연 윗자리를 차지해야 마땅하다.

8세기에 피사는 문화적으로 아주 발달해서, 카를 대제는 습자 선생을 피사에서 데려와야 한다고 주장했다. 12세기에 이미 피사에는 법학도들을 위한 학교가 세워졌다. 그러나 피사 최초의 전성기는 로마가 존재하기 훨씬 이전으로 거슬러 올라간다. 피사는 이탈리아 반도의 서해안에서 몇백 년 동안 독보적인 항구도시로서 세력을 떨쳤다. 그러다 로마가 이탈리아 반도를 장악하면서, 로마제국은 강압적으로 피사를 한낱 식민 도시로 전락시켰다. 그리고 북쪽에 새로운 항구도시 제노바를 건설하여 피사의 뒤를 바짝 쫓게 했다.

세계 제국 로마가 '야만인들'의 손에 몰락한 후에, 유럽 전역에는 겨우 몇 곳에만 문명이 남아 있었다. 그곳은 수도원들과 바로 피사였다. 유서 깊은 항구도시 피사는 교육의 중심지이자 뱃사람들의 터전이 되었으며, 강대국의 부재로 생겨난 공백 속에서 세계 지배를 향한 야심만만한 계획을 세웠다. 그 당시에 '세계'라는 말은 지중해와 거의 같은 의미였다. 피사는 12세기 중반부터 2백 년 동안 세계 지배의 꿈을 실현시켰다. 한창 전성기에는 코르시카와 발레아레스 제도, 그리고 해적들에게서 빼앗은 칼라브리아까지 피사의 지배를 받았다. 프랑크 왕국의 창건과 더불어 피사는 황제 통치의 거점이 되었다. 기사 시대가 절정에 이르렀던 1200년 무렵에는 궁정 관리와 귀족, 학자, 상인 들의 중심지였고, 동양과 서양이 만나는 교차점이었다. 이슬람교 사원과 유대교 회당을 하나로 융합시킨 대성당은 유럽에서 가장 야심으로 가득찬 해상도시 피사를 주도했던 다문화주의를 무엇보다도 인상적으로 보여주는 증거이다.

그러나 기사 시대는 결국 움트는 근대에 자리를 내주어야 했다. 호엔슈타우펜 가의 제국은 붕괴했고, 바르바로사 황제는 1190년 (십자군 원정길에 목욕을 하다가) 세상을 떴다. 그의 아들 프리드리히 2세가 태평하게 시칠리아에서 신성 로마제국을 통치하며 교황과 알력을 빚을 때 몽골인들이 유럽을 덮쳤다. 슈타우펜 왕조는 종말을 고했고, 피사는 의미를 상실했다. 옛날부터 피사의 융성한 문화를 시기심 어린 눈길로 흘금거리던 이웃 도시 제노바와 루카, 피렌체는 마침내 그 오만한 도시를 쓰러뜨릴 기회를 포착하고 동맹을 맺어 피사를 점령했다. 1392년에 피사는 밀라노의 비스콘티 가에 팔렸으며, 비스콘티 가에서 다시 피렌체인들에게 넘겨졌다. 피사 사람들은 장사꾼 도시 피렌체를 증오하여 여러 번 반란을 시도했지만 번번이 무참하게 뜻을 이루지 못했다. 16세기에 갈릴레오 갈릴레이가 피사에서 사람들을 가르쳤을 때, 피사는 이미 오래전에 세계의 중심지가 아니라 시골로 영락해 있었다.

만약 도시도 고통을 느낄 수 있다면 틀림없이 피사는 굴욕감에 시달릴 것이다. 세상 사람들이 이제 겨우 삐뚤어진 탑 하나만 알아주다니. 그러나 피사는 날이면 날마다 기적의 광장, 캄포 데이 미라콜리에 몰려드는 수천 명의 관광객들이 사탑을 사진 찍으며, 위에서 말한 대성당이나 유일무이한 세례당 같은 훨씬 더 웅장한 건물들은 거들떠보지 않는 것을 태연하게 감내한다. 관광객들은 허둥지둥 버스를 타고 와서 사진을 몇 장 찍고 이런저런 일에 돈을 쓰지만, 구 시가지는 그대로 두고서 피렌체나 루카, 토스카나 일주를 위해 급히 사라진다. 그런 관광객들에게 피사와 피사 사람들은 선량한 미소를 지어 보인다.

피사에서 마주치는 대부분의 젊은 사람들은 이탈리아 유일의 엘리트 대학인 고등사범학교에 다니는 학생들이다. 어떤 면에서 피사는 그 옛날 엘리트 중심지로서의 면모를 아직도 간직하고 있다. 다만 이제 세상을 좌우하는 이해관계의 중심에 서 있지 않을 뿐이다. 자신의 의미 상실을 무심하게 감내하는 자에게 주는 상이 있다면 피사가 단연 금상 후보일 것이다.

헝가리

가난해지는 기술에 대해 말하면서 이 기술을 완벽하게 구사한 두 나라를 언급하지 않을 수 없다. 헝가리와 영국. 어떤 민족이든 나라든 개인이든 남다른 도량은 패배하는 과정에서 가장 분명하게 드러난다. 정정당당한 승리자가 되기는 그다지 어렵지 않지만 자신의 실패를 침착하고 당당하게, 이상적인 경우에는 약간의 유머를 섞어가며 받아들이는 훌륭한 패배자는 참으로 보기 드물다. 샤로스트 공작은 단두대로 가는 길에도 책을 읽었으며, 망나니를 향해 계단을 올라가면서는 읽다 만 곳에 표시를 했다. 이런 식으로 절망적인 상황에서도 유머를 잃지 않기로는 유럽에서 헝가리를 쫓아갈 나라가 없다.

무슨 일이 일어나든 언제나 국민들이 고개를 똑바로 쳐들고 다니는 곳에서는 어디서나 이런 유머를 볼 수 있다. 헝가리만큼 많은 굴욕을 당한 문화도 찾아보기 힘들다. 만약에 유머를 수입하거나 수출할 수 있다면 헝가리는 엄청난 흑자를 기록할 것이다. 할리우드의 영화 산업은 헝가리 망명자들 몇 명의 작품이다. 다양한 영화를 저렴하게 볼 수 있는 '니켈로디언' 시스템을 발명한 윌리엄 폭스, 패러마운트 픽처스를 창건한 아돌프 주커, 그리고 마이클 커티즈(《카사블랑카》)와 조지 쿠커(《마이 페어 레이디》)와 알렉산더 코르다(《헨리 8세》) 같은 영화감독이 그런 사람들이다.

헝가리 사람들이 얼마나 오랫동안 미국과 영국의 영화 산업을 주도했는지, 할리우드의 어느 커다란 스튜디오 안에는 이런 푯말이 걸려 있었다고 한다. "이곳에서는 헝가리 사람이라는 것 하나만으로 일자리를 얻을 수 없습니다!" 레슬리 하워드는 1934년 코르다 제작의 영화 〈스칼렛 핌퍼넬〉에서 영국의 귀족 퍼시 경을 연기했는데, 그 후로 영국 상류 계층을 대표하는 전형적인 인물이 되었다. 그러나 사실은 부다페스트 출신이었으며, 원래 이름이 라슬로 슈타이너였다. 〈스칼렛 핌퍼넬〉의 원작 소설은 헝가리 오르치 남작 부인의 작품이었으며, 시나리오는 러요시 비로가 집필했고, 음악은 미클로시 로저가 맡았다. 영화 제작팀의 나머지 사람들도 몇 명을 제외하고는 모두 헝가리인이었다. 게다가 알렉산더 코르다는 가난에 시달리는 헝가리 동족들과 성공에서 멀어진 배우 친구들에게 수십 년 동안 재정적인 도움을 준 것으로 유명했다. 코르다에게 도움을 받은 친구들의 명단은 그가 제작한 50편이 넘는 영화 목록보다 더 길다. 이로써 코르다는 지금까지 오직 헝가리에만 존재하는 유형의 후원자, 어리석음에 가까운 너그러움을 영예로운 생활양식으로 여기는 후원자의 이상을 몸으로 구현했다.

오락에 몰두하고 재담을 즐기며 노름꾼에 가깝게 게임에 탐닉하는 성향과 더불어 무엇보다도 '헝가리의 비밀'을 이루는 한 가지 특성이 더 있다. 바로 절망적으로 보이는 상황에서 침착함과 유머를 잃지 않는 것이다. 이를 헝가리 사람들은 아주 중요하게 여긴다.

1848년에서 1849년 사이 한동안 헝가리가 오스트리아 제국으로부터 독립할 수 있는 듯 보였다. 그러나 빈은 러시아 황제에게 도움을 요청했고, 헝가리의 독립운동은 그 당시로서는 보기 드물게 잔혹한 방식으로 진압되었다. 당시 오스트리아의 재상 슈바르첸베르크는 겨우 열아홉 살의 프란츠 요제프 황제에게서 영관급 이상 거의 모든 헝가리 장교들을 처형하라는 허락을 얻어냈다. 마치 잔인한 20세기가 그때 이미 모습을 드러낸 것 같았다. 그 조치는 온 유럽을 경악시켰으며 혁명적인 분위기를 고조시켰다. 비굴하게 목숨을 구걸하지 않고 눈썹 하나 까딱하는 법 없이 당당하게 형리를 향해 걸음을 옮긴 헝가리 장교들은 국민적 영웅이 되었다. 다만 항거를 주도한 코슈트 러요시만이 폴란드 백작의 시종으로 변장하고 터키로 피신하였다.

헝가리 국민에게 그 뒤를 이은 충격적인 사건은 제1차세계대전 후의 베르사유 조약이었다. 헝가리는 국토의 많은 부분을 상실했으며, 과거 역사적으로 막강했던 시절에 비하면 겨우 부다페스트와 그 주변 지역만이 남았다고 말할 수 있을 정도였다. 300만 명 이상의 헝가리 사람들이 불시에 외국의 지배를 받았으며 온 나라가 경제적으로 황폐화되었다. 1920년 6월 4일 헝가리 정부와 의회가 베르사유조약에 서명할 수밖에 없었을 때, 집집마다 검은 조기가 나부꼈고 신문들은 부고장처럼 조의를 표하는 검은 테두리를 둘렀다.

세 번째 충격은 소련의 지배에 항거하는 봉기가 수포로 돌아간 사건이었다. 헝가리는 1956년 가을 150시간 동안 감격스럽게도 자유로운 나라였다. 그 당시 국민들 모두 꿈을 꾸듯 들뜬 분위기에 사로잡혀 있었다. 공산당 소속의 너지 총리는 10월 29일 휘하의 모든 사무실 직원들을 데리고 보란 듯이 당당하게 중앙 당사를 나서, 국민들의 환호를 받으며 의사당으로 입성했다. 11월의 어느 추운 날 아침, 일요일 새벽 4시에 소련군의 총공격이 시작되었다. 헝가리 사람들은 압도적으로 우세한 붉은 군대에 맞서 싸웠으며 결국 수천 명이 시가전에서 목숨을 잃었다.

소련은 너지 총리에게 '질서'를 회복한 후에 자유를 보장하겠다고 약속했고 정말 놀랍게도 총리는 순진하게 그 말을 믿었다. 그러나 물론 너지 총리는 체포된 후에 다른 229명의 혁명가들과 함께 처형당했다. 소련은 1848년 헝가리의 뒷덜미를 쳤으며, 1956년에는 헝가리에서 대학살을 자행하였다. 헝가리 사람들은 그런 소련인들과 결코 우호적인 관계를 맺을 수 없었다. 1989년 헝가리에 소비에트 세계제국을 무너뜨릴 기회가 주어진 사실은 역사의 아이러니를 증명한다. 헝가리가 동독과 모스크바의 단호한 요구를 무시하고 국경을 개방한 일은 동구와 소련의 붕괴를 불러왔다. 오늘날 헝가리는 과거 동구권 나라들 중에서 정치적, 경제적으로 가장 앞서 가고 있다.

헝가리의 역사는 패배가 승리를 뜻할 수도 있음을 보여준다. 승리자들이 장기적인 관점에서 패배자로 드러나는 경우가 왕왕 있으며, 패배자들이 좋은 인상을 남기지 못하도록 그 누구도 가로막을 수는 없다.

헝가리 사람들에게 익숙한 이런 태도를 잘 보여 주는 사례로서, 나는 우리 조상 중에서 고조부 이슈트반 세체니 백작을 소개하고 싶다. 세체니는 빼앗기기 전에 내주어야 한다고 믿었기 때문에 정말 욕심

없는 삶을 살았다. 어떻게 보면 미친 사람처럼 보일 정도로 사심이 없었다. 세체니는 경제학자와 정치가로서 근검절약을 장려하였다. "네가 300마리의 양을 가지고 있더라도, 서른 마리만 가지고 있는 듯 절약하라." 이것은 세체니의 좌우명 가운데 하나였다. 그는 헝가리의 가장 진보적인 경제 개혁가이자 사회 개혁가였으며, 헝가리를 자부심 넘치는 근대적인 국가로 인도하였다. 그가 '개혁 시대'를 열기 전에 헝가리는 중세 비잔티움식의 봉건적인 국가였으며, 상류층은 농노들이 대농장에서 벌어들인 자산을 빈의 경마장에 내다버렸다. 일부 헝가리 제후들은 지금의 아랍 부호들에 버금가리만큼 막강한 부를 쌓았다. 국민의 소수만이 선거권을 가지고 나라의 운명을 좌우했고, 토지 저당을 금지하는 6백 년 묵은 법령이 지주들을 굳건하게 지켜주었다.

세체니는 자신이 속한 귀족계급의 특권을 종식시켰으며, 솔선수범을 보여주기 위해서 약 5만 헥타르에 이르는 대농장의 연 수입 전부를 학술원에 헌납했다. 또한 귀족의 면세권을 제한하고, 도나우 강변에 항구를 건설하였으며 티서 강을 관제하고, 부다와 페스트를 연결하는 최초의 다리인 현수교를 건설했다. 세체니는 헝가리 지도층의 자기만족을 경멸 어린 어조로 비판하고 여러 가지 과감한 제안을 했다. 그의 이런 태도는 격렬한 반대를 불러일으켰으며, 시골에서는 귀족들이 연합하여 그의 저서를 불태웠다.

세체니는 정치적인 경쟁자 코슈트 러요시, 시인 페퇴피와 더불어 헝가리 민족의식의 각성에 기여한 중심 인물이었다. 그러나 그가 추구하는 비전은 도나우 제국 안에서 헝가리의 발전과 부흥이었지, 혁명을 통해 도나우 제국으로부터 떨어져 나가자는 게 아니었다. 혁명가들은 세체니를 무시했으며 오스트리아와의 무력 대결을 모색했다. 세체니는 정치에서 은퇴하여 너지첸크의 정신병원으로 거처를 옮겼다. 그리고 종종 절망적인 상황을 번득이는 재치로 웃어넘겼으며, 이런 짧은 문장을 남겼다. "인간은 이 세상에서 망치 아니면 모루이어야 한다. 나는 후자의 경우이다…."

고조부가 '정신병원'에서 남기신 일기를 읽어보면, 그분이 정치적인 패배를 끝까지 도덕적인 승리로 느끼셨다는 것을 알 수 있다. 고조부가 세상을 떠나신 후에야 역사가들은 그 점을 인정했다. 세체니는 헝가리에서 신화적인 의미를 지닌 민족적인 영웅이 되었다. 정치적으로 세체니를 누른 남자, 코슈트 러요시는 결코 여기에 이르지 못했다.

영국인 그 본성과 특별한 경우

영국인들은 천성적으로 헝가리 사람들과 흡사한 데가 많다. 헝가리 사람들처럼 자신의 나라가 세계의 중심이라고 생각한다. 영국인들은 특별히 악의적인 의도 없이 다른 모든 사람들을 야만인 아니면 반야만인으로 여긴다. 그러니 가능한 한 친절하게 대해 주어야 하며 필요한 경우에는 가르치고, 심지어는 조금 억누를 수 있다고 생각한다. 그렇다고 교만한 마음에서 그러는 것은 아니다. 그들은 과거의 찬란함과 거기에서 발생하는 괴리감을 묵묵히 받아들인다.

대영제국이 초강대국에서 생활보호 대상자로 추락한 과정을 다룬 논문은 도서관 여러 개를 가득 채우고도 남는다. 그런데도 어떻게 영국인들의 자부심이 조금도 손상을 입지 않았는지 그 이유는 아직까지 충분히 밝혀지지 않았다. 영국인들이 헝가리 사람들과 비슷하게 도박

꾼 같은 기질이 있기 때문일까? 도박을 하는 사람은 언제든 잃을 수 있으며 다시 차례가 올 때까지 기다린다. 헝가리 사람들의 — 그리고 영국 사람들의 — 세계관을 적절하게 표현하는 헝가리 유머가 있다. 한 헝가리 남자가 지구의를 사려고 한다. 상점 주인이 지구의 하나를 보여주자 헝가리 남자가 묻는다. "그런데 헝가리가 도대체 어디에 있지요?" 상점 주인은 그 작은 나라를 찾아내 새끼손가락 끝으로 가리킨다. "그렇다면 헝가리만 그려진 지구의는 없소?"

영국의 쇠락은 이미 19세기 후반에 예고된 일이었다. 그때까지 세계에서 가장 막강하고 부유했던 영국은 1900년경부터 결정적으로 내리막길을 걷기 시작했다. 그러나 영국 사람들은 그 사실을 분명히 인식하지 못했다. 그들은 두드러진 자부심에 힘입어 교묘하게 자기최면을 걸어서 자신들의 상황을 못 본 척했다. 영국 상류층의 경제적인 몰락이 그 대표적인 사례이다. 역사책에 따르면 영국 상류층은 1832년의 개혁법과 함께 몰락하기 시작했다. 개혁법이 실행되면서 상류층은 정치적인 주도권을 상실했다. 그로부터 약 50년 후 산업화에 밀려 농산물 생산이 침체된 데다가 세계 각지에서 값싼 농산물 수입이 점점 늘어나는 바람에 유럽 전역의 농업경제가 극심한 위기 상황에 처하면서 영국 상류층은 경제적으로마저 붕괴하기 시작했다. 1894년 엎친 데 덮친 격으로 영국에서 상속세법이 가결되어 상류층은 가장이 세상을 뜰 때마다 집안 재산을 매각하여 상속세를 지불해야 했다. 그러고도 돈이 남아 있던 사람은 1929년 세계공황 때 알거지가 되었다. 그리고 1946년 인도의 독립이 선포되었을 때 그나마 어떻게든 수입을 올릴 수 있었던 최후의 가능성마저 사라졌다.

영국의 과거 상류층 가운데서 새로운 주변 환경에 동요하지 않은 신사 숙녀들이 장기적으로 봤을 때 — 재정적으로도 — 가장 형편이 좋았던 사실은 흥미롭다. 20세기 초 위기 상황에서 허둥거리며 침착함을 상실한 집안들은 소유지를 헐값으로 팔아넘겼다. 또한 그 당시 루벤스와 반다이크의 적지 않은 그림들이 불과 몇백 파운드에 주인을 바꾸었다. 시골의 저택에 비가 새는데도 전혀 내색하지 않고서 20세기 경제 기적의 시기까지 재산의 일부를 건질 수 있었던 사람들은, 부동산 가격뿐 아니라 무엇보다도 예술품 시장에 영향을 미친 전반적인 경제 붐을 타고 위기에서 벗어날 수 있었다. 더비 백작은 렘브란트의 〈벨사살의 향연〉을 매각하라는 유혹을 20년 동안 완강하게 버텨냈다. 그러다 1964년에서야 그 그림을 팔겠다는 용의를 밝혔고 17만 파운드를 요구할 수 있었다. 그것은 현재 환율로 약 50만 유로에 해당한다. 데번셔 공작은 1970년대까지 기다렸다. 그는 소장하고 있던 렘브란트 그림을 사상 최고 가격에 팔아넘겼으며, 그것으로 수십 년 동안 참고 기다린 대가를 보상받았다.

새로운 환경에 적응하지 못하고 허둥지둥 두려움에 사로잡혔던 집안들은 그 무렵에 더 이상 팔래야 팔 것이 남아 있지 않았으며, 결국 직업 전선에 뛰어들 수밖에 없었다. 영국의 귀족들은 은행이나 경매장에서 일했을 뿐 아니라, 테비오트 경처럼 버스 기사로 생활비를 버는 경우도 있었다. 보일 자작과 블랙퍼드 경은 상원에서 법률을 심의하지 않으면 웨이터로 일했다. 샤플스 남작 부인은 시골에서 주점을 경영했으며 레이디 다이애나 스펜서는 유치원 교사로 일했다.

버스를 운전하거나 맥주를 따르는 대귀족 가문의 후예들은 유희하

듯 열정적으로 시민계급이나 무산계급의 일을 하는 것으로 유명했다. 그들은 보수가 적은 사실에 개의하지 않는 듯 보였다. 어쩌면 건전하게 돈을 경멸하는 교육을 받았기 때문인지도 모른다. 가난해지는 것과 관련하여 경험이 많고, 궁핍한 시대에 몸을 사리는 법을 잘 배운 집안의 후손일수록 정말로 빠듯한 상황을 잘 헤쳐 나갔다. 권력에도, 권력의 상실에도 익숙하지 못했던 이집트의 파룩 왕가 같은 집안은 왕좌에서 떨려난 사실을 감당할 수 없었다. 파룩은 외국에 비축해 두었던 최후의 재산을 룰렛으로 몽땅 잃었다. 파룩의 누이동생 파티아 공주는 미국으로 건너가서 마지못해 파출부 일을 했다. 그러다 결국 어느 회사 직원과 결혼을 했는데, 나중에 로스앤젤레스의 한 모텔에서 남편이 쏜 총에 맞아 목숨을 잃었다.

수백 년 동안 아일랜드의 역사에 커다란 영향을 미친 집안의 후손 킹세일 경은 그와 반대로 자신의 상황을 잘 다스릴 줄 안다. 킹세일 경의 집안은 이미 크롬웰 시대에 영락했다고 간주되었다. 그래서 그는 재킷에 구멍이 나도 전혀 아랑곳하지 않는다. 킹세일은 헨리 7세가 '어리석은 전쟁'을 일으켜 자기 가문이 쇠락했다고 주장한다. 현재 그는 누구나 좋아하는 중년 신사로서, 과거 조상들의 소유지였던 마을의 작은 오두막에서 살고 있다. 마을 사람들은 존경 어린 태도로 그를 'Sir'라고 부른다. 마을 주점의 하수구가 막히면 주점 주인은 'Sir'에게 전화를 건다. 'Sir'가 하수구를 뚫어준 대가로 맥주 한 잔이면 만족하기 때문이다. 킹세일 경이 몸에 걸치고 다니는 것은 신발까지 전부 다른 사람들이라면 폐기 처분할 것들이다. 그는 시내에 저녁 식사 하러 가거나 파티에 초대를 받으면 단 하나밖에 없는 말쑥한 재킷을 꺼내 입는다. 언젠가 비록 가난하지만 귀족이라는 것이 무슨 이점이 있냐고 물은 사람이 있었다. 킹세일은 영국 사람이 아니면 불가능한 자조적인 어조로 대답했다. "그야 물론 이점이 있지요. 내가 만찬 도중에 갑자기 크게 방귀를 뀌면 모두 무슨 특별한 일이나 되는 듯 여기지요. 심지어는 조금 즐겁게 생각하는 사람들도 있어요. 그런데 아마 다른 사람이 그러면 혐오스럽고 상스럽다고 말할 거요."

내가 아는 영국의 영락한 속물들 대부분은 자신의 수입이 파출부보다 적은데도, 집안일을 도와주는 일손을 끈질기게 고집한다. 그것마저 불가능한 사람들은 집 안 상태를 가능한 한 무시하기로 결정하고, 마치 집 안이 깔끔한 듯 군다. 그런 사람들을 방문하는 경우에는, 집 안 구석구석 먼지가 몇 센티미터나 쌓여 있고 부엌에는 대대로 물려받은 식기들이 수북이 쌓여 있는 광경을 각오해야 한다.

그러나 물론 가난해진 영국 신사들 가운데는 일주일에 한 번씩 집 안을 정리 정돈하는 것에서 재미를 느끼는 사람들도 있다. 그런 젠틀맨들은 팔소매를 높이 걷어붙인 채 고무장갑을 끼고 스스로 하인 역할을 한다. 이때 상상 속에서의 하인 역할을 가능한 한 완벽하게 하는 것이 중요하다.

내 친구 하나는 이 점에서 아주 능숙하다. 로이드 보험회사의 도산이 그 친구의 마지막 남은 예금을 날려버린 데 이어, 그의 부인마저 남편을 버리고 돈 많은 후작을 따라서 시골의 영지로 떠나버렸다. 그 친구는 어느 날 운명을 속이고 스스로 자신의 하인 역할을 하기로 결심했다. 구두를 티끌 하나 없이 번쩍번쩍 윤나게 닦고, 담배가 필요하면 길모퉁이 담배 가게로 자신을 심부름 보낸다. 그의 편지지는 스마이슨 제품이며, 그의 작은 집은 항상 완벽하게 정돈되어 있고, 의복은 입는 사람보다 더 오래된 것인데도 흠잡을 데가 없다. 조상에게 물려받은 책상 위에는 난방을 중단하겠다고 위협하는 영국 가스 회사의 독촉장이 쌓여 있고, 이따금 전화가 끊기는 바람에 연락 두절 상태가 된다. 그런 사소한 곤경을 제외하면, 그 친구는 항상 상류 계층의 유복한 후예로서 완벽하게 처신한다. 그의 생활양식은 예전과 조금도 다르지 않다. 다만 그의 현금카드가 기능을 상실했을 뿐이다. 그러나 그 친구는 현금카드가 원활하게 기능을 발휘하는 사람들보다 우월해 보인다.

영국 사회 형태의 장점 가운데 하나는, 신분제도가 존재하지만 누구나 신분의 장벽을 넘어설 수 있고 또 오로지 돈에 의해 신분이 좌우되지 않는 것이다. 무엇보다도 중요한 차이는 행동과 언어인데 이 두 가지는 배워 익힐 수 있다. 마거릿 대처의 젊은 시절 언동은 훗날 보수당에서 정권을 잡았을 때와 사뭇 달랐다. 이를테면 노동계급 출신이라도 누구나 성인 오락실에 가는 대신 속보 경마장을 관람하는 등의 시민적인 생활양식을 받아들여서 중산층에 합류할 수 있다. 그리고 중산층에 기반을 둔 사람들은 어느 날 상류층의 생활 방식과 언어, 행동을 받아들여서 속보 경마 대신 갤럽 경마를 관람할 수 있다. 다른 말로 표현하면 영국인들은 지배자의 민족이다. '지배자라는 것'이 항상 '다른 사람들을 지배하는' 의미를 내포하는 독일적인 의미에서가 아니라, 헝가리인들과 영국인들에게 잘 알려진 '자기 극기', 비록 상상의 세계라 할지라도 '자기 세계의 주인'이라는 의미에서 지배자이다.

헝가리 사람들과 영국 사람들이 국적을 내세우는 것은 교만한 마음에서가 아니라, 특히 인생의 가혹한 순간에 적어도 어떤 특별한 것의 일부라는 감정을 품을 수 있기 때문이다. 나는 런던에서 한동안 같은 집에 살았던 친구 케빈이 어느 날 밤 삶에 지쳐서 배터시 다리에서 뛰어내리려는 사람을 만류하는 광경을 목격했다. 케빈이 뛰어내리지 말라고 그 남자를 설득한 논거는 "당신은 영국 사람이라는 것을 자랑할 수 있습니다!"라는 것이었다. 그런 비슷한 상황에서 독일인에게 "당신은 독일 사람이라는 것을…."이라고 말하면 말을 끝까지 듣지도 않고 뛰어내릴 것이다. 무엇보다도 영국 사람들을 돋보이게 하는 것은 불쾌한 상황에서도 고개를 똑바로 쳐들고 걷는 '자존심'일지 모른다.

영국 사회 형태의 우월함을 누구보다도 뚜렷이 몸으로 보여준 남자가 있다. 찰스 벤슨. 그는 아주 빈한한 가정 출신이었는데도 런던 사교계에 없어서는 안 되는 존재였다. 벤슨의 공식적인 직함은 《데일리 익스프레스》의 갤럽 경마 담당 기자였다. 그러나 신문사의 사무실에서는 결코 그의 모습을 볼 수 없었다. 에스콧이나 엡솜의 경마장에 있든지 아니면 본업, 즉 대부호 친구들의 살롱에서 시간을 보내는 일에 열중해 있었기 때문이다. 벤슨과 각별히 친하게 지낸 사람들로 아가 칸과 말 사육업자 로버트 생스터, 억만장자 지미 골드스미스, 그리스의 프로 테니스 선수 타키 테오도라코풀로스, 카 레이서 그레이엄 힐을 들 수 있다.

벤슨이 죽은 후에 타키는 《스펙테이터》의 칼럼에 이렇게 썼다. "찰스는 하루도 도박을 하지 않는 날이 없었다. 그는 언제나 무일푼이었지만 우리 가운데서 가장 풍족한 생활을 누렸다. 그는 나를 영국의 관습으로 인도했고(경마, 시골 대저택에서의 주말, 카지노), 그 대신에 나는 그에게 대륙의 관습을 알려주었다(화류계 방문, 지중해의 요트 항해, 더욱 많은 카지노).” 벤슨은 자석처럼 사람들을 끌어당기는 힘을 가지고 있었다. 카지노 소유주 존 아스피낼은 벤슨의 도박벽을 힘껏 후원했다. 벤슨의 등장을 높이 평가했기 때문만이 아니라 다른 ‘대도박사들’이 나이트클럽 ‘애너벨스’에서부터 아스피낼의 카지노로 올라가는 벤슨을 뒤쫓아왔기 때문이었다.

벤슨의 자산은 재담이었다. 벤슨은 출신 신분을 자랑할 수도 없었고 수중의 돈도 없었지만, 런던 사교계를 이끄는 인물 가운데 하나였다. 찰스 벤슨은 해마다 반드시 연중행사로 세 번의 여행을 다녔다. 크리스마스가 지나면 어김없이 런던의 고약한 1월을 피하기 위해 바베이도스의 로버트 생스터 집에서 상당히 오래 머물렀으며, 여름에는 몇 주일 동안 아가 칸의 요트에서 지냈다. 요트의 뒤 갑판에 못 박힌 듯 앉아서 — 오른손에는 항시 샴페인 잔이 들려 있었다 — 한시도 쉬지 않고 주변 사람들을 즐겁게 해주었다. 그리고 영국의 경마 시즌이 끝난 다음에는 생스터와 함께 오스트리아 갤럽 경마의 절정인 멜버른 컵을 향해 여행을 떠났다. 이 의례적인 여행들 사이에는 언제나 벤슨과 교제하는 것을 높이 평가하는 엄청나게 돈 많은 노부인들이 있었다. 그런 노부인들은 벤슨이 매일 저녁 칵테일 시간에 손님들의 흥을 돋워주기만 하면, 플로리다나 바하마에 머물게 해주었다. 찰스 벤슨은 평생 비행기 표에 동전 한 닢 지불한 적이 없었는데도, 일등석만을 타고 다녔다. 그래서 평소에 애호한 좌석 번호에 빗대어 ‘1A’라는 별명을 얻었다.

영국 사회 모델의 비밀은 누구에게나 ‘레이디’나 ‘젠틀맨’이 될 수 있는 길이 열려 있다는 것이 아닌가 싶다. 이것은 바로 영국 신분 사회의 가변성일 것이다. 이 가변성 때문에 영국인들 스스로 신분의 구별을 유지하는 것이 바람직하다고 여긴다. 신사가 되려고 하는 사람은 신사처럼 행동하기만 하면 된다. 이렇듯 간단하다.

러시아 친척들

옛날에 상류 계층이 즐겨 만났던 장소들은 러시아의 신흥 부자들이 점거해 버린 탓에 이제 과거의 모습을 영영 찾아볼 수 없다. 아주 저속한 부자들도 생모리츠 같은 장소에 더 이상 마음 편하게 드나들지 못한다. 그렇다. 이제는 부 자체가 상스러운 것으로 여겨지는데 그 결정적인 책임은 러시아의 벼락부자들에게 있다. 그들은 어디를 가든 저속함의 한계를 한 차원 새롭게 연다. 조깅 바지 차림에 슬리퍼를 신고 금빛 찬란한 호화 저택 앞에서 억만장자처럼 포즈를 취한 러시아 권력가의 유명한 사진이 있다. 이 사진 하나만 보아도, 그가 자가용 비행기에서 러시아 정예부대의 손에 끌려 나와 법정에 세워진 사실을 충분히 수긍할 수 있다. 또 푸틴을 피해 런던으로 도주한 러시아 권력가 한 명은 이튼 광장 변에 집을 한 채 사서, 가보고 싶지 않은 최악의 장소로서 노팅힐의 자리를 이튼 광장이 넘겨받는 데 한몫을 했다. 이 점에서 런던의 모든 스타일 전문가들은 의견이 일치한다.

최근 몇 년 사이에 부유한 러시아인들의 방출은 유럽의 생활양식에 파괴적인 영향을 미쳤다. 그와 반대로 1917년 러시아혁명 후에 피난길을 떠났던 가난한 러시아인들은 당시 서유럽을 풍성하게 했다. 1920년대 파리의 자유분방한 삶은 무엇보다도 독창적인 러시아인들이 몰려오면서 꽃피었다. 그 무렵에는 택시 운전석과 웨이터 제복 뒤에 추방당한 가난한 제후들이 숨어 있는 경우가 종종 있었다. 러시아의 망명 귀족들은 하인으로서 인기가 있었다. 오랫동안 직접 하인들을 다뤄본 덕분에 뛰어난 집사나 운전기사로 여겨졌기 때문이다. 많은 러시아 망명객들은 넘치는 풍요와 특권의 태평천국에서 졸지에 알거지 피난민 신세가 되어 서방에 떨어졌으며, 이때 비로소 활짝 꽃피었다. 내가 어린 시절부터 잘 아는 우리 집안의 먼 친척뻘 되는 아저씨는 파리에서 하인으로 일했는데, 아저씨 입으로 직접 상트페테르부르크에서보다 훨씬 더 흥미진진한 삶을 살았다고 말했다.

이미 앞에서 말한 바 있는 러시아 명문 귀족의 아들 블라디미르 나보코프도 이러한 좋은 사례이다. 나보코프는 베를린에서 망명 생활을 하던 시절 집이 너무 좁아, 침실에서는 도저히 글을 쓸 수 없었기 때문에 때로는 욕실에서 글을 써야 했다. 그 무렵 하루 끼니를 어떻게 때워야 할지 막막했는데도, 그의 시와 소설, 작품 구상들은 행복감으로 넘친다. 그때 나보코프가 남긴 글 중에 이런 글이 있다. "거리와 광장, 운하를 따라 거닐다 보면, 구멍 난 구두 밑창 사이로 아련히 축축한 기운이 느껴지면서 뭐라 설명할 수 없는 행복감이 도도하게 가슴을 채운다." 나보코프는 '행복에 이르는 길'이라는 표제로 삶을 위한 지침서를 쓰려는 계획까지 세웠다.

그는 장편소설 《롤리타》로 큰돈을 번 후, 그토록 오랜 기다림 끝에 성공하게 된 것을 한탄했다. 그러나 정말로 궁핍하던 시절에도 물질적인 것에는 거의 개의치 않았다고 주장했다. 나보코프는 그 무렵 젊은 시절 남긴 글에서 잃어버린 재산을 애통해하는 러시아 망명객들을 경멸했다.

물론 그런 경우들도 없지 않아 있었다. 그러나 러시아 망명 귀족들 대다수는 몰락하면서도 우아함을 잃지 않았고, 진정한 품위의 영원한 본보기가 되었다. 러시아 황제 니콜라이 2세의 누이동생 크세니아 대공비는 사촌지간이었던 영국의 조지 왕과 메리 왕비가 마련해준 윈저 공원 안의 작은 집에서 살았다. 대공비는 소박하고 수줍음을 타는 성격으로 알려졌으며, 하인들이 러시아의 관습에 따라 자신의 손에 입맞추는 것을 사절했다. 메리 왕비는 이따금 함께 차를 마시자며 대공비를 초대했다. 그렇게 차를 마시는 자리에서 한번은 메리 왕비가 새로 구입한 파베르제 알◆을 대공비에게 보여주었다. 그러고는 파베르제 알에 새겨진 'K'라는 이니셜이 무엇을 뜻할 것 같으냐고 물었다. 물론 대공비는 그게 무엇을 뜻하는지 잘 알았다. 대공비의 이름 크세니아는 영어로 쓰면 Xenia이지만 러시아어로 쓰면 'K'로 시작한다. 그 파베르제 알은 대공비가 첫아이를 낳았을 때 남편에게 선물 받은 것이었다. 그러나 크세니아 대공비는 아무런 내색도 하지 않고 'K'가 크리스토프Kristof의 첫 글자가 아니겠냐고 대답했다. 대공비는 왕비에게 그 파베르제 알의 내력을 말하기보다는 차라리 땅속 깊이 사라지는 편을 택했을 것이다. 다른 모든 일은 차치하고서라도 우선 왕비가 파베르제 알의 내력을 알게 되면 당혹해할 것이기 때문이었다. 왕비를 당황스럽게 만드는 것은 무척 무례한 일이었다.

◆ 러시아의 금 세공사이며 보석상인 페터 카를 파베르제(1846~1920)가 제작한 아주 아름답고 예술적인 둥근 계란 모양의 장식품. 주로 러시아 황실을 위해 제작했다고 한다.

폰 쉰부르크 씨의 우아하게 가난해지는 법

2

+

우선순위를 정하기

우리가 가난의 영웅들에게서 배울 수 있는 경이로운 일들 가운데 하나는 성공과 실패를 경리 사원처럼 따지지 않는 것이다. 험난한 상황에서도 의연한 태도를 유지하는 사람들은 무엇보다도 한 가지 특성을 공유한다. 그들은 위기 상황에서도 끝까지 행동하는 사람들로 남아 있다는 것이다. 주위 환경에 흔들리지 않고 품위를 지키며 실패를 새로운 기회로 받아들이는 능력을 보여준다.

때로는 불행이 행복의 가면을 쓰고서 유혹적으로 다가오듯이, 행복의 짓궂은 점은 이따금 감쪽같이 불행으로 변장하고 나타난다는 것이다. 미국 일리노이 요리사의 경우처럼 그렇듯 단시일 만에 끝을 맺어야겠는가. 서른일곱 살의 그 요리사는 360만 달러의 복권에 당첨된 지 며칠 만에 스트레스를 감당하지 못하고 심장마비로 쓰러졌다. 아니면 몇 년 전에 독일에서 대서특필되었던 '복권 로타르'처럼 되어서도 안 된다. 그 로타르라는 이름의 실직자는 390만 마르크에 이르는 복권에 당첨된 후, 이름 없는 싸구려 캔 맥주 대신 유명 상표 맥주를 마셨고 람보르기니를 몰았으며 무엇보다도 알코올과 파티, 아름다운 여자들에 파묻혀 지냈다. '복권 로타르'는 복권에 당첨되고 나서 불과 5년 만에 세상을 하직했다. 이처럼 우리가 행복이라고 여기는 것이 정반대로 드러나는 경우가 흔히 있다. 오스카 와일드는 이것을 아주 적절하게 아름다운 문장으로 표현했다. "신은 인간들을 벌하려는 경우에, 그들의 기도를 들어준다."

역설적인 소리로 들리겠지만, 여기에서 한 걸음 더 나아가 실패를 성공의 비결로 볼 수 있다. 블라디미르 나보코프는 가난한 망명 생활을 하지 않았더라면 부유한 나비 채집가와 2류 서정 시인으로 인생을 마감했을 것이다. 우리 모두를 위해서, 어쩌면 본인을 위해서도 다행히 나보코프는 모든 것을 잃었다. 웅장한 승리와 처참한 실패는 종종 놀라울 정도로 가까이 있을 뿐 아니라 때로는 상실과 실패, 심지어는 이른바 불행이라는 것도 훗날 역경을 뚫고 모습을 나타내는 승리의 참된 전제 조건을 이룬다.

듣기 좋은 말로 행복을 이야기하는 진부한 감언이설을 뒤쫓는 사람은 스스로를 불행하게 만들기 십상이다. 진정한 가난은 물질적인 것의 결핍이 아니라 건강이나 아름다움, 부유함, 무엇을 좇든지 완벽하기를 바라는 마음에서 비롯된다. 삶의 기복을 평가할 줄 알고 위기 상황에 의연하게 대처하는 사람은 경우에 따라서 행복한 삶을 영위할 수 있다.

크게 부유해질 수 있는 두 가지 가능성이 있다. 첫 번째 가능성은 마음에 품고 있는 모든 소원을 성취하려고 애쓰는 것이다. 악착같이 일하며 누리고 싶은 일들을 꿈꾼다. 그러다 마침내 실제로 소원을 이루게 되어도 행복해지지 않는다고 확정 짓는다. 두 번째 가능성은 소원을 수정하는 것이다.

마침내 행복과 부, 성공에 이르기 위해서 한 단계 한 단계 실행에 옮길 수 있는 정확한 지침을 이 책에서 기대하는 독자는 실망할 것이다. 그보다는 소비사회가 바람직한 것이라고 우리를 설득하지만 사실은 저속하고 성가신 것에 지나지 않는 소원들을 돌아보라고 촉구하는 데 이 책의 목적이 있다. 다만 그런 소원들에 끝까지 충실한 사람은 결코 스스로 부유하다고 느끼지 못할 것이라는 사실만 미리 말하고 싶다. 그와 반대로 그런 소원들과 작별을 고하는 사람은 부유해질 것이다.

우아하게 가난해지는 첫 번째 비결은 우선순위를 정하는 것이다! 1년에 2주일 알리칸테의 북적대는 호텔에서 휴가를 보내기 위해 많은 돈을 투자할 것인가, 아니면 고향에서 공원을 산책하고 가까운 호수로 소풍 다니며 휴가를 보낼 것인가. 감각을 마비시키는 무절제한 텔레비전 프로그램 제공자와 신문사에 다달이 돈을 낼 것인가, 아니면 좋은 책을 한 권 읽을 것인가.

진정으로 사치스러운 것은 에르메스나 카데베, 마누팍툼 통신판매 회사에서는 얻을 수 없다. 우리의 삶을 아름답게 하기보다는 황폐하게 만들 뿐인 무익한 유혹에 맞서서 우리 자신을 지킬 때에만 풍성한 삶이 가능해진다. 진정으로 부유해지고 싶은 사람은 적어도 일부나마 독자적인 태도를 회복하고자 용기를 내야 하며, 예를 들어 결국 좌절만을 맛보게 하는 소비에 무턱대고 탐닉하는 대신 참된 만족을 주는 것만을 누려야 한다.

인간은 실제로 돈이 없어도, 아니면 최소한 아주 적은 돈으로도 얼마든지 부유한 삶을 누릴 수 있다. 이를 위해 필요한 것은 '생활양식'이다. 이 말은 오랫동안 소비재 산업의 투쟁 구호였다. 앞으로 좀 더 나은 삶을 위한 비결은 독자적인 생활양식일 것이다.

일을 줄이고 인생을 즐겨라!

◆

네가 돈을 위해 일을 해야 한다면,
돈이 무슨 소용이 있겠는가?

조지 버나드 쇼

◆

내가 직장 없는 사람으로서 새로운 삶을 시작한 처음 몇 주일은 특이했다. 나는 여기에서 '실업자'라는 말을 피한다. 집에도 얼마든지 할 일이 있기 때문이다. 아내는 누구보다도 빨리 상황에 적응했으며, 나를 더 이상 언론인이 아니라 집안일을 도와주는 사람으로 보았다. 그녀가 그동안 얼마나 그런 사람을 바라 마지않았던가. 게다가 독일어까지 능숙하게 구사할 줄 아니 그보다 더 바람직한 사람이 어디 있으랴. "무슨 일에 종사하시지요?" 어김없이 이렇게 묻는 사람들이 있다. 파티 석상에서 누군가 이렇게 물으면, 나는 그 물음에 응징하기 위해서라도 기꺼이 실업자라고 대답했다. "무슨 일에 종사하시지요?" 나는 이 물음이 화제에 오르기까지 얼마나 오래 걸리는지 여러 가지 상황에서 측정해보았다. 직접 두 손으로 일해서 돈을 벌거나 어린 시절 좋은 가정교육을 받은 사람들은 몇 분이 지난 다음에야 묻거나 아니면 아예 물을 생각조차 하지 않는다. 프리랜서, 변호사, 의사 들은 1~2분 정도 걸리고, 광고인과 언론인 들은 채 30초도 참지 못한다.

"무슨 일에 종사하시지요?" 이 물음은 속물적이고 고루한 것이다. 점점 더 많은 사람들이 일자리를 잃고 있기 때문에 종사하는 직업을 가지고 사람을 규정하던 시대는 지나갔다. 아직 해고되지 않은 사람들도 일이 삶에 의미를 부여하는 유일한 가능성이라고 보지 않는 게 좋다. 일은 원래 에덴동산에서 이브가 저지른 불손에 대한 징벌로 생각된 것이었다. "이마의 땀을 흘려야 너희는…." 그러다 루터와 칼뱅에 의해서 일은 도덕적인 계율, 삶의 필수적인 것이 되었다. 그러나 일은 대부분 진정한 삶에서의 도피와 같은 의미이기 때문에 삶의 내용에는 거의 보탬이 되지 않는다. 그러다 일과 더불어 일에 따르는 사회적인 인정, 존중, 지위가 어느 날 갑자기 모조리 사라져버리는 경우에 인간은 공허함에 직면하게 된다.

경제 분야에서 오랫동안 지지를 받아온 견해는 일에 파묻혀 사는 사람들의 사생활은 황량할지 모르지만 직업에서는 큰 성과를 보인다는 것이었다. 그들은 회사 일을 위해서 낮이고 밤이고 하루 24시간 출동 태세를 갖추고 있다. 자신과 회사를 완전히 동일시하며 회사에 전력을 다한다. 이러한 견해는 이미 오래전에 시대에 뒤떨어진 것이 되었다. 현재 하버드나 인시아드 같은 세계적인 비즈니스 스쿨에서 그러한 유형의 직원은 비용과 생산성 면에서 기업에 위험한 존재라고 가르친다. 그러한 사람들은 언제 탈진해서 기능이 정체될지 모르는 시한폭탄 같은 존재이다. 24시간 내내 — 휴대폰이나 블랙베리, 노트북을 통해 — 직장과 연결되어 있는 오늘날 같은 시대에 조용히 물러나 휴식을 취하며 재충전할 수 있는 공간을 마련하지 못하는 사람, 방안의 가구를 머릿속에서 새롭게 배열하는 등 다른 생각을 할 여유를 갖지 못하는 사람은 자신의 건강과 정신력을 해칠 뿐 아니라 회사 경영의 관점에서는 생산력에까지 누를 끼치게 된다. 게다가 최근 몇 년 동안의 많은 연구 결과는 유달리 야심이 많은 사람들이 쉽게 만족하지 못하고 우울해하며, 심지어는 병적인 조울증까지 나타내는 사실을 증명한다.

그러나 직장에서 건강을 위협하는 주요 원인 중의 하나는 흥미롭게도 일 자체가 아니라 일을 잃을지 모른다는 두려움이다. 예를 들어 상당히 오랜 시간 동안 집중적으로 비용을 절감한 기업에서 직원들의 질병에 의한 결손이 급격하게 상승한다는 사실이 증명되었다. 두려움과 스트레스가 인간의 활력과 면역 체계에 직접 영향을 미치는 것은 분명하다. 핀란드의 어느 연구 결과에 따르면, 여러 차례에 걸쳐 감원한 기업에서 직원들이 심근경색에 걸릴 위험이 4년 전 해고 파동이 있기 전보다 무려 5배나 상승한 것으로 집계되었다.

이제 학자들은 스트레스가 정확하게 무엇인지 점점 그 실체를 밝혀내고 있다. 지금까지 '스트레스'라는 낱말은 사실 의학적으로 상세하게 규정되지 않고서 정신적·육체적 부담을 지칭하는 일종의 상위개념으로 사용되었다. 스트레스는 우리 선조들에게 인체 특유의 경보장치 역할을 했던 '스트레스 호르몬' 코르티솔과 아드레날린의 분비 증가와는 다른 것이다. 오히려 문제는 이러한 호르몬들이 충격적으로 방출되는 대신 과도한 작업이나 전화벨 소리, 만성적인 압박 등에 대처하기 위해서 장기간에 걸쳐 소량으로 분비되는 경우에, 위험 수위를 알려주는 스위치가 늘 중간 지점을 가리키는 것과 같다는 것이다. 즉 긴장이 완전히 풀어지지도 않고 극단적으로 긴장하지도 않으며 항상 중간 단계를 고수한다. 이런 상황이 계속되는 경우 인간은 지치고 기진맥진하며 좌절하기 마련이다.

여기에서 위르겐 클린스만은 직원들의 스트레스를 '능동적으로' 사전에 방지하기 위해 돈을 투자하는 기업이 미국에서는 점점 늘어나고 있다고 말할지도 모른다. 캘리포니아에는 직원들이 단체로 하루에 한 번 자리에서 일어나 숨쉬기 운동을 하고 명상에 잠기는 회사들이 많이 있다. 모든 직원이 여기에 의무적으로 참여해야 한다. 또는 안마사가 돌아다니며 직원들의 목을 일일이 마사지해주는 회사들도 있다. 마사지의 긴장을 풀어주는 효과는 바닷가재의 내부 기관에서도 확인되었지만, 대부분의 직원들에게 단 한 번만으로는 큰 실효를 거두기 어렵다. 긍정적인 효과가 오래 지속되는 경우는 드물다.

효과적인 치유 방법은 단 하나밖에 없는 듯하다. 그 치유 방법에 비하면 스트레스를 극복하려는 다른 모든 시도는 엉터리 의술처럼 보인다. 그것은 바로 사태를 인식하는 방법이다. 삶의 활력을 잃지 않고 건강을 지키기 위해서는 일부 생활 태도와 습관, 일을 바라보는 관점을 점검해야 하는 사실을 이해하고, 필요한 경우에는 치료사들의 도움을 받아야 한다. 오로지 일로만 자신을 규정하는 것이 과연 의의 있는가, 또 다른 사람들보다 더 부지런해 보이고 싶다는 이유 하나로 저녁에 맨 마지막으로 사무실을 나서는 것이 과연 행복에 이르는 길인가 한 번 깊이 생각해봐야 한다.

완전히 헌신적으로 일에 몰두하는 언론인들, 신문이 바로 삶이고 열정인 탓에 사생활이 전혀 필요하지 않은 철두철미한 언론인들을 나는 신문사 편집부에서 많이 보았다. 그러나 깊이 들여다보면 행복하게 일에 전념하는 전문가들이 스스로 외면한 본래의 삶을 처량한 심정으로 못내 그리워하는 경우도 많다.

친구 중에서도 그런 철두철미한 언론인이 한 명 있다. 내가 베를린의 황색 신문사에 취직했을 때, 그 친구는 이미 거기에서 연합뉴스 파트의 편집장으로 일하고 있었다. 우연히 마주칠 때마다 그는 항상 줄담배를 피워가며 일에 열중한 모습이었다. 게다가 20대를 채 넘기기도 전에 유력한 일간지의 사장직을 맡을 정도로 아주 유능했다. 그리고 아직 젊은 나이인데도 시내에서 중요한 위치를 차지했다. 고위 공직자들은 그 친구에게 아부하는 말을 건넸으며, 나이 많은 동료들은 질투 어린 시선으로 바라보았다. 그러던 어느 여름날 아침, 그 친구는 이상하게 윗몸이 짓눌리는 듯한 느낌을 안고 잠에서 깨어났다. 마치 몸이 묵직한 화강암 판처럼 느껴졌으며 왼팔이 고통으로 불타는 것만 같았다. 심근경색, 그때 나이 서른세 살이었다.

내가 해고될 무렵에 변호사 사무실의 동업자로 자리를 잡으면서 나와는 엇갈린 길을 걸은 친구도 있다. 그 친구도 나처럼 가정이 있었으며 자녀가 두 명 있었다. 지금 그는 시시하게 하루 열두 시간이 아니라 열여섯 시간을 일하며, 주말에는 서류를 점검하고, 2~3일에 한 번씩 비행기를 타고 프랑크푸르트로 날아간다. 소송 의뢰인 대부분이 프랑크푸르트에 거주하는 탓에 그곳에 아예 집까지 하나 마련했다. 그는 지금 뮌헨의 슈바빙 대신에 뮌헨 남쪽 동네, 정원이 딸린(어린아이들 때문에) 근사한 작은 단독주택에서 가족과 함께 산다. 아니면 가족이 그 친구 없이 사는지도 모른다. 그는 아이들이 사춘기 연령에 접어들어서야 뒤늦게 아이들을 알게 될 것이다. 그리고 그의 부인은 어쩌다 우연히 남편과 마주치면 놀랄 것이다. 그 대신에 최소한 돈 걱정은 모르고 살지 않을까 싶다. 그럴 것이다.

특히 자녀들이 있다면 돈 걱정이 상당히 번거로운 것이라는 점은 인정한다. 그러나 일벌레들은 알지 못하는 실제 삶을 돈 걱정을 통해 조금 맛볼 수 있다는 좋은 점이 있다. 내 경우를 말하면, 나는 이따금 생활비를 조달하기 위해 고군분투해야 한다. '자유' 언론인으로서 — 완곡하게 표현해 — 일정하지 않은 수입으로 가족을 힘겹게 부양해야 하기 때문이다. 그 대신에 지금은 담배 연기 자욱한 혼탁한 사무실에 앉아 있지 않아도 된다. 이제는 창문을 열면 신선한 공기가 밀려 들어온다. 일터까지 가는 길, 즉 아침 식사를 하고 내 컴퓨터까지 가는 길은 교통 상황에 따라 10초에서 20초 걸린다. 과거에는 대중교통을 이용하는 데 하루에 꼬박 두 시간이 걸렸다. 신문사에서 해고된 지금처럼 일할 시간이 많은 적은 결코 없었다. 편집부에서 나는 결국 아무짝에도 쓸모없는 신문을 읽거나 동료들과 한없이 대화를 나누거나 잡담을 하거나 토론을 하는 것으로 몇 시간을 보내기도 했다. 게다가 점심시간은 번잡스럽게 또 얼마나 길었던가. 드디어 나는 시간과 신경을 소모시키는 이런 모든 일에서 벗어나게 되었다.

여전히 독서가 내 일의 중요한 부분을 차지한다. 그러나 이제는 적어도 숨 막히는 사무실에서가 아니라 날씨만 좋으면 언제든 베란다에서 책을 읽는다. 내가 골똘히 생각에 잠겨 있는지 햇볕을 쬐며 졸고 있는지 언뜻 판단할 수 없다는 것을 아내가 깨닫기까지는 물론 시간이 한참 걸렸다. 내 서재만큼은 예전과 다름없이 확실한 피신처로 남아 있다. 지금처럼 서재 문이 닫혀 있으면 일체 면회 사절이다. 이것은 우리 집안의 엄격한 계율이다. 그러면 아이들과 아내, 우편집배원, 집행관, 아니 독일 총리가 와도 출입 금지이다. 어떤 식으로든 한계를 그어야지, 그렇지 않으면 아무 일도 할 수 없다. ("아니, 레티티아, 지금은 안 돼!") 나는 과거에 투자은행에서 근무하다가 현재는 독립하여 집에서 일하는 유능한 투자 상담가 한 명을 알고 있다. 그의 집안에는 엄격한 규칙이 하나 있다. 그가 넥타이를 매고 재킷을 입고 있으면, 집안일과 관련하여 비상사태가 아닌 다음에는 무조건 대화 사절이다. ("아니, 지금은 동화책을 읽어줄 수 없어. 안 된다니까. 조금만 기다려!") 그의 넥타이는 '아빠는 지금 방해받고 싶지 않다'는 신호이다. ("제발, 레티티아! 지금은 안 돼! 나중에 읽어준다고 약속할게. 10분만 기다려. 먼저 이걸 끝까지 마저 써야 해. 자, 어서 엄마한테 가!") 나도 한번 넥타이 규정을 시험해봐야겠다. 틀림없이 효과가 있을 것이다.

그러나 무엇보다도 좋은 점은 내 하루가 회사에 의해 타율적으로 결정되지 않는다는 것이다. 나는 원하는 것을 원하는 시간에 원하는 방식대로 할 수 있는 호사를 누린다. 그러다 책상에 앉고 싶은 기분이 전혀 아닌데 부득이 일해야 하는 경우에는 옛날부터 잘 알려진 술수를 이용한다. 그 술수를 활용하면 많은 것을 한결 수월하게 할 수 있다. 말하자면 일을 놀이로 생각하는 것이다. 따분한 글을 수정해야 하는 경우에 "자, 일을 시작하자"라고 말하는 게 아니라 이 글을 가지고 한번 놀아보자고 생각한다. 뭔가를 유희적으로 보는 순간에 부담이 줄어든다.

10년 전에 일과 자신을 100퍼센트 동일시하라고 권장했던 조언서들이 흥미롭게도 이제는 일을 순전히 밥벌이의 수단으로 보고 삶의 의미를 가족과 여가 시간에서 찾아야 한다고 말한다. 이런 조언은 무척 고맙지만 둘 다 탐탁하지 않기는 마찬가지다. 자신이 하는 일을 순전히 밥벌이의 수단으로 보고서 일에 조금도 정열을 투자하지 않는 사람은 일을 거의 종교처럼 숭상하는 사람과 다름없이 스스로를 불행하게 만든다. 긴장을 풀고서 자연스럽게 유희하듯 일을 대하는 비결이 있다. 일을 놀이로 받아들이는 사람은 마치 놀이를 하듯 일에 몰두할 수 있다. 누구나 놀이를 하는 동안에는, 역시 놀이도 진지하게 받아들이며 놀이를 단순히 시간 때우기 심심풀이라고 생각하지 않는다. 놀이가 끝나더라도 공허함에 시달리지 않고, 또 놀이에서 지는 경우에는 새로운 놀이를 시작할 수 있다.

놀이를 즐기는 소질은 여유를 부리는 능력과 일맥상통한다. 나는 어릴 때부터 여유가 신성한 것이라는 가르침을 받고 자랐다. 인간은 무엇보다도 여유를 부리면서 자신의 능력을 발휘한다. 오직 여유를 부리거나 재미 삼아 뭔가를 할 때에만 진정으로 위대한 일을 할 수 있다. 알베르트 아인슈타인은 카푸터 호수에서 노를 저으며 상대성이론을 생각해냈다. 전구는 무척 꼼꼼하고 치밀한 성격의 독일 어느 시계 수리공이 여가 시간에 발명했고, 인터넷은 전자계산기를 재미 삼아 연결시킨 몇 명의 컴퓨터광이 고안했다. 에곤 프리델은《근대 문화사 *Kulturgeschichte der Neuzeit*》에서 인류의 위대한 발명 다수가 재미 삼아서, 유희적으로 발명을 즐긴 사람들 — 그러니까 아마추어들 — 에 의해 이루어진 사실을 똑똑히 인식해야 한다고 말한다.

옛날 나의 라틴어 선생님이셨던 도이치 박사는 참 대단한 사람이었다. 그는 아직 체벌이 존재하던 시절의 유물 같은 존재였는데, 동사 변화를 잘못 외우는 학생들에게 툭하면 알밤을 주고 말끝마다 "맞지?"라고 물었다. 그 라틴어 선생님은 세상에는 참으로 혐오스러운 것이 두 가지 있는데, 그것은 게으름과 오만이라고 입버릇처럼 말했다. 그러나 오만은 우리같이 영락한 많은 귀족들에게 아직 남아 있는 유일한 것, 신분 의식이나 다름없는 말이었다. 그리고 우리에게 여유, 그러니까 '게으름'을 피우는 능력은 무척 소중하게 여기는 것들을 즐길 수 있는 전제 조건이었다.

다행히 나는 여유를 부리는 능력과 유희적으로 일을 즐기는 성향을 타고났다. 지난 100년 동안 우리 집안 남자들은 인생의 많은 부분을 사냥이나 카드 게임을 하며 보냈다. 1980년대의 독일연방공화국에서 영락한 귀족에게 사냥은 전혀 호사스러운 일이 아니었다. 우리 아버지에게 사냥은 한밤중에 잠에서 깨어나 몇 시간이나 차를 몰아 친구나 친지의 사냥터에 이르러서는, 추위에 떨며 덤불 뒤에 웅크리고 있다가, 3일 후에 전나무 열매 냄새를 물씬 풍기며 자랑스러운 미소를 띠고서 죽은 까치 한 마리를 가지고 귀가하는 것을 의미했다. 그러나 물론 아버지는 상처 입은 코뿔소라도 잡은 듯 행복해하셨다.

우리 집안 남자들에게 사냥만큼 중요한 것은 없었다. 물론 사냥에는 훨씬 못 미치지만 그다음으로는 카드 게임을 즐겼다. 삼촌, 고모, 숙모, 사촌 형제들, 집안 식구 세 사람 이상만 모였다 하면 어김없이

카드가 등장했다. 한 명이 부족한 경우에는 몸이 아주 불편한 사람도 카드 게임에 참여해야 했다. 더 이상 변명할 여지가 없었다. 이를테면 오일레 고모는 신경성 눈병 때문에 오래 눈을 뜨고 있을 수 없었는데도 눈을 감은 채 카드 게임을 했으며 이따금 간신히 눈을 깜박거려, 말하자면 눈앞의 광경을 얼른 사진 찍었다. 우리 아버지는 파킨슨병이 상당히 심한 상태에서도 마지막까지 카드를 하셨다. 돌아가시기 직전에는 심한 언어장애에 시달리셨는데, 한번은 게오르크 작은아버지 집에 가셔서 '정원 탁자Gartentisch'로 가고 싶다고 말씀하셨다. 작은아버지가 밖으로 데리고 나가자 아버지는 무척 언짢아하셨다. '정원 탁자'가 아니라 '카드 탁자Kartentisch'로 가길 원하셨던 것이다.

젊은 시절 나는 우리 집안의 사냥과 카드에 대한 열정이 못마땅했다. 그러나 아직 정확하게 파악하지는 못했지만, 이제는 문화적인 이점일 수 있는 심오한 통찰이 그 열정 뒤에 숨어 있지 않을까 추측한다. 프랑스의 귀족 몽모랑시 일가는 1929년 세계공황의 위기에 전 재산을 잃었고, 그 영락한 가문의 후손은 지금 파리의 환경미화원으로 일한다. 그를 둘러싸고 전해지는 일화들에 따르면, 신선한 바깥 공기를 쏘이며 일할 수 있어서 고마워하는 쾌활한 성격의 남자가 분명하다. 특히 이런 일화는 시사하는 바가 크다. 언젠가 어떻게 그렇듯 일에 열심일 수 있냐고 몽모랑시에게 어떤 이가 물었다. 끝없이 긴 거리를 청소하는 일이 지루하고 피곤하지 않느냐는 것이었다. 그러자 몽모랑시는 유희적이면서도 치밀한 청소 방법을 설명했다. 먼저 길을 머릿속에서 여러 구획으로 나눈 다음, 순서를 정해놓고 차례로 청소를 했다. 그러면 언제나 난계적으로 목적을 달성하게 되었고 그에 온 주의력을 기울여야 했다.

몽모랑시가 다른 많은 환경미화원 동료들보다 더 행복한 것은 의심할 여지가 없다. 헝가리의 저명한 심리학자 미하이 칙센트미하이는 순간의 활동에 완전히 몰입해서 시간이 정지하고 더 이상 바라는 게 없는 찰나를 표현하는 '플로flow'라는 개념을 만들어냈다. 행복감으로 이어지는 이 '플로'는 일을 하는 동안에도 가능하지만, 무엇보다도 유희하는 동안에 많이 나타난다. 천성적으로 유희를 좋아하고 유희적인 소질을 타고난 사람일수록 일을 하면서 더 많은 행복감을 느낀다.

일을 오로지 진지한 의무 활동으로 여기는 견해가 오랫동안 맹위를 떨쳤다. 이런 식의 노동 예찬이 절정에 이르렀던 19세기 말에 미국의 경제학자 베블런은 — 노르웨이계 이주민의 아들이었다 — 유명한 저서 《유한계급론》에서 유희와 농담을 즐기는 계층을 비방하였다. 하지만 오늘날 우리는 유일하게 유희와 농담을 즐기는 능력만이 우리에게 남아 있기 때문에, 오직 그것만이 구원임을 안다.

몇 년 전에 미하일 고르바초프 재단이 세계적으로 유명한 경제학자와 정치가, 경영인 들을 샌프란시스코의 고급 호텔에 초대하여 '노동의 미래'라는 주제로 회의를 개최한 적이 있었다. 마거릿 대처, 제러미 리프킨, 다수의 노벨상 수상자들을 비롯하여 그 자리에 모인 전문가들이 이구동성으로 내린 결론은, 21세기에는 노동 가능한 인구의 20퍼센트만으로도 충분히 세계경제를 움직일 수 있다는 것이었다. '그 이상의 노동력은 필요하지 않다.'

그 당시 미국 컴퓨터 회사 썬 마이크로시스템즈의 최고 경영자 존 케이지는 단상 토론에서 이렇게 과시했다. "우리는 꼭 필요한 사람들만을 고용합니다. 현재는 인도의 우수한 두뇌들을 가장 환영하고 있지요. 우리 직원들은 컴퓨터를 통해 채용되고, 컴퓨터에서 일하고, 또 컴퓨터를 통해 해고됩니다. 우리는 그야말로 아주 뛰어난 인재들만을 채용합니다. 이러한 효율성에 힘입어 우리의 매출액은 13년 전 회사를 창건한 이래로 무無에서 60억 달러 이상으로 뛰어올랐습니다."

그러자 존 케이지 옆에 앉아 있던 하이테크의 거성 휴렛 팩커드의 공동 설립자인 데이비드 팩커드가 물었다. "그런데 존, 자네는 사무직원이 실제로 몇 명이나 필요한가?"

"여섯 명, 아니 어쩌면 여덟 명. 그 사람들이 없다면 우리는 참으로 곤란할걸요. 그들이 지구 어디에 살든 그것은 전혀 문제가 되지 않죠."

"그렇다면 현재 썬 시스템을 위해 일하는 사람은 모두 몇 명이나 되는가?"

"1만 6천 명. 소수를 제외하고는 모두 경영의 합리화를 위한 예비 인력이죠."

1516년 토마스 모어는 새로운 문학 장르의 문을 연 《유토피아》를 집필하면서 인류가 일하지 않아도 되는 날을 꿈꾸었다. 이 유토피아는 거의 현실이 되었다. 그런데 한 가지 결함을 부정할 수 없다. 소수만이 정규적으로 수입을 올리는 곳에서는 소수만이 돈을 소비할 수 있는 법이다. 한나 아렌트는 오늘날과 같은 사태를 예측할 수 있게 되기 이미 오래전인 1958년 《인간의 조건》에서 이렇게 말했다. "우리가 아직 서로를 이해하는 유일한 활동은 노동이다. 그 노동을 잃어버린 노동 사회가 우리를 기다리고 있다. 그것보다 더 숙명적인 일이 있을 수 있을까?"

그러므로 유급 노동이 아닌 다른 활동을 통해서 주체성을 확립하고 사회적인 인정을 받도록 노력하라고 간곡히 권할 수밖에 없다. 일을 잃는 경우 많은 사람들이 공허함이라는 위험에 직면하거나 아니면 아무 일도 일어나지 않은 듯 행동하려고 안간힘을 쓴다. 두 경우 모두 긍정적이라 볼 수 없다. 과거에 내 사무실이 있던 곳인 프리드리히슈트라세 역과 운터덴린덴 근처를 가끔 지나다 보면, 점심시간 무렵에 약속 장소로 서둘러 달려가는 젊은 사람들을 볼 수 있다. 그들은 모두 약속 후에 다시 돌아갈 직장이 있는 듯 보이지만, 사실은 잠깐 직장에서 점심 식사를 하러 나온 척했을 뿐 집으로 돌아갈 가능성이 더 많다.

베를린만 해도 일자리를 잃은 언론인이 1만 명에 이른다고 한다. 여기에다 언론계의 해고 파동이 밀어닥치기 1년 전 신경제 거품이 사라지면서 떨려난 사람들과 유사 직종(이를테면 광고 대행업체와 수상쩍은 홍보 대행업체)의 희생자들까지 합치면, 베를린은 또다시 일종의 보헤미안들을 배출할 가망이 아주 많다. 그러나 물론 이 도시에서는 카페에 앉아 웅장한 이념을 피력하는 약간 남루한 옷차림의 쾌활한 인물들 대신에 침통하게 신세 한탄을 하거나 잘해야 우울해하는 옛 동료들만 볼 수 있을 뿐이다. 그들은 운명을 원망하며, 근사한 문체로 예술가 보조 협회에 보조금을 요구하는 편지를 쓰거나 1인 주식회사를 위한 서식을 채우는 데 열중해 보헤미안 생활을 할 시간이 없다.

내 옛 동료 하나는 일하던 신문사가 폐간되는 바람에 일자리를 잃었는데, 지금도 무척 바쁜 언론인인 척한다. 오후에는 정부 청사가 모여 있는 곳에서 시간을 보내고, 간단한 다과가 접대되는 기자회견장을 우아하게 찾아간다. 그러면 점심 식사 비용을 절약할 수 있다. 그리고 누군가가 말을 걸면 사실은 맡은 일이 없다는 인상을 주지 않으려고 노력한다. 이따금 텔레비전을 보다 뉴스 전문 채널을 틀면 기자회견장의 복작거리는 기자들 틈에 끼여 열심히 메모를 하는 그의 모습이 보인다.

그런 식으로 남들에게 보여주기 위해 노력하는 이유는 오로지 일을 통해서 사회적으로 인정받을 수 있다는 잘못된 가정 때문이다. 그리스 로마 시대부터 종교개혁에 이르기까지 분별 있는 사람들은 모두 일이 본연의 삶을 가로막는 것이라고 여겼다. 일의 의미와 목적은 여가를 즐기기 위한 데 있었다. 이제 다시 그렇게 되어야 한다! 결과적으로 수중의 돈은 줄어들지라도 일을 구원의 수단이 아니라 필요악으로 보아야 한다. 우리는 일이 인류의 역사상 오랜 기간 영예로운 것이 아니었다는 사실을 상기해야 한다. 정말로 영예로운 것은 인간을 도와주고 치료하고 가르치고 보호하는 것이었다. 부득이하게 필요하거나 아니면 돈을 탐하는 마음에서 일을 했을 뿐이다. 종교개혁 이후에야 처음으로 일은 도덕적인 의미를 부여받았다. '직업'이라는 말을 '일'과 동의어로 사용하는 중대한 실수를 범한 사람도 바로 루터였다.

사람들은 성과 위주의 새로운 윤리를 받아들이지 않으려고 오랫동안 거부했지만, 어느 틈엔가 그만 덥석 받아들이고야 말았다. 노동과 '노동에 대한 권리'는 마르크스와 엥겔스 이후에 인간의 기본적인 권리들 가운데 하나가 되었으며, 그 이후로 모든 독일 정당들의 선거 캠페인에서 확고한 자리를 차지하였고, 마침내 중앙 유럽인들에게 삶의 의미를 부여하는 결정적인 요인이 되었다. 카를 마르크스의 사위 폴

라파르그가 저서《게으를 권리》에서 바로 게으름에 대한 권리를 요구한 탓에 장인에게서 예쁨을 받지 못한 사실은 애석하게도 역사의 한 귀퉁이로 밀려나고 말았다.

집의 가치에 대해서

◆

오늘날에는 방이 비어 있어야 사치스럽게 보인다.

한스 마그누스 엔첸스베르거

◆

"나의 집은 곧 나의 성이다." 이 말은 너무 자주 인구에 회자되어 오히려 그 의미가 어둠 속에 완전히 묻혀 있다. 이 말에서 한편으로는 스스로를 방어하려는 정신, 내 집 안에서는 난공불락이라는 감정과 더불어 다른 한편으로는 무엇보다도 자신의 안식처에 대한 모종의 자부심이 엿보인다. 영국인들은 '집home'이 유일무이한 것이라고 믿으며, 집을 자신이 절대적인 군주로 군림하는 작은 왕국으로 숭배한다. 내가 만난 모든 영국 사람은 자신의 집을 요새인 동시에 일종의 왕궁으로 보는 뛰어난 능력을 가지고 있었다.

옛날에는 런던의 외곽 마을이었지만 현재는 런던 시내에 병합된 지역에서 연립주택들을 볼 수 있다. 그 연립주택들 대부분은 원래 19세기에 미니 저택으로 설계된 것이었다. 토지와 공장 소유주들은 자신들의 시골 저택을 본딴 주택가를 노동자들을 위해 건설하였다. 집들은 전부 면적이 같았으며 거실을 갖추었고 작은 정원(집 뒤편의 손바닥만 한 녹지대)이 딸려 있었다. 그래서 노동자들은 이제 부엌의 화덕 주변이 아니라 거실에 둘러앉아 있을 수 있었다. 거실은 그곳으로 '물러난다to withdraw'는 의미에서 'drawing room'이라 불렸다. 거실에는 저 위의 성처럼 벽난로가 있었다. 그 주택가는 어둡침침한 지하실과 뒤뜰에서 노동자들을 해방시키기 위해 건설되었다. 대중들의 취향과 생활 여건을 향상시키려는 야심은 빅토리아 여왕 시대의 이데올로기에 속했다.

그로부터 100년이 지난 오늘날에는, 당시에는 극소수의 사람들만이 누릴 수 있었던 수준의 집을 누구든지 꾸밀 수 있다. 그리고 우리는 아무리 작은 집이라도 얼마든지 왕궁으로 생각할 수 있다. 그러기 정 어려운 사람은 적어도 호텔의 널찍한 특실이라고는 여길 수 있다. 요즘 세상에는 아무리 작은 집이라 하더라도 현대식 고급 호텔의 주니어 스위트룸보다는 더 크다. 방 두 칸짜리 집에 앉아 있는 것이 심히 못마땅한 사람은 아직 전 세계적인 규격화의 희생이 되지 않은 소수 호텔의 주방 딸린 특실에 있다고 상상하라. 당신의 욕실을 온천장으로 선언하라. 분명 효과가 있을 것이다! 오스카 와일드의 《도리언 그레이의 초상》에서 비밀에 싸인 '노란 책'으로 언급되는 조리 카를 위스망스의 소설 《거꾸로》에, 어떻게 약간의 창의력과 상상력을 발휘하여 자신의 욕실에서 남태평양에 있는 듯 느낄 수 있는지 아주 아름답게 묘사되어 있다. "욕조의 물에 소금을 넣고, 거기에다 황산나트륨과 염소산마그네슘과 칼륨을 섞는다. 널찍한 창고 안과 1층 전체에서 바닷물과 부두 냄새 물씬 나는 커다란 밧줄 가게에서 특별히 가져온 닻

줄 꾸러미와 새끼줄 다발을 꼭꼭 밀폐된 상자 안에서 꺼낸다. 그러고는 가슴 깊이 냄새를 들이마신다⋯."

아주 좁은 공간에서도 당당한 삶을 영위할 수 있다. 맨해튼에서는 평균 이상의 소득을 올리는 독신 남자에게 30제곱미터 크기의 아파트는 사치스러운 것으로 여겨진다. (독일 사회보장법에 따르면, 실직한 독신 남자의 경우에 45제곱미터에 대한 재정 지원을 국가에 요구할 권리가 있다.) 그러나 편안함에 대한 생각을 조금 포기할 경우, 그런 작은 집이 고층 건물 옥상의 아주 넓고 천박한 집보다 더 아름다울 수 있다. 편안함은 소파 세트를 요구하고, 우아함은 벽에 세워진 의자를 지정한다. 편안함은 양탄자를 사랑하고, 우아함은 비록 원목 마루 아닌 래미네이트일지라도 맨바닥을 사랑한다. 편안함은 늘어놓는 것을, 우아함은 치우는 것을 사랑한다. 편안함은 비좁음을, 우아함은 공간의 여백을 사랑한다.

고상한 취향을 가로막는 최대의 방해꾼 하나는 썰렁함에 대한 두려움과 여기에서 유래하는 충동, 방 안 구석구석을 가득 채우고 여기저기에 양탄자를 깔고, 한 치도 남기지 않고 모든 공간을 활용하려고 하는 충동이다. 그러나 무엇보다도 우리의 혐오감을 일깨우는 집은 집주인이 미적 감각의 결여를 값비싼 유명 '디자이너 브랜드' 가구와 잡다한 전자 제품을 통해 상쇄할 수 있다고 믿는 집이다. 그런 집에 들어서게 되면, 대개는 모조품 아르데코 소파를 덮은 인조가죽 냄새가 먼저 불쾌하게 코를 찌른다. 지나치게 높이 걸려 있는 복도의 액자 안에는 미로 그림의 복사판이 들어 있고, 거실에는 대형 평면 브라운관이 제단처럼 넓게 자리를 차지하고 있다. 정말로 조악한 경우에는 집 안 어딘가에 키스 해링의 플래카드 아니면 군터 작스의 사진, (뉴욕에서 직접 가져온) 제임스 리치의 그림이 걸려 있다.

취향을 저하시키는 단연 최대의 공신은 언제나 돈이었다. 우리 집안의 예를 들어 이런 사실을 똑똑히 증명할 수 있다. 우리가 몇백 년에 걸쳐 가난해진 사실은 우리에게 더할 나위 없는 이점으로 입증되었다. 옛날 커다란 성들에서는 세대가 바뀔 때마다 성안을 새롭게 단장하는 것이 관례였다. 그래서 아름다운 프레스코에 덧칠을 하고, 다비트 뢴트겐의 매혹적인 탁자를 버린 자리에 화려한 앙피르 양식의 가구를 새로 들이고, 환상적인 바로크 양식의 가구는 역사적인 쓰레기에 밀려났다. 부자들이 옛 가구의 가치를 인식하게 된 것은 그리 오래된 일이 아니다. 100년 전만 해도 '옛'것은 가능한 한 모두 내다 버렸다.

우리 집안은 주변 사람들의 취향이 내리막길을 걷던 무렵에 다행히도 새 가구를 좇아다닐 만큼 넉넉하지 못했다. 그래서 18세기 초에 만들어진 가구들을 조잡한 새 물건들로 바꾸는 대신 계속 보관하고 사용하였다. 경제적인 위기가 문화적인 이점으로 증명되는 경우를 자주 볼 수 있다. 뮌헨의 유명한 프라우엔키르헤가 더없이 독특한 둥근 지붕을 갖게 된 이유는, 16세기 뮌헨 시에 원래 계획대로 뾰족한 지붕을 지을 재정적인 여유가 없었기 때문이다. 오로지 당시 재정이 부족했던 탓에 현재 뮌헨은 도시를 상징하는 교회를 갖게 된 것이다.

대략 이런 규칙을 내세울 수 있다. 돈이 많을수록 취향이 저속해질 위험이 크다. 대개는 남는 돈으로 잡동사니를 구입할지라도, 우아하게 가난해지고 싶은 사람은 생활비가 지나치게 많이 들지 않는 도시에서 살도록 유의해야 한다. 가난해지는 사람들에게 특히 적절하지 못한 도시들이 있다. 취리히와 런던이 그런 도시들이다. 요즘에는 뮌헨도 마찬가지로 권장할 만한 도시가 아니다. 독일어권에서 가난해지는 사람들에게 특히 살기 좋은 대도시가 두 곳 있다. 베를린과 빈.

학업을 오래 지속해야 하는 대학생, 실직자, 병역 거부자, 프리랜서 언론인 들에게 베를린 같은 도시의 좋은 점은 기본 식비가 다른 독일 도시들에 비해 전통적으로 저렴하다는 것이었다(고기 완자와 슈프레 오이에다가 요즘에는 카레 소시지와 양념을 가미하지 않은 맥주도 값싸게 먹고 마실 수 있다). 베를린에서는 거의 하루도 빠지지 않고 강연회, 전람회 개막식, 외국 문화센터의 서적 소개회가 개최되는데, 옷만 적절하게 차려입으면 저녁마다 동전 한 닢 내지 않고서 사람들 틈에 끼어 간단한 음식을 들고 음료수를 몇 잔 마실 수 있다. 그런 행사에서는 '다른 사람들과 비슷하게' 보이기만 하면 초대장을 보여 달라고 하는 일이 거의 없다. 베를린은 얻어먹는 사람들을 — 옛날에는 좀 더 호의적으로 '식객'이라 불렀다 — 위한 낙원이 될 가능성이 많다. 베를린의 외국 대사관들에 초대받기도 비교적 간단하다. 외국 대사들은 예의 바르게 처신할 줄 아는 손님은 누구나 환영한다.

베를린은 가난해지는 사람들에게 전통적으로 매우 관대하다. 오랫동안 섬처럼 고립되어 있던 상황이 함께 뭉쳐야 한다는 심성을 만들어냈다. 오로지 금전적인 도움을 통해서 살아남을 수 있었던 역사적인 기억은 모든 사회계층에 고루 영향을 미쳤다. 베를린처럼 많은 사람들의 임금과 생계를 공적인 수단을 통해 해결하는 도시는 독일어권에 또 없다. 또한 독일 어느 도시에서도 그렇듯 친절한 관공서를 찾아볼 수 없다. 고약하고 무뚝뚝한 프로이센 기질을 베를린 관공서에서 몰아낸 것은 68운동의 가장 뚜렷한 성과일 것이다.

베를린의 주거 문화도 가난해지는 사람들에게 매우 유리하다. 집세도 다른 곳에 비해 월등히 저렴하지만, 더욱 중요한 것은 집을 자기 과시의 대상으로 보거나 체면을 중요하게 여기는 사람들이 별로 없다는 사실이다. 그 대신 생활양식에 훨씬 더 많은 비중을 둔다.

베를린은 그림처럼 아름다운 도시이다. 그러나 가난해지는 사람들을 위한 최고의 두 도시 가운데서 단연 더 아름다운 곳은 빈이다. 더욱 좋은 점은 그곳에서는 돈을 가진 사람이 수상쩍어 보인다는 것이다. 빈에서는 오로지 가난하다는 이유 하나로 소외당하는 일이 결코 없으며, 명함이 없는 사람도 조금 노력하여 재치 있게 굴면 얼마든지 초대받는다. 현재 빈의 하벨카 카페에서는 다들 성을 빼고 이름만으로 — 이름에 '씨'를 붙이는 것은 물론이다 — 말을 붙이기에 이르렀다. 그와 반대로 벼락부자들은 아무리 음악 단체나 시립 오페라를 후원해도 경멸받는다. 서유럽의 거의 모든 다른 도시에서는 돈으로 들어가지 못할 모임이 없지만 빈에서는 그게 통하지 않는다. 빈에 '속하려고' 하는 사람은 적어도 돈이 없는 척이라도 해야 한다.

과거에 중앙집권적인 제국의 수도였던 빈을 돋보이게 하는 또 다른 점은 모든 궁중 문화에 전형적인 자부심, 자신의 안식처에 대한 자부심이다. 그리고 빈이 오스트리아-헝가리 제국의 붕괴 후 급작스럽게 가난해진 탓에, 궁중을 대표하던 것들이 이곳에서는 호감을 자아내는 형태로 보존되어 있다. 극히 곤궁한 사람들은 할머니나 삼촌에게서 가구와 함께 물려받은 낡고 커다란 집에서 사는데, 집세가 옛날 옛적 그대로 아주 저렴하다. 또한 빈에서는 저속한 취향을 돈으로 보상할 수 있다고 믿는 사람은 아무도 없다. 그래서 빈은 비슷비슷한 과거를 가진 부유한 도시들이 겪은 슬픈 운명에서 벗어날 수 있었다.

제국 직속 자유도시와 한자동맹 도시들을 제외한 비교적 커다란 독일 도시들은 대부분 제후나 왕의 거점이었다. 무엇보다도 모든 궁중 문화를 지배하는 것은 속물근성이다. 모두 자신보다 한 단계 높은 계층의 관습과 생활양식을 흉내 냈으며, 남들에게 뒤처지지 않으려는 욕구는 결국 절망적인 빚더미에 올라앉게 했다. 모든 궁정들 가운데서도 가장 전형적인 경우는 베르사유 궁정이었다. 뮌헨이나 하노버, 드레스덴이나 카셀에 존재했던 속물적인 제도를 이해하려면 프랑스 궁정을 살펴보는 게 가장 좋다.

치밀하게 짜인 위계질서가 18세기 프랑스 왕국을 지배했다. 누가 어떤 건물에서 살고 또 그 건물은 뭐라 불려야 하는지 모두 정해져 있었다. 오직 왕과 왕자만이 '왕궁Palais'에서 살았으며, 권세 당당한 높은 귀족들은 자신의 호화 저택을 겸손하게 '로텔l'hôtel'이라 불러야 했다. 일반 시민들은 '집maison'이라는 말을 사용했다. 이른바 '사저maisons particulières'가 도시 주택의 상당 부분을 이루었는데, 이 말은 독일에서 어설프게 '개인의 집Privathäuser'이라는 말로 번역되었다. 그런 집에서 사는 사람들은 '사사로운 삶', 사회적으로 중요하지 않은 삶을 이끌었다. 노르베르트 엘리아스는 그것을 약간 잔인하게 '주변적인' 삶이라고 불렀다. 궁중 문화에서는 뭔가를 내세울 수 있는 사람들만이 공적인 생활에 참여하였으며, '사사로운 삶'을 사는 것은 가련하고 열등한 것이었다.

이러한 정신성은 소시민적인 계층에까지 영향을 미쳤다. 다름슈타트든 본이든 뮌헨이든 자신이 조금 성공했다는 것을 내보이려는 사람은 누구나 집을 빌려서 과시했다. 그래서 감히 접하기 어려운 방, 발을 들여놓지 않는 것이 상책인 별실이 생겨났다. 별실이 첫선을 보인 날에는 사진을 찍을 수 있었지만, 평상시에는 오직 먼지 떨 때만 그 방에 들어갔다. 그리고 1년에 두 번 그 방에서 손님들을 맞아들였다. 그러면 손님들은 우단 액자 속의 사진들과 유리 장식장 안의 잡동사니들에 감탄하고, 최고로 좋은 커피세트에 케이크를 담아 먹으며, 레이스 달린 식탁보에 조금이라도 얼룩이 남지 않도록 주의해야 했다. 그 별실은 이른바 궁중으로 과시하던 형식의 잔재이다.

다행히도 그런 별실의 시대는 지나갔다. '최고로 좋은' 커피세트는 종적을 감추었으며 가구들은 보호받는 것이 아니라 사용된다. 이제 몇 시간씩 먼지 떠는 수고를 하려는 사람이 없기 때문에라도, 잡동사니들은 집 안에서 쫓겨났고 방 안은 한결 넓어졌다. 몇 년 전만 해도 값이 엄청나게 비쌌던 수수하고 우아한 가구들을 요즘에는 어디서나 구할 수 있다.

재정 형편이 악화되는데도 생활수준을 그대로 유지하기 — 아니, 향상시키기 — 위해서 그야말로 태곳적의 생활 방식, 공동 주거 방식을 선택하는 사람들이 차츰 늘어나고 있다. 인류는 역사상 오랫동안 무리 지어 공동생활을 했다. 네안데르탈인들도 공동생활 덕분에 틀림없이 많은 것을 좀 더 쉽게 해결했을 것이다(콘센트도 하나였고 식기세

척기도 하나였다). 이렇듯 사교적인 생활 방식으로 돌아가지 못할 이유가 어디 있겠는가. 대학생들뿐 아니라 직장인과 퇴직자들, 형제자매와 친구들도 돈을 낭비하며 각기 따로 사는 1인 1가구 사회에 대립되는 공동 주거 모델에서 산다. 독일연방공화국 제일 작은 주의 총리도 공동주택에서 살고 있으며, 온 가족이 다 큰 자녀들과 함께 한집에 모여 사는 경우도 있다. 그럼으로써 더 많은 공간을 활용하고, 돈을 절약하고, 힘을 합해 좀 더 나은 삶을 영위할 수 있기 때문이다.

옛날부터 나는 여럿이 모여 사는 집, 방문객들을 위해 항상 문이 열려 있는 집을 보면 마법과 같은 매력을 느꼈다. 술집이나 커피 전문점보다 그런 집들이 언제나 더 좋았다. 집처럼 편안하다고 할 수 있는 하벨카에서도 시간이 지나면 마음이 불안해진다. 방문객들이 수시로 들고나는 친구들 집에서는 시계를 볼 필요 없이 마음이 아주 편하다. 끊임없이 뭔가를 마시라고 귀찮게 하는 종업원도 없고, 화장실도 가자지구처럼 보이지 않는다(하벨카의 화장실은 얼마나 지저분한지 관광 명소로 이름이 날 정도이다). 카페보다는 집에 앉아 있는 편이 대부분 더 아늑하다.

그런 집에서는 쇼펜하우어의 고슴도치 비유를 다른 어느 곳에서보다 잘 이해할 수 있다. 쇼펜하우어에 따르면, 고슴도치들은 서로 가까이 있고 싶어 했다. 그래서 서로 바짝 가까이 다가섰지만 가시 때문에 금방 다시 멀어질 수밖에 없었다. 그러다 결국 '서로 가장 잘 견뎌낼 수 있는 적절한 거리를 알아냈다'. 서로 너무 가깝지도 않고 너무 멀지도 않은 적절한 거리는 함께 있는 자리를 무엇보다도 마음 편안하게 만든다. 내 경험에 따르면 손님들을 위해 항상 문이 열려 있는 집에서 그런 편안함을 가장 쉽게 맛볼 수 있다. 다락방이냐 1층의 작은 집이냐는 전혀 문제가 되지 않는다. 손님들을 환영하는 여유롭고 소박한 분위기는 아주 작은 오두막에서도 가능하다.

내가 묵었던 아주 우아한 집들 가운데 하나는 부다페스트 시내의 쇠락해가는 낡은 건물 1층에 위치한 작은 집이었다. 그것은 우리 삼촌 지그몬드 니아리 백작의 집이었다. 나는 헝가리가 동구 유럽에 속해 있던 시절에 이따금 삼촌을 방문했다. 삼촌의 맏딸은 서유럽으로 여행 갔다가 돌아오지 않았고, 헝가리 정부는 니아리 일가가 인민의 적이라는 사실을 몸으로 느끼게 해주었다. 아버지와 어머니, 그리고 네 명의 아이들을 방 두 칸짜리 집에서 살게 한 것이다.

니아리 삼촌의 집은 열악한 조건 속에서도 취향과 생활양식이 삶을 주도할 수 있음을 입증해주었다. 삼촌의 집은 밤이면 숙소로 이용되었지만, 날이 밝아 모두 잠자리에서 일어나면 전혀 다른 모습을 띠었다. 창문을 활짝 열고 매트리스를 어딘가에 쌓아두고 책들을 정돈하고 소파의 제자리를 찾아주면, 집은 어느새 지그몬드 삼촌이 손님들을 맞이하는 살롱으로 변모하였다. 삼촌 집의 찻잔 세트는 하나하나 보면 아름답지만 낡고 금이 간 각양각색의 찻잔들로 이루어져 있었다. 친구들이나 친지들이 찾아오면 시골의 사랑방 같은 편안한 분위기가 집 안에 감돌았다.

지그몬드 삼촌은 매일 똑같은 양복 두 벌을 번갈아 입으셨다. 손님이 오든 말든 한결같이 낮에는 밤색 양복을, 저녁에는 검은색 양복을 입으셨다. 그러나 손님이 오지 않는 경우는 거의 없었다. 삼촌은 혼자 있는 자리와 사람들과 함께 있는 자리를 구분해서 옷을 입는 분이 아니셨다. 집 안에 혼자 있다고 해서 넥타이를 약간 풀거나 실내화를 신을 생각은 꿈에도 하지 않으셨을 것이다. 문밖으로 나가는 것을 전부 외출이라고 할 수는 없다고 말한 사람이 있다. 그렇게 되면 침실 밖으로 나가는 것도 외출인 셈이다. 그러나 지그몬드 니아리를 아직 만나보지 못한 사람들만이 그렇게 말할 수 있다.

그러므로 집에 들이는 돈이나 집이 위치한 동네가 아니라 손님들을 맞아들이는 자연스러움을 통해서 집은 아름다워진다. 친구들이 모여드는 집을 가진 사람은 부유하다. 그리고 가슴 답답한 비 오는 날에 찾아갈 수 있는 친구를 가진 사람도 부유하다. 그러나 보스의 고성능 음향 기기, 능동 매트릭스 화면의 대형 텔레비전, 콘런의 디자이너 가구는 사람들이 즐겨 찾는 장소를 만들어주지 못한다.

+

'멋진' 외식과 그 밖의 나쁜 습관들

◆

저 사람들 모두 집이 없나 보지?

우리 누나 글로리아 (몹시 북적거리는 레스토랑에 들어서면서)

◆

냉장고에 샴페인 한 병과 코닥 필름 한 통(아니면 때로는 매니큐어 한 병) 말고는 아무것도 없다고 말하면, 무척 세련된 생활 방식을 증명하는 것이라고 믿는 사람들이 아직도 있다. 그런데 이러한 태도는 완전히 시대에 뒤처진 것이다. 첫째로 샴페인은 포도주를 만들기에 적절하지 못한 포도로 빚은 저품질의 알코올 음료이다. 둘째로 자세히 보면 '외식'만큼 소시민적인 일도 별로 없다. 아무리 '멋진' 외식도 마찬가지다.

"우리 오늘 저녁에 뭐 할까?" 이렇게 물으면 도시인들에게는 대부분 "외식하러 가자"는 한 가지 답변만이 떠오른다. 그리고 마침내 외식하러 가서는 처음부터 끝까지 오로지 음식 이야기만 한다. 그런 대화는 이런 말들로 이루어진다. "어머, 이 루콜라 샐러드 너무 맛있어. 틀림없이 모데나 식초를 썼을 거야." "이 오리 가슴살 요리◆ 좀 먹어 봐." "음, 정말 맛있어." 그리고 상대방이 레치나는 그리스에서 마셔야 제맛이라며, 상세르를 주문하길 잘했다고 말하면, 잔을 높이 들고 잘 안다는 듯이 고개를 끄덕인다. 이런 이야기를 마치고 나면 때마침 다행히도 주요리가 나온다. 주요리는 저녁 시간을 채울 풍성한 화제를 제공한다.

이른바 '체험 음식점'은 현대 문명의 가장 큰 재앙 가운데 하나라고 말하지 않을 수 없다. 이제는 손님들이 단순히 음식만 먹으려고 하는 게 아니라, 테이블에 마주 앉아서 더 이상 할 말이 없는 탓에 '뭔가를 체험하려고' 한 데서 붙은 이름이다. 체험 음식점의 중요한 점은 종업원들이 하와이 민속 스커트를 입고 실내는 가능한 한 특이하게 꾸며야 한다는 것이다. 이를테면 구두를 벗고서 방석 위에 쪼그리고 앉는다든지, 아니면 야자열매 껍질 모양을 본뜨고 작은 종이우산으로 장식한 플라스틱 컵으로 달콤한 음료수를 마셔야 한다. 한때 비스바덴에서 레스토랑 '레헬의 오리'를 경영했던 한스 페터 보다르츠는 사람들이 스스로 즐거워하는 대신 주변에서 즐겁게 해주면, 그러니까 식사하는 동안 볼거리를 제공해주면 아주 좋아한다는 것을 누구보다도 일찍 깨달은 사람들 가운데 하나였다. 보다르츠는 서커스와 레스토랑을 조합하는 아이디어를 생각해냈고, 몇 년 전부터 전 독일을 일주하며 그 아이디어를 실행에 옮기고 있다. 그의 텐트 레스토랑 안에서는 종업원들이 미끄럼을 타며 손님들의 옷을 지저분하게 만들고, 무대 위에서는 곡예가 펼쳐진다. 손님들은 저녁 내내 서로 말 한마디 나누지 않았음에도 행복한 표정으로 세 자리 숫자의 음식값을 지불하고

◆ 루콜라에 얹은 오리 가슴살 요리 — 원주.

가벼운 마음으로 집으로 향한다.

물론 사람들이 음식 맛이 뛰어난 레스토랑을 찾아다니던 시절이 있었다. 오늘날의 레스토랑에는 근본적으로 오리 가슴살 요리, 아니 더 심각한 경우는 루콜라를 '곁들인' 오리 가슴살 요리만이 있다. 한때 오트퀴진으로 여겨졌던 것도 먹을 만한 것이 별로 없다. 나는 에키 비치크만이 뮌헨에서 '오버지네'를 운영하던 별미의 황금 시절을 아직도 기억한다. 비치크만은 단골손님들에게 쇠꼬리 스튜와 카이저슈마렌을 내놓았고, 그러면 옆 테이블의 변호사들은 누벨퀴진을 들쑤시며 부러운 눈빛으로 우리를 흘끔거렸다. 그러나 우리가 먹는 음식은 메뉴판에 쓰여 있지 않았다.

누벨퀴진이 세상에 첫선을 보였을 때는 참 대단했다. 그것은 한마디로 말해 프랑스 요리를 밀가루와 지방질에서 해방시켰다. 이제 누벨퀴진은 오래전에 시대에 뒤처진 것이 되었다. 음식 문화 전문 저널리스트들은 색다른 것을 권장하고, 어처구니없게도 요리사들은 이에 자극을 받아 혁신적인 요리를 내놓아야 한다는 강박관념에 쫓긴다. 그 결과 앞다투어 오로지 창의성을 발휘하려고 기를 쓰면서 정작 요리하는 법은 망각한다. 나는 얼마 전 오랜만에 일류 레스토랑에 초대를 받았는데, 그곳에서 메뉴판을 본 순간 누벨퀴진의 몰락이 코앞에 닥친 사실을 확인했다. 굴 라자냐. 이게 뭔 소린가? 맥주 거품 카르파초? 이런! 갈수록 점입가경이다. 베이컨 달걀 소르베. 이럴 수가! 나는 호기심에 소르베를 주문했다. 미끌미끌하고 누르스름하고 둥근 아이스크림이었는데, 정말로 옛날의 지방질 맛이 났다. 속이 느글느글했다.

그러나 레스토랑에서 정말로 참기 어려운 것은 음식이 아니라 종업원들이다. 웨이터들은 안면 몰수하고 아주 뻔뻔하게 나오든지 아니면 지나친 서비스를 통해 아부하려고 한다. 그런데 후자의 경우가 더욱 더 뻔뻔하다. 미국《보그》의 레스토랑 비평가는 종업원 전문교육을 받고서, 종업원의 서비스에 대한 저서를 집필했다. 그 후로 우리는 뉴욕 레스토랑의 유능한 지배인은 팁으로 연간 약 7만 5천 달러의 수입을 올리고, 팁 액수를 올려 받기 위한 체계적인 비결이 있다는 사실을 알게 되었다. 우리의 호주머니에서 돈을 많이 우려내는 비결은 굽실거리는 태도가 아니라고 한다. 종업원은 우선 손님을 마음대로 다루어야만 뜻을 이룰 수 있다. 그것은 이미 손님들 스스로 원하는 자리로 인도하는 게 아니라 종업원 마음대로 손님에게 자리를 배정하는 것에서 시작한다. 그런 후 유능한 종업원이라면, 손님이 이미 메뉴를 충분히 연구한 사실을 완전히 무시하고서 고압적인 어조로 돌잉어 요리를 권한다. 마치 손님 스스로 선택한 것을 주문한다면 종업원 전체가 무시라도 당하는 듯한 말투로 말이다.

사실 레스토랑에 가는 게 고역인데도 스트레스에 시달리는 많은 사람들이 거기에서 벗어나지 못한다. 우선 시간적인 이유에서 그렇다. 직장에 근무하다 보면 굶주린 배를 채우든지 아니면 회의를 마치기 위해서 그 끔찍한 장소를 방문할 수밖에 없다. 아침 일찍부터 저녁 늦게까지 직장에 예속되지 않아서 레스토랑에 자주 가지 않아도 되는 사람은 생활의 질이 풍성해졌다고 여길 만한 근거가 충분하다. 현재 나처럼 자유 기고가로서 인생을 헤쳐 나가는 과거 직장 동료들이 더러 있다. 그 친구들 한두 명과 종종 연락을 하는데, 그러면 그들은 함께 '식사하러' 가자고 고집한다. 그럴 때마다 번번이 나는 친구들을 만날 수 있는 훨씬 더 우아한 가능성이 많이 있는데도, 가난해진 우리가 무엇 때문에 그런 악습에 계속 시달려야 하냐고 설득하려 한다.

런던이나 파리, 빈 같은 도시에서는 집이 크든 작든 상관없이 집으로 초대하는 것을 당연하게 여긴다. 켄싱턴 궁에 살든 아니면 라벤더 힐의 연립주택이나 임대 아파트 단지에 살든 그것은 중요하지 않다. 특별한 이유가 없어도, 그리고 비록 스파게티뿐일지라도 친구들 몇 명을 저녁 식사에 초대한다. 끊임없이 레스토랑을 향해 달려가는 사람은 사회적으로 파산선고를 당하기 십상이다. 오래 계속되지 않은 대신 그만큼 더 끔찍했던 레이디 다이애나 시대에 런던의 레스토랑들은 품위 있는 것으로 여겨졌다. 다이애나는 나쁜 선례를 보여주었다. 보샹 플레이스(영국인들은 '비챔' 플레이스라고 발음한다)의 '산 로렌초'에 수시로 들락거렸는데 그것은 사람들, 특히 언론인들의 눈에 띄고 싶었기 때문이다. 런던에서 체면을 좀 중하게 여겼던 사람들은 모두 한동안 다이애나를 따라 했다. 그사이에 이런 경향은 이제 잠잠해졌고, 사람들은 다시 집에 손님들을 초대한다. 이편이 더 우아할 뿐 아니라 마음도 한결 더 편하다.

다만 졸부들에게 초대를 받는 경우에는 그렇지 못하다. 먼저 거북살스럽게도 벼락부자들의 집은 잠깐 무아지경에 빠졌다가 돌아온 화훼 전문가들이 테이블을 장식한 듯 보인다. 점토와 모래, 여러 가지 목재, 그사이에 드문드문 끼인 꽃송이들이 기괴한 꽃꽂이 형상을 빚어내고, 뒤셀도르프나 뮌헨 보겐하우젠에서는 여기에다 가짜 금가루까지 즐겨 뿌린다. 흔히 이런 조각품의 나뭇가지들은 삿갓솔 열매가 들어 있는 고수풀-오이-거품-죽에까지 뻗어 있다. 이 숲을 위해 특별히 디자인된 숟가락은 필립 스탁이 만든 것이어서 사용될 수 없는 것이므로, 다행히도 그 숲을 먹을 수 없다. 대개의 경우 손님들 앞에는 수제품 리델 유리잔들이 여러 개 놓여 있고, 잔 안에는 무척 값비싼 것인데도 싸구려 맛이 나는 포도주가 담겨 있다. 유리잔을 들고서 집주인의 눈을 깊이 응시한 후에야 그 포도주를 마실 수 있다. 철자는 틀렸지만 어쨌든 전문 서예가가 쓴 이름표가 각기 손님 옆에 놓인 경우도 왕왕 있다. 그리고 집주인이 푸에르테벤투라의 별장 때문에 얼마나 골치 아픈지 횡설수설 늘어놓는 이야기를 들어야 한다.

슈바네 보러 필딩 부부가 새로운 베를린 사교계의 화신으로 간주되던 무렵, 그 집에 초대받은 적이 있다. 그때 일은 나한테 무척 인상적인 경험으로 남아 있다. 도자기 그릇을 비롯하여 식탁 전부가 베르사체로 장식되어 있었다. 모든 것이 황금색과 순백색의 꿈에 파묻혀 있었으며, 그사이에서 촛불들이 위협적인 송악에 둘러싸여 빛을 발했다. 그날 저녁을 위해 특별히 고용된 캐터링 서비스의 웨이터 두 명이 허세를 부리며 손님 접대를 했는데, 그 가운데 한 명은 살짝 볼 화장을 하고서 이브생로랑의 쿠로스 냄새를 진하게 풍겼다. 나는 그날 저녁에 뭘 먹었는지 애써 기억하고 싶지 않다. 다만 그 웨이터의 코를 찌르는 듯한 쿠로스 냄새가 저녁 내내 코끝을 떠나지 않았으며, 그러고 나서 몇 주일 동안 어디선가 베르사체가 눈에 띌 때마다 속이 메슥거렸던 기억만 생생하다.

스무 명 남짓한 손님들이 거실과 침실 사이 여기저기 둘러앉는 방 두 개짜리 집에 초대받는 편이 훨씬 더 아늑하다. 그런 집에서는 침대 끝에 걸터앉아 무릎 위의 음식 접시가 엎어지지 않도록 조심하면서 값싼 포도주를 마시고 수분 제거한 버섯으로 속을 채운 파스타를 먹는데도 전혀 집에 갈 생각이 들지 않는다. 그러나 저녁 만찬에 손님을 초대하는 경우에는 일곱 명을 넘겨서는 안 된다. 그래야만 식탁 맞은편에 앉아 있는 사람과 확실하게 대화를 나눌 수 있다. 그렇지 않으면 바로 옆자리의 사람하고만 대화를 나누게 되는데, 그런 경우 피곤한 잡담이 되기 쉽다. 접시에 금이 가 있어도 좋고, 수프를 담은 그릇의 손잡이가 떨어져 나갔으면 더욱 좋다. 비행기 안에서 슬쩍 한 포크, WMF 나이프, 경우에 따라서는 은수저가 한두 개 섞여 있을 수도 있다.

무엇보다 중요한 점은 음식을 놓고 지나치게 법석을 피우지 않는 것이다. 집주인이 부엌과 식탁 사이를 끊임없이 허둥지둥 오가며 가끔 요리가 너무 탔다든지 소스가 잘못되었다고 사과하는 것보다 더 기운 빠지는 일도 없다. 음식에 대해 수선을 피우지 않을수록 저녁 식사가 더 즐거워진다. 우리 집에 초대를 받는 사람은 원칙적으로 타이식 채소 카레를 대접받는다. 일류 요리사들이 몇 시간 동안 정성껏 준비한 듯 맛있지만, 사실은 맵게 양념한 야자유에 채소를 넣고 끓였을 뿐이다. 우리 어머니는 평생 집에 손님이 올 때마다 항상 똑같은 요리를 준비하셨다. 카포스타슈 코츠커라는 이름의 헝가리 채소 요리와 함께 헝가리 후식 알밤 퓌레를 대접하셨다. 어머니는 뛰어나게, 그야말로 완벽하게 이 두 가지 음식을 요리하셨다. 우리 집에서는 음식을 놓고 결코 수선을 피우는 일이 없었다. 그 결과 손님들은 정말로 즐겁게 이야기를 나누었으며, 음식 칭찬하는 일로 저녁 시간을 반이나 보내지 않았다. 물론 음식 맛은 뛰어났지만 중요한 화제로 떠오르지 않은 것이다.

아무리 통장이 적자 상태이고 집이 협소하더라도, 우아하게 가난해지는 사람은 식사에 손님 초대하는 기회를 절대로 포기하지 않는다. 이런 식의 손님 접대는 예로부터 어느 문화에서나 많은 비중을 차지했다. 특히 별로 부유하지 않은 나라들에서는 비록 손님들에게 조촐한 것을 접대할지라도 이것은 중요한 비중을 차지한다. 그런 나라들에서 음식은 대화를 나누기 위한 사건이며, 그 사건의 중심은 식탁에 둘러앉은 사람들이다. 그와 반대로 우리나라에서는 음식 자체가 중요한 위치를 차지하든지 아니면 아예 먹고 사는 것에 전혀 개의하지 않든지 둘 중의 하나이다.

우리는 전혀 허기를 느끼지 않거나 그저 조금 입맛이 당길 뿐인데도 시간을 보내기 위해서, 좌절감에서, 욕망을 좇아서 음식을 먹는다. 이제 다이어트 산업은 유럽과 북아메리카에서 계속 매출 상승을 기록하는 유일한 경제 분야로 자리 잡았다. 그러나 심장병과 고혈압과 당뇨병, 그리고 비만으로 인한 관절과 척추 이상을 치료하는 데 가장 많은 돈이 소요되고 있다. 산업계는 다식증이 앞으로 전도유망한 시장을 낳을 것이라고 확신한다. 미국에서는 위절제술에 들어가는 비용이 해마다 30억 달러에 이른다.

참 희한하게도 수백 년 동안 비만은 물질적인 부를 입증하는 것이었다. 이제 우리 문화권에서는 약 50년 전부터 월리스 심프슨, 윈저 공작 부인이 내세운 규칙이 통용되고 있다. "부유한 것에는 끝이 없고 마르는 것에도 끝이 없다." 물론 지나치게 마를 수 있다. 부모와 교사들의 식생활 습관에 대한 혐오감에서 생겨난 문명의 또 다른 극단적 산물인 거식증에 걸린 젊은이들을 위해 여기에서 이 말을 덧붙이지 않을 수 없다. 그러나 윈저 공작 부인의 말이 어리석은 소리로 들릴지라도 날씬함이 신분의 상징이 된 사실을 부정할 수는 없다. 오늘날에는 비만이 주로 하류 계층의 문제인 반면에, 상류 계층은 안간힘을 쓰며 날씬한 몸매와 건강을 추구한다. 베를린 노이쾰른의 북부 지역과 뮌헨 하젠베르크글의 사람들은 주로 되너 케밥과 감자 칩으로 연명한다. 베를린 중심부에서는 루콜라 이파리를 되새김질하고, 하체셴 시장 주변의 새로운 만남의 장소는 '그라스호퍼'라는 이름의 작은 비타민 바이다. 최근 유행하는 비타민 바에서는 밀 이파리를 섞은 신선한 주스와 생강을 넣은 수프를 판매한다. 그러나 건강한 식생활이 공장 음식보다 근본적으로 더 비싸다는 것은 도시의 허무맹랑한 헛소문이다. 양배추나 토마토, 사과, 콩, 감자, 양파, 이런 식물성 음식에서 학자들은 건강에 필수적인 새로운 물질들을 거듭 발견하고 있다. 그리고 이러한 식품들은 일반적으로 값이 가장 저렴한 음식들이다.

음식물과 신체 건강이 직접 관계가 있다는 사실은 오래전부터 잘 알려져 있다. 그러나 식생활과 정신 건강의 상호 관계는 비로소 최근에야 학문에 의해 다시 밝혀졌다. '생선이 머리를 영리하게 한다', '배부르면 공부하기 싫다' 옛날부터 이런 말들이 전해 내려왔지만, 우리는 단순히 옛날 할머니들의 '생각'으로 여겨 무시했다. 그동안 수백만 유로가 연구 기금으로 투자된 뒤에 갑자기 생선이 지능을 증진시키고 배가 부르면 머리가 둔해지고 우울해지는 것이 사실로 확증되었다.

영국의 자선단체 마인드는 여러 해 동안 음식과 정신의 관계에 대한 연구를 재정적으로 후원했다. 2004년 그 연구 결과가 발표되었는데, 그에 따르면 설탕이나 카페인, 알코올 같은 물질과 끊임없는 포만감이 인체 특유의 '행복 호르몬' 세로토닌의 생성을 저해한다고 한다. 반면에 지나치게 과식만 하지 않으면 충분한 수분과 야채, 과일, 생선 섭취는 세로토닌의 두뇌 분비를 촉진시킨다.

생선에 포함되어 있는 오메가3 지방산은 머리를 위한 묘약, 두뇌를 위한 일종의 윤활유인 듯 보인다. 브리스틀 대학교의 교수이며 영양 연구가인 피터 로저스는 비타민이 풍부한 식생활과 규칙적인 생선 섭취로 가벼운 우울증 증세를 치유하고 두뇌의 인지 기능을 향상시킬 수 있다고 굳게 믿는다. 우울증 치료를 받는 환자들 다수가 위에서 말한 자선단체 마인드의 후원을 받는 한 실험에 참여하였다. 그들은 과일과 채소 위주의 식생활로 전환하고, 매일 최소한 2리터의 물이나 설탕을 타지 않은 차를 마시고, 일주일에 최소한 한 번은 생선을 먹도록 권유받았다. 본인 스스로 놀랍게도 환자의 80퍼센트가 '몸으로 느낄 정도로' 증상이 좋아졌으며, 4명 중 1명은 우울증에서 완전히 벗어났다.

노스 런던 대학교의 두뇌 화학 연구소 책임자 마이클 크로퍼드는 불량한 식생활 때문에 인간의 두뇌가 — 수천 년 동안의 발전 후에 — 퇴화할 수 있다고 피력한다. 영국에서는 한 세대가 지날 때마다 '지성적인 유전자 성분'이 0.5퍼센트씩 감소한다는 크로퍼드의 연구 결과가 맞다면, 차츰 우리 영국 친구들을 걱정하지 않을 수 없다. 그러다 언젠가는 《선》 같은 신문도 전혀 이해하지 못할 것이기 때문이다. 그러나 독일인들이 영국인들처럼 아침 식사에 베이컨 볶음을 먹고 하루의 나머지를 인스턴트 식품으로 연명하지는 않지만, 독일인들의 식습관도 서서히 앵글로색슨족을 닮아가고 있다. 독일인들도 한 입 더 먹을 때마다 더 비만해지고 더 아둔해진다. 그리고 이것은 말 그대로 사실이다. 케임브리지 대학교의 최근 연구 결과에 따르면, 단 한 번의 식사도 두뇌 상태에 영향을 미칠 수 있다고 한다. 우리는 '생선이 머리를 영리하게 한다', '배부르면 공부하기 싫다' 같은 오랫동안 코웃음 쳤던 옛날 할머니들의 격언으로 돌아가야 할 것이다.

우리가 우리의 몸을 쓰레기 소각장으로 남용하는 것에 대한 책임은 '어리석은 소비자들'에게만 있는 게 아니라, 값싼 식료품을 생산해내기 위해 몇 년 전부터 일관성 있게 두뇌 형성에 중요한 성분을 인스턴트 식품에서 제거하는 식료품 산업에도 있다. 우리의 두뇌에 그렇듯 중요한 오메가 3 지방산과 오메가 6 지방산은 생선과 육류, 우유, 달걀, 채소에 함유되어 있다. 그러나 산업화한 농업과 식료품 경제 연구소들은 오메가 3과 6 지방산이 상품을 빠르게 부패시킨다는 이유로 가능한 한 모두 음식에서 추출해 버린다. 그래서 인스턴트 식품, 살라미와 냉동 피자에는 오메가 3과 6 지방산이 들어 있지 않다. 우리가 고농축으로 섭취하는 유일한 지방질은 우리의 혈관을 막히게 하는 포화지방산이다. 또한 영양소 없는 화학비료가 더 저렴한 탓에 우리 식료품의 비타민 함유량은 점점 감소한다. 게다가 식료품 산업은 보존기간을 연장하고 색깔을 선명하게 하며 맛을 더욱 강렬하게 하지만 우리의 건강을 해치는 화학 첨가물을 점점 더 많이 사용하고 있다.

이러한 화학 물질들은 과거에 즉석식품에만 한정적으로 사용되었는데, 지금은 방부제, 안정제, 발효제, 인공감미료, 산화방지제, 색소로 넘치지 않은 인스턴트 식품을 슈퍼마켓에서 거의 구경하기가 어렵다. 비닐봉지 안의 소스, 인스턴트 식품, 통조림 수프는 그런 물질들로 가득 차 있다. 신선한 토마토 대신 흐릿한 분말을 이용해 스파게티를 요리하고, 세 가지 재료 대신 단 한 가지 재료, 즉 냉장 칸의 인스턴트 재료로만 팬케이크를 굽고, 브로콜리에 올리브기름을 몇 방울 떨어뜨리는 대신 인스턴트 기름에 브로콜리를 퐁당 담그는 경우는 1.7~8.4분 정도 절약하는 대가로, 불쾌감을 몸으로 느낄 뿐 아니라 대개는 돈도 더 많이 지불한다.

미국에서 지금까지 가장 많이 팔린 식료품 가운데 하나는 달콤한 맛이 나는 작은 스펀지 케이크 트윈키스이다. 광고에 따르면 학생들을 위한 이상적인 간식이라고 한다. 트윈키스는 100퍼센트 합성 식품이기 때문에 유효기간도 없다. 며칠 동안 창문틀에 놓아둬도 굶주린 새나 개미들조차 거들떠보지 않는다. 트윈키스가 자신들에게 이롭지 않다는 것을 예감하기 때문일 것이다. 샌프란시스코 법정에서 변호사들은 어느 살인범이 범행을 저지르기 전에 트윈키스를 지나치게 많이 먹은 탓에 판단 능력을 상실했다고 주장하기도 했다. 트윈키스가 판단력을 저해했다는 것이다. 법정은 이 논거를 수용하지 않았지만, 피고인의 과다한 정크푸드 섭취가 우울한 정신 상태를 유발했다는 점을 인정하고는 정상을 참작했다.

나는 직장에서 일하는 동안에는 먹는 음식에 크게 신경 쓰지 않았다. 사무실에서 일하는 날에는 음식이 순수한 자극제였다. 가능한 한 뜨거워야 했고 기름져도 상관없었다. 집에서 아내는 자연식품점에서 고르고 고른 야채로만 요리했다. 나는 자연식품점에서 토마토 몇 개와 오이 두 개를 사는 돈으로 보통 슈퍼마켓에서 장바구니가 철철 넘치게 장을 볼 수 있다는 생각은 조금도 하지 않았다. 집 밖 도시의 황무지에서는 싸구려 카레 소시지, 집에서는 정성껏 쪄서 익힌 호박, 둘 다 나한테는 별로 중요하지 않았다. 그러나 수중의 돈이 줄어들면서 그 생각도 변하게 되었다.

물론 지금도 여전히 자연식품점에서 장을 본다. 하지만 이제 나는 그것을 의식적인 사치라고 여긴다. 내가 해고당한 직후에 실업보험금을 신청하려고 '자영업'이라는 표제의 별지를 끙끙거리며 작성하고 있는데, 아내가 자연식품점에서 달걀을 사 가지고 집에 돌아왔던 순간이 지금도 기억에 생생하다. 달걀 여섯 개들이 포장에는 자연식품을 표시하는 작은 로고 몇 개, '고품질'이라는 활자와 식품 검역소의 인장, 아주 우스꽝스러운 그림들이 인쇄되어 있었다. 닭들이 밀짚으로 엮은 둥지 안에 행복하게 웅크리고 있거나 곡식을 쪼아 먹거나 창가에 앉아 있는 그림이었다. 아내가 타고난 본성대로 땅을 파헤치는 닭들의 달걀과 행복한 젖소들의 우유, 자유롭게 맘껏 자란 당근과 오이를 사야 한다고 주장하는 동안에, 나는 호박 하나하나의 가치를 새롭게 인식했다고 자신할 수 있다. 가난해져서야 비로소 품질에 대해 주의를 기울이기 시작한 것이다. 우선순위를 정할 수밖에 없을 때 불필요한 일을 피하고 정말로 중요한 일을 존중하기 시작한다.

최근에 나는 몇 년 동안 보지 못했던 옛 친구를 만난 자리에서 그 친구가 포도주를 마시지 않는 것에 깜짝 놀랐다. 나는 그를 대단한 포도주 전문가이며 애호가로 기억하고 있었다. 크리스티 경매장에서 이따금 포도주 감정가로 일할 정도였다. 그 친구는 좋아하는 포도주를 더 이상 마실 처지가 못 된다며 그런 시대는 이미 지나갔다고 간단명료하게 설명했다. 그나마 임시변통으로 마실 수 있는 보르도산 포도주는 주머니 사정을 능가하고, 싸구려 묽은 포도주는 사절한다는 것이었다. 그래서 이제 그 친구는 포도주가 아니라 물과 더불어 세상에서 가장 순수한 음료인 독일 맥주만을 마신다.

우리 모두 포도주를 마시던 시절에 맥주를 사회적으로 약간 열등한 것으로 무시하지 않았던가? 포도주의 독한 맛을 잘 구분하지 못하면서도 더 우아하다고 생각했기 때문에, 흔히 파티 석상에서 맥주 대신 포도주에 손을 뻗치지 않았던가? 그런데 유럽의 뛰어난 포도주 전문가가 수십 년 동안의 경험을 토대로 이제 맥주만을 마신다고 말하는 것이다. 이것이 우리 모두에게 본보기가 되지 않을까. 우리의 상대적인 빈곤이 뜻할 수 있는 문화적인 이득을 프로세코에서 맥주로의 귀환보다 더 멋지게 보여줄 수 있는 것은 없다.

\+

가난해진 사람이 좋은 컨디션을 유지하는 방법

◆

인류는 세 부류로 나뉜다.
움직일 수 없는 사람과 움직일 수 있는 사람, 그리고 움직이는 사람.

아랍 격언

◆

건강은 돈을 주고도 살 수 없다. 오른쪽으로 감기는 건강 자석 매트리스나 알약은 더욱 말할 것도 없고 건강한 식생활도 운동을 대신할 수는 없다. 조금도 힘들일 필요 없이 건강해질 수 있다고 약속하는 건강 요법들이 현재 많은 인기를 누리고 있지만, 그것들은 주로 기름진 육류만을 먹으라고 권장하는 다이어트 요법과 비슷하다. 그 요법은 어느 미국인이 발견했는데, 그는 세계적으로 부유한 저자들 가운데 한 명이 되었지만 결국 심근경색으로 숨을 거두었다. 그의 저서들은 지금도 베스트셀러이며 그의 이름을 딴 음식들이 많이 있다. 그의 미망인은 남편이 스스로 발견해낸 다이어트 방법 때문에 죽었다고 주장하는 모든 사람들을 고소한다. 캘리포니아의 어느 기업은 전 세계적으로 운동화를 팔면서, 그 운동화를 신으면 특별히 따로 운동을 하지 않아도 건강을 유지할 수 있다고 선전한다. 평소에 스프링이 근육을 움직이게 해주어 신발이 사람 대신 운동을 해결해준다는 것이다.

사실 실내화로 상징되던 시대에 아이러니컬하게도 푸마 운동화와 아디다스 운동복이 유행의 필수적인 액세서리였다. 해마다 유럽에서는 사용되지 않는 헬스클럽 회원증에 수십억 유로가 낭비된다. 사람들은 지방조직의 팽창에 항복했다고 시인하기보다는 차라리 조금이라도 양심을 달래준다고 믿는 일들에 많은 돈을 지출한다.

인간은 현재 편안함에 적응해 있지만, 원래는 편안하게 지내라고 창조된 것이 아니다. 수천 년에 걸쳐 발전하면서, 하루의 많은 시간이 몸을 움직이고 식량을 채집하고 노획물을 힘겹게 운반하는 데 익숙해 있었다. 그러는 동안 인간의 몸은 생물학적으로 두드러진 변화를 보이지 않았다. 그러다 우리의 몸을 더 이상 필요로 하지 않는 세계가 서서히 우리 주변에 생겨났다. 그러나 몇 년 동안 먼지 속에 파묻어 두었어도 다시 흠 없이 작동하는 기계와는 달리 우리의 몸은 애석하게도 충분히 보살피지 않으면 손상된다. 지나치게 몸을 아끼는 경우에는 신진대사 장애, 근육 위축, 비만, 자세 변형, 피로, 산소 결핍, 수면 장애, 혈관 폐색, 그리고 결국에는 심근경색과 뇌졸중을 야기한다. 우리는 최대한 우리 자신을 아끼려고 하면서 몰락해간다.

이런 사실이 널리 알려져 있기 때문에 과잉 반응을 하는 사람들이 많이 있다. 그들은 건강하지 못한 생활, 직장에서의 운동 부족을 일종의 건강 예찬을 통해 보상하려고 한다. 그러나 운동이 심신의 건강에 아무리 중요하다 할지라도, 건강을 최고의 절대적인 자산으로 여기고 오로지 그 뒤만 쫓아다니는 사람들을 보는 것만큼 슬픈 일도 없다. 우리 시대에 널리 퍼져 있는 건강이라는 종교는 가능한 한 영원하고 완벽한 안식을 누리려는 갈망에서 비롯되며, 다른 모든 종교와 마찬가지로 각양각색의 온건파와 과격파를 가지고 있다. 그러나 건강은 절대적인 것이 아니다. 인간은 결코 완벽하게 건강할 수 없다. 자신의 몸을 끊임없이 애정 어린 마음으로 보살피는 사람은 극히 제한된 삶을 영위하게 된다.

나도 매일 사무실에 출근하던 시절에는, 건강을 돈으로 살 수 있다고 믿었다. 헬스클럽에 가입하고 성실하게 꼬박꼬박 회비를 납부했지만, 처음의 열광이 식은 후에는 헬스클럽을 찾는 발길이 차츰 뜸해졌다. 지금은 회원비를 절약해 바닥에 설치한 손잡이 두 개를 이용하여 효과적으로 팔굽혀펴기를 하고, 침실 문틀에 부착시킨 철봉에 매달려 턱걸이를 하는 등 규칙적인 운동을 한다. 그래서 몸을 조금 단련하려고 상업지역으로 달려갈 필요가 없다. 또한 체취 제거용 스프레이 냄새 물씬 나는(원래 밀폐된 공간 안에서는 절대로 사용해서는 안 된다) 탈의실에서 옷을 갈아입을 필요도 없다. 우스꽝스러운 퐂말을 손에 들고서 이 연습장에서 저 연습장으로 옮겨다니며, 착 달라붙은 바지와 '저스트 두 잇Just do it'이라고 쓰인 분홍 티셔츠 차림의 근육 강장제를 삼킨 육체파가 마침내 복근 운동을 위한 기구를 내놓을 때까지 기다리지 않아도 된다. 나는 달리기를 하고 싶으면 러닝 머신에서 두 발을 놀리며 멍청하게 화면을 응시하는 대신 공원을 찾아간다.

그러나 무엇보다도 우아한 스포츠는 자연 속에서 빠르게 걷는 것이다. 이 스포츠는 몇 년마다 이름이 바뀌는 수난을 겪는데 현재는 워킹이라 불린다. 취향에 따라서 힐 워킹, 노르딕 워킹, 젠 워킹, 레이스 워킹, 아쿠아 워킹, 바이탈 워킹, 보디 워킹이 있다. 화보 잡지들은 2주일마다 새로운 유행 스포츠 종목으로 우리를 설득하려 하지만, 우리에게 정말로 필요한 것은 타이치나 기공, 젠피를 위한 값비싼 강좌가 아니라 신선한 공기와 운동이다. 레저산업은 새로이 유행하는 스포츠 종목마다 새로운 완벽한 복장과 장비가 필요하다고 단언하지만, 그것은 결국 흉물스럽게 화려한 옷을 걸치고 온갖 장비로 무장한 화보 잡지 독자들이 우리의 녹지대를 점거하는 사태를 낳을 뿐이다. 스포츠 기구와 패션에 들이는 비용이 적을수록 취향에 대한 자신감을 증명한다. 이를테면 오래달리기를 하는 데 낡은 운동복 바지와 운동화 한 켤레, 티셔츠 하나면 부족할 게 없다. 오래달리기는 상당히 오래전부터 조깅이라 불리고 있다. 어쩌면 머지않아 새로운 이름으로 불릴 가능성이 많을 수도 있다. 그렇지만 우리 스스로 자초한 편안함의 지옥에서 벗어날 수 있는 현재 가장 간편하고 효과적인 형식이며, 또한 앞으로도 계속 그럴 것이다.

층계 오르는 것도 오래달리기와 같은 효과가 있다. 하루에 8분씩, 가능하면 두세 번 숨을 몰아쉴 정도로 층계를 오르면, 적혈구의 숫자와 더불어 산소 공급량이 월등히 증가한다. 그것은 흥분시키는 효과가 있으며 단연코 값이 가장 저렴한 흥분제이다. 탭 댄서, 아니 최고의 탭 댄서 마스터도 층계 오르기의 긍정적인 효과를 쫓아갈 수 없다. 마돈나는 벌써 오래전에 이 사실을 인식했다. 그녀는 순회 여행에 나서는 경우에 숙박하는 최고급 호텔의 헬스클럽을 방문하는 게 아니라, 15분 동안 층계를 오르내릴 수 있도록 층계참의 통행을 막아줄 것을 호텔 경영진에게 부탁한다. 베를린의 유명한 샤리테 병원장 데틀레프 간텐 교수는 층계 오르는 것이 '심장 질환을 예방하는 최고의 방법'이라고 확신하고, 매일 간단하게 약간의 운동을 할 수 있는 가능성을 고수하기 위해 샤리테 병원 행정동의 엘리베이터 설치를 극구 반대했다.

생활의 질을 향상시키고 싶은 사람은 운동량을 늘림으로써 무엇보다 효과적으로 우아하게 뜻을 이룰 수 있다. 운동의 결핍은 빈곤의 한 형식일 뿐 아니라, 한술 더 떠서 아둔함과 침울함을 유발한다. 다행히도 이런 종류의 빈곤은 동전 한 닢 들이지 않고서 벗어날 수 있다. 그 비결은 사태를 인식하고 자신을 변화시키는 데 있다. 한 번 더 몸을 움직일 때마다, 자제력을 발휘하여 엘리베이터 대신 층계를 이용하고 버스나 택시, 승용차를 타는 대신 자전거를 타거나 걸어 다닐 때마다, 생활의 질을 향상시켜 물질적인 의미에서의 부를 얻게 된다. 반면에 몸 놀리는 것을 피할 때마다 건강의 자산을 갉아먹는 것이다.

이러한 계산에 따르면, 예를 들어 엘리베이터 없는 5층 건물의 꼭대기 층은 고생이 아니라 계속 이득을 가져오는 투자자산이다. 생활의 질과 더불어 개인적인 부 역시 몸을 충분히 움직이느냐는 문제와 직결된다. 일주일에 단 한 번만이라도 30분씩 운동을 하는 사람의 신진대사와 면역 체계는 급격한 변화를 보인다. 그래서 기분이 한결 좋아질 뿐 아니라 면역 능력이 강화되어 전반적으로 심장과 폐 질환을 예방할 수 있다. 운동에서 얻는 삶의 기쁨은 돈으로 살 수 없다. 통신판매 회사에 배달을 시킬 수도 없고 현금카드로 주문할 수도 없다. 따라서 돈으로 환산할 수도 없다.

+

자동차를 소유하지 않는 것이 보람 있는 이유

◆

가끔 그리고 의식적으로 자동차를 운전해야 한다.
그것도 인적 없는 해안 도로나 산악 도로에서만.

니클라스 마크

◆

나는 결코 자동차를 가져본 적이 없으며, 그래서 지금까지의 내 삶은 많은 번거로움에서 벗어날 수 있었다. 그렇다고 자동차를 증오하는 것은 아니다. 나는 자동차가 자유를 뜻할 수 있다는 사실을 잘 이해한다. 헤센 지방 어디선가 출발하여, 몇 시간 동안 마음 내키는 대로 달려 트란실바니아나 프로방스, 덴마크에 이르는 것은 매혹적인 일이다. 그러나 자동차를 운전하는 친구들을 통해서 대개는 자동차가 어떤 애물단지인지 체험할 수 있었다. 기름값과 보험, 정비, 주차장, 주차 위반 등 자동차에 들어가는 돈은 내가 지하철과 이따금 택시에 지불하는 액수를 훨씬 웃돈다. 게다가 욕설을 늘어놓으며 주차 장소를 찾는 데 보내는 시간을 절약할 수 있어서 좋다.

내가 퓌어스텐펠트브루크 아니면 가까운 전철역까지 하루에 겨우 버스가 두 번 다니는 외진 마을에서 자랐더라면 상황은 달라졌을지 모른다. 그러나 나는 내 젊은 시절의 전반기는 뮌헨에서, 그리고 나머지 후반기는 런던에서 보냈다. 이 두 곳에서는 자동차가 전혀 필요 없다. 뮌헨은 대중교통 시설이 아주 정교하게 연결되어 있다. 그리고 시골에 가는 경우에는, 지붕 덮인 금속 상자 안에 갇혀 이리저리 질주하는 것보다 기차 안과 역에서 세상을 더 잘 배울 수 있다.

런던에서 살 때는 자동차 문제가 저절로 해결되었다. 런던은 자동차를 모는 사람들에게 그야말로 생지옥이나 다름없다. 변두리 지역 구석구석까지 모든 도로가 자동차들로 꽉 막혀 있으며, 이제는 러시아워도 따로 존재하지 않는다. 밤에도 자동차는 여전히 꼬리를 물고 이어진다. 런던시를 에워싸고 달리는 순환 고속도로 M25는 8차선으로 확장되었지만, 순환도로 그 자체가 1센티미터 간격을 두고 런던을 압박하는 거대한 원형 모양의 죽과도 같다. 시내 곳곳에 통행료를 납부해야 하는 곳이 많은데도 거북이걸음을 벗어나지 못한다. 그리고 템스 강변이든 하이드파크 한가운데든 시내 어디서나 주유소 냄새가 대기에 배어 있다. '주차장'이라는 단어는 런던 사람들의 어휘에서 사라졌다. 런던에서 자동차를 이용하는 것은 그야말로 어리석은 짓인데도, 런던 사람들은 예전이나 다름없이 자동차에 올라탄다. 자동차는 닥터 해리스의 오렌지향 트래디셔널 화장수 아니면 파자마와 비슷하지 않나 싶다. 그것에 익숙하지 않은 사람은 없어도 전혀 아쉬워하지 않는다.

게다가 자동차 운전자들의 말투도 항상 내 귀에 거슬렸다. 평소에는 아주 온순하고 원만한 사람들도 운전대만 잡으면 흥분하여 욕설을 내뱉는다. '도로 교통에서의 공격적인 태도'에 관한 독일연방도로연구소의 보고서는 이런 현상과 관련하여 냉철하게 말한다. "도로 교통을 이용하는 사람들의 감정에 대해 말한다면, 예외적인 경우에만 행복감을 거론할 수 있다. 대다수는 언제나 공격이 문제된다."

도로교통법 첫머리는 독일 도로의 현실에 직면하여 마치 조롱하는 말처럼 들린다.

1. 도로 교통에 참여하려면 지속적인 주의와 상호 배려가 요구된다.
2. 도로 교통에 참여하는 사람은 제3자에게 손해를 입히거나 위험을 가하거나 부득이한 경우가 아닌 이상 제3자를 방해하거나 괴롭히는 행동을 해서는 안 된다.

도로 교통에 참여하지 않을 때에도 대부분의 사람들은 2조를 지키지 않지만, 특히 자동차라는 달팽이 집 안에 버티고 앉아서는 서로 원수처럼 대한다. 우리는 토머스 홉스의 《리바이어던》 이후로 인류 초창기에는 삶이 '가혹하고 잔인하고 짧았으며', 모든 사람이 이웃과 영원히 갈라놓는 갑옷 속에 몸을 숨기고 살았다는 것을 안다. 그러나 그 갑옷에 결정적인 껍질을 덧씌워서, 운전자들이 문화적인 공동생활의 모든 규칙을 무시하게 만든 것은 자동차이다.

독일어권에서 난폭 운전이 뭘 의미하는지 알게 되면, 틀림없이 모두들 독일을 멀찌감치 돌아갈 것이다. 전조등을 켠 채 시속 150킬로미터의 속도로 어린이들이 타고 있는 자동차에 1센티미터 거리를 두고 따라붙는 것은 순전히 독일적인 현상이다. 해마다 '인명 피해', 즉 사상자나 부상자가 있는 사고의 10~15퍼센트가 '충분하지 못한 안전거리', 몰아붙이기 때문에 일어난다. 그리고 이 비율은 해를 거듭할

수록 증가하고 있다. 독일자동차애호가협회의 교통사회학연구소 소장 알프레트 푸어는 말한다. "운전자들을 보면 그 나라가 어떤 나라인지 알 수 있다." 독일 도로에서는 주로 '중압감에 시달리는 고등학교 교사' 같은 유형의 사람들이 문제가 된다. 그런 유형들은 모든 것을 꾹 참고 받아들이지만 언젠가는 폭발하기 마련이며, 결국 다른 사람들에게 위험한 존재가 된다.

내가 자동차를 소유하지 않은 기간이 길어질수록 자동차 운전이 실용적인 이유에서뿐 아니라 이론적인 이유, 아니 심지어는 미학적인 이유에서도 불합리한 것이라고 더욱 절감하게 된다. 아마 이런 관점에서 1986년 겨울 뮌헨의 시립박물관에서 개최되었던 기발한 표제의 전시회가 나한테는 무척 감명적이었던 것 같다. '자동차 악몽 — 백 년 동안의 발명과 그 결과' 우리 주변과 풍경을 체계적으로 흉물스럽게 만드는 데 자동차가 얼마나 독특하게 기여했는지, 수백 장의 다큐멘터리 사진이 일목요연하게 보여주었다. 4차선 고속도로를 달려 알트뮐탈을 지나다 보면, 그곳이 전에는 틀림없이 무척 아름다운 곳이었지 싶은 생각이 이따금 떠오른다. 그러나 일반적으로 그런 생각을 하는 사람은 별로 없다. 그 전시회는 우리가 사는 도시들의 전형적인 모습을 보여주었다. 도로 건설의 특별한 폐단이 아니라 일상적인 것, 평범한 것, 자동차들이 빽빽이 주차해 있는 광장, 독일 도시 어디서나 흔히 볼 수 있는 교차로, 쾰른 대성당 아래편의 주차 건물.

모든 시골이 자동차에 우호적인 단조로운 도시 변두리처럼 변할 수 있었던 것은 자동차 대량 보급 때문이었다. 20세기 중반 자동차 시대가 도래하면서, 몇백 년 이상 존재했던 도시와 시골의 구분이 사라지기 시작했다. 서서히 도시의 경계가 해체되고, 여러모로 다채로웠던 마을들이 진입로와 우회 도로로 얽힌 특색 없는 도시 외곽 지역으로 변했다. 자동차 대량 보급은 독일의 국가적인 이데올로기가 되었다.

1955년에 폭스바겐 사가 최초로 생산량 100만 대를 돌파한 뒤를 이어, 승용차 생산량은 계속 증가하고 있다. 1958년 이미 독일의 도로를 질주하던 차량 수는 310만 대에 이르렀으며, 그 후 불과 5년 만에 두 배를 훨씬 웃도는 730만 대에 육박했다. 1978년에는 2천만 대를 넘어섰다. 1986년에는 등록 차량 수가 3천만 대를 초과했고, 구서독 지역의 모든 주민이 승용차 앞좌석에 편안하게 자리를 잡을 수 있었다. 결국 2004년에 독일은 약 5400만 대에 이르는 차량을 보유하기에 이르렀다. 늘어나는 차량 수에 발맞추어 도로와 고속도로의 건설도 증가하였다. 1960년대에 헬무트 슈미트는 사회 전반적인 호응에 힘입어 이렇게 주장하였다. "모든 독일 사람에게는 승용차를 소유할 권리가 있다. 그러므로 우리는 이를 위해 도로를 건설하려 한다." 1977년 독일연방교통부의 위임을 받아 '1985년까지 독일 국내 교통망을 위한 투자 프로그램'이 발표되었다. 그것은 국내 유수의 세 정당이 입을 모아, "독일연방공화국 어디에서나 거주지에서 고속도로 진입로까지의 거리가 25킬로미터를 넘어서는 안 된다"라고 선언한 취지를 따른 것이었다. 고속도로 이용은 독일인의 기본권이 되었다.

이처럼 초지일관 자동차에 우호적인 정책은 독일 국내의 승용차 수가 세대 수보다 거의 500만 대 이상 많아지는 결과를 낳았다. 자동차 대리점들이 친절하게 주선하는 대부금 상환이나 임대료 탓에 다달이 커다란 재정적 압박을 받는 세대가 적지 않다. 그런데도 이런 상황이 변하지 않도록 정기적으로 최신형 새 차를 구입해야 한다. 들길 곳곳이 포장되어 있고 아무리 주변을 둘러보아도 오르막길이래야 자신의 차고로 들어가는 진입로뿐인 평지에서도 사륜구동 지프여야 만족한다. 그리고 도시에서는 가능한 한 커다란 리무진이어야 한다. 뒤늦게야 사춘기를 맞이한 독신 남자들이 주말에 친구들과 함께 가까운 곳으로 바람을 쐬러 가려면 2인승 스포츠카가 필요하다. 그러려면 친구들도 당연히 자동차를 소유하고 있어야 한다.

부피가 크고 무거운 물건들을 운반하고 사람들을 운송하는 데에도 자동차를 이용할 수 있다는 것은 자동차 주인들에게 간혹 어쩌다 생각나는 부수 효과일 뿐이다. 그러나 이제 자동차들은 단순히 우리의 사랑스러운 장난감이 아니라 특별한 가족 성원으로서 우대받고 있다. 오펠 자동차의 텔레비전 광고는 이러한 딜레마를 아주 적절하게 표현했다. 갈색 코르덴 양복 차림의 30대 중반 남자가 미소를 지으며 운전석에 앉아 있고, 비스듬하게 뒤편으로 아동용 안전 좌석에 아들인 듯한 아이가 앉아 있다. 아이가 아빠에게 묻는다. "아빠, 아빠는 자동차가 나보다 더 좋지?" "그렇지 않아, 필리프. 아니, 올리버. 원 이런, 이게 무슨 헛소리인가…. 미하엘!" 독일에서 자동차가 받는 사랑을 대치할 수 있는 유일한 가능성은 오로지 최대한도로 경멸하는 것뿐이다.

'자동차 악몽' 전시회가 열리던 무렵에, 우연히 로얼드 달의 오스월드 아저씨 이야기책이 내 손에 들어왔다. 나는 오일렌슈피겔과 비슷한 데가 많고 자신만만한 플레이보이 오스월드 아저씨에게 내 진짜 삼촌들보다 더 많은 영향을 받았다. 오스월드는 성욕 증강제를 가방

안에 넣고서 힘든 사명을 완수하기 위해 애스턴 마틴의 라곤다를 몰고 세계를 일주한다. 그때부터 나는 운전면허증에 대한 그나마 남아 있던 미련을 완전히 버렸다. 내 처지에 애스턴 마틴의 라곤다는 언감생심 생각도 할 수 없는데 — 나는 아주 현실적인 사람이다 — 그 차야말로 이 세상에서 단 하나 정말로 근사한 차이기 때문이다.

나는 오랫동안 자동차를 못마땅하게 여겼으며, 결국에는 자동차를 증오한다고 믿게 되었다. 미술 평론가이며 자동차 철학자인 니클라스 마크와 이야기를 나눈 후에야 비로소 거기에서 벗어날 수 있었다. 니클라스 마크는 우리가 차량의 대량 보급에 반대한다면, 그것은 자동차의 적이기 때문이 아니라 오히려 자동차의 진실한 친구이기 때문이라고 말했다. 즉 자동차를 단순히 이동 수단이 아니라 특별한 향락 수단으로 보아야 한다는 것이었다. "페트루스나 슈발 블랑 포도주를 날마다 마시지 않듯이, 자동차도 가끔 그리고 의식적으로 타야 하네. 그것도 인적 없는 해변 도로나 산악 도로에서 말일세." 니클라스 마크는 이렇게 설명했다. 마세라티나 애스턴 마틴은 분명히 향락 수단이며, 문제는 이러한 자동차들이 아니라 우리의 도로를 정체시키는 수백만 대의 오펠 코르사, 폭스바겐 골프, BMW 3시리즈라는 것이었다.

그러므로 자동차는 완전히 쓸모없는 것, 순전히 즐거움을 위한 것, 그야말로 감각적으로 사랑하는 사치품 아니면 아무런 감정 없이 대하는 순수한 일상용품 두 가지 가운데 하나일 수 있다. 그 사이의 것은 전부 고루하기 짝이 없으며, 축축한 양가죽 시트와 피마자 냄새에 절어 있다. 그러나 엄밀하게 말해서 호사스러운 승용차의 시대는 이미 지나갔다. 대량 생산품은 엄격한 의미에서 사치품이 아니다. 1920년대 영화계와 유흥 업계를 휩쓸었던 최초의 대스타들은 특별 주문 제작한 자동차를 타고 베를린을 누볐다. 연극배우 안나 헬트는 개조한 르노에서 세 사람에게 만찬을 대접할 수 있었으며, 당대의 위대한 카바레 스타 가비 데슬리는 자동차 안에 욕실을 설치했고, 무성영화 시대 영국 최고의 여배우 필리스 데어는 자동차 뒤편에 칸막이를 설치하여 자동차가 정차하면 그 안에서 하인이 뛰쳐나오게 했다. 오늘날 고급 자동차라고 말하면, 기껏해야 한때 유행했던 특정 디자인의 절정을 장식했다가 이제는 희귀품이 된 모델, 디스코텍 주인들이 두 명에 하나꼴로 타고 다니지 않는 모델을 가리킨다.

그러므로 수중에 돈은 별로 없는데 고급 자동차를 선호하는 사람은 선택의 여지가 별로 없다. 향락품으로 누리기에 적당한 자동차들은 대부분 값이 아주 비싸다. 내 주변에는 호화 리무진을 열정적으로 좋아하는데 실제로는 소형 자동차를 누릴 형편밖에 안 되는 친구가 하나 있다. 그 친구는 러시아제 중고 노멘클라투라를 사면 어떨까 한동안 곰곰이 생각했다. 그러나 그 자동차가 너무 밉상이라고 결론 내리고 오랫동안 다른 적절한 자동차를 찾아 헤매다가, 폐기 처분된 앰배서더, 인도 대사가 본에 두고 간 자동차와 우연히 맞닥뜨렸다. 지금 그 친구는 인디라 간디가 총리 전용차로 이용했던 것과 같은 마크의 리무진을 타고 다니며, 고급 승용차라는 면에서 모든 싸구려 벤츠를 압도한다. 그런데 사실은 르노 트윙고 한 대 값만을 지불했을 뿐이다. 그러나 그것은 특별한 경우이다. 앰배서더 같은 차를 주간지 '벨트 암 존탁'의 자동차 매매란에서 간단히 발견할 수는 없다. 우아한 스포츠카 역시 가난해지는 사람에게는 구입하기 어렵다. 엔진 소리가 마치 로마의 먼지 자욱한 여름날처럼 들리는 알파로메오 2000GTV 아니면 1973년식 포르셰 911 타르가(카브리올레)는 혹시 가능할 수도 있다.

형편이 빠듯해지는데도 피치 못할 이유에서 자동차를 포기할 수 없는 사람은 자동차를 일상용품의 범주로 보고 건전하게 경멸하는 태도로 접근해야 한다. 그러면 자동차를 고르는 데 실수할 가능성이 별로 없기 때문에 당연히 선택의 여지가 더욱 많아진다. 아무리 흉측한 자동차라도 경멸하는 눈으로 보면 매력적일 수 있다. 이런 점에서 이탈리아인들에게서 많은 것을 배울 수 있다. 세계에서 가장 근사한 자동차들이 이탈리아에서 생산되지만, 정말로 체면을 중히 여기는 이탈리아 사람들은 소형차를 타고 다닌다. 그리고 그 소형차들이 약간 낡고 찌그러진 데가 있어야만, 속물들은 매력적이라고 생각한다.

아주 자연스러우면서도 설득력 있게 자동차를 경멸하는 사람들에게 주는 상이 있다면, 내 친구 샤를로테가 받아 마땅하다. 내가 아는 여자들 가운데서 샤를로테만큼 스타일에 자신 있는 여자도 별로 없다. 그런데도(아니면 바로 그래서?) 샤를로테는 절대로 비싼 차는 몰지 않으며, 원칙적으로 자동차를 슬럼화시킨다. 언젠가 한 번 샤를로테의 차를 탄 적이 있는데 쓰레기가 거의 정강이까지 수북이 쌓여 있었다. 차 안의 쓰레기를 통해서 샤를로테의 차를 함께 탔던 사람들의 생활 습관을 어렵지 않게 추적할 수 있었다. 3년 후에 다시 샤를로테의 차를 탈 기회가 있었다. 그때 마침 그녀의 차를 타고 가면서 예전에 라이터를 잃어버렸던 기억이 떠올랐다. 그런데 실제로 그 라이터가 1997년 층에 그대로 온전히 있었다.

우리 동네에는 오랫동안 자동차가 두 종밖에 없었다. 그것은 원래 자동차는 어떤 것이든 관계없고, 튀빙겐과 부모님이 계시는 고향을 오가기 위해 자동차가 필요하다는 사실을 암시했다. 르노 4와 오리라고 불린 시트로엥 2CV. 이 두 자동차는 자동차 반대주의가 최고의 절정을 이룬 것들이었다. 르노 4가 시장에 출시되었을 때, 자동차 전문 언론인들은 '우산의 최고 진화 단계'라고 조롱했다. 실제로 르노 4는 모든 쓸모없는 허접쓰레기를 절약하고 자동차 본연의 기능만을 강조하며 지극히 고품격의 자동차를 만들 수 있음을 증명했다. 또한 오리와는 달리 무조건 막대 향불을 지지하고 원자력에 반대하는 성명으로 해석할 수 없었다. 르노 4는 일체 정치적인 의사 표현을 포기하였으며, 무엇보다도 단순함 측면에서 거의 추종을 불허하는 이동 수단, 휘발유로 작동되는 절제된 언어 표현이었다.

이제 거리에서 오리와 르노 4를 찾아볼 수 없다. 그만큼 가격이 저렴한 자동차는 그 후로 생산되지 않았다. 현재 유럽의 자동차 대기업들은 가격이 5천 유로를 밑도는 자동차를 개발하기 위해 앞다투고 있다. 그런 자동차로 중국과 자국의 시장을 점령해야 한다는 것이다. 이곳 유럽에서도 가능한 한 휘발유를 적게 소모하는 저렴한 자동차들의 전망이 밝기 때문이라고 자동차 산업에 종사하는 경영진들은 말한다. 그러나 당분간은 자동차 유지에 드는 비용이 감소하기보다는 증대될 확률이 훨씬 더 높다. 자동차를 포기할 줄 아는 사람이 스스로 행복하다고 여길 수 있을 정도로 유지 비용이 많이 드는 날이 머지않아 올 것이다. 자동차가 많은 것을 기여한 복지사회의 끝에, 다행히도 자동차는 초창기에 차지했던 위치, 어리석은 사치품의 위치로 돌아갈 것이다.

✚ 휴가 여행이 필요한가

◆

이제 좀 유행이 지났어,
그렇지 않아?

카를 라거펠트(여행에 대해서)

◆

이미 오래전 학문적인 연구 결과는 거의 모든 사람이 휴가 여행을 떠날 때보다 조금 더 아둔해져서 돌아온다고 증명했다. 정신적으로 깨어 있지 않은 상태에서 3주일 동안 휴가를 보낸 사람의 지능지수는 여행을 떠나기 전보다 약 3퍼센트 낮은 것으로 입증되었다. 제트족들이 1년에 10번 휴가 여행을 떠났다고 치자. 그러면 도대체 그들의 지능 상태는 얼마나 열악하단 말인가. 그것은 휴가철이 지난 다음에 — 봄에는 카프리, 여름에는 포르토 체르보, 가을에는 마르벨라, 겨울에는 엥가딘 — IQ의 30퍼센트까지 잃는 것을 의미할 수 있다.

낯선 나라로의 여행, 해변의 달콤한 삶, 호화 유람선 항해와 고급 호텔, 수영장의 이국적인 음료수…. 이런 비슷한 상투어들이 우리에게 발휘하는 터무니없는 매력은, 해당 업계가 우리의 의식 깊숙이 파고들어 여행 그 자체가 충분히 탐낼 만하거나 매혹적인 것이라고 잘못

유포시킨 결과이다.

'관광 여행'이라는 낱말은 — 이 낱말이 독일의 사전에 최초로 등장한 것은 1810년이다 — 처음부터 조롱의 대상이었다. 그러고 나서 30년이 채 지나지 않아 폰타네가 불편한 심정을 토로한다. "너도나도 여행 다니는 것은 우리 시대의 특성들 가운데 하나이다. 과거에는 특별한 사람들만 여행을 다녔는데 지금은 아무나 여행을 다닌다." 여행 다니기가 '옛날에는 참 좋았다'라는 이야기는 완전히 허풍이다. 허둥지둥 이리 달리고 저리 달리는 것은 과거에 파발꾼과 순례자, 범죄자, 노상강도, 상인들에게나 해당하는 일이었다. 그것은 결코 즐겁지 않았으며 무엇보다도 위험했다. 모두 긴 여행을 앞두고 미사에 참석했으며, 다시는 돌아오지 못할 사람처럼 작별 인사를 했다. 19세기 중반 근대사회가 시작할 때까지 적절한 이유 없이, 그러므로 오로지 여행을 위한 여행을 계획하는 것은 허무맹랑한 짓이었다.

오로지 여행을 위한 허무맹랑한 여행은 영국 부잣집의 하릴없는 셋째 아니면 다섯째 아들들의 발상이었다. 시민계급은 상류층의 모험가들이 헐렁한 반바지 차림으로 고원 목장을 이리저리 기어오르고, 손에 안내서를 펴들고 무너진 유적지를 배회하는 것을 보고 흉내 내었다. 오늘날 관광 여행이라 불리는 것은, 겉으로는 고상해 보였지만 사실은 기괴했던 영국 속물들의 세계 일주 여행이 발전한 결과이다. 그러므로 옛날의 젠틀맨 체험을 모방하려는 것은 완전히 잘못된 짓이다.

예를 들어 하마들이 노니는 케냐 호숫가의 그림처럼 아름다운 수풀 한가운데에 '핀치 허턴 사냥 막사'가 있다. 그것은 영국의 슈퍼 속물 데니 핀치 허턴이 과거에 그곳에 지었다고 하는 사냥 야영지를 재현

한 것이다. 페르시아 양탄자, 불룩한 크리스털 병 속의 보르도, 마호가니 탁자 이 모든 것이 막사 안에 갖춰져 있다. 그러나 로버트 레드퍼드가 핀치 허턴 역을 맡아 여자들에게 인기 있는 재간꾼으로 등장하는 시드니 폴락의 영화 〈아웃 오브 아프리카〉에서와는 달리 현실에서 그 가련한 인간은 고상한 체하는 괴팍한 인물이었다. 루돌프 모스하머◆가 아프리카에서 휴가를 보낸다고 한번 상상해보라. 핀치 허턴은 틀림없이 케냐에서 그렇게 처신했을 것이다. 영국 식민주의 시대 말기에 그런 괴팍한 신사들은 수백 명씩 먼 이국을 떠돌아다녔다. 그것은 대영제국의 전성기가 지나갔다는 믿을 만한 징후였다.

권태에 찌들고 사치에 물든 영국 속물들의 유별난 심심풀이는 그동안 전 세계적으로 해마다 1천만 명의 관광객이 참여하는 대중 산업으로 발전했다. 관광객들은 해변의 호텔에서 휴가를 보내며 멍청하게 건들거리고 뱃멀미에 시달린다. 또는 쉴 새 없이 시내 관광에 나서서, 결국 지쳐 쓰러질 때까지 관광 명소를 찾아 허둥지둥 달려가고 여기저기 탑에 오르고 시청을 구경한다. 중부 유럽의 복지국가 국민들이 많은 돈을 지불하는 여러 가지 일들 가운데 휴가 여행만큼 불쾌감을 맛보게 하는 것도 없다.

1년 내내 절약하다가 휴가라고 갑자기 돈을 흥청망청 뿌리고(드디어 휴가 여행을 떠나오지 않았는가!) 지갑이 가벼워지는 것에 비례하여 기분

◆ Rudolph Moshamme(1940~2005). 독일의 디자이너. 화려한 외모와 기이한 언동으로 세상의 이목을 끌었으며, 2005년 의문스러운 상황에서 한 젊은 이라크 남자에게 살해되었다.

이 좋아지지 않는다고 화내는 것도 완전히 비이성적인 짓이다. 독일인들이 오스트리아나 이탈리아, 그리스나 스페인으로의 여행 중에 번번이 걸려드는 도박 신드롬은 다행히도 유로의 도입을 통해 조금 저지되었지만, 관광객들을 위한 함정에 빠져서 태연하게 돈을 빼앗기는 것은 여전히 휴가 여행의 가장 인기 있는 행사들 가운데 하나이다. 그리고 집에서는 절대로 손도 대지 않을 질 낮은 포도주와 럼주 섞인 달콤한 음료수도 태연하게 마신다. 그러면서 호텔에 묵는 '사치'를 누린다고 즐거워한다.

호텔을 격조 높은 오아시스라고 선언하는 것도 오락 산업의 발상이다. 도시의 호텔은 숙박업의 역사에서 아주 오랫동안 주변에 아는 사람이 전혀 없는 경우를 위한 임시 숙소였다. 오늘날의 호텔들은 정확하게 바로 그것이다. 고급 호텔이라는 게 설령 존재했다면, 그것은 처음 생겨난 1910년 무렵부터 제1차 세계대전이 발발할 때까지 짧은 기간에, 그러니까 4년 동안 격조 높은 것이었다. 그 당시에 고급 호텔들은 — 호화 유람선처럼 — 센세이셔널한 혁신으로 여겨졌으며, 최고 상류층도 관심을 가지고 지켜보았다. 제1차 세계대전 후 1920년대 중반부터 1929년 세계공황 사이에 호텔 문화는 한 번 더 꽃을 피웠다. 그러고 나서 대형 고급 호텔의 시대는 영원히 막을 내렸다. 전 세계적으로 퍼져 있는 호텔 체인의 편의 시설은 완전히 획일화되어 있다. 볼프스부르크의 값비싼 호텔 방은 쿠알라룸푸르나 밴쿠버의 호텔 방과 조금도 달라 보이지 않는다. 그리고 카탈로그에 따르면 '초호화'급에 속하는데도 굼메르스바흐의 2인용 하숙방 못지않게 작다. 조그마한 텔레비전이 미니 바 위에 자리를 차지하고 있고, 미니 바에는 사과 주스와 오렌지 주스, 벡스 맥주, 미네랄워터, 짭짤한 스낵이 놓여 있다. 창문은 열리지 않는 대신 에어컨이 요란한 소리를 내며 돌아간다. 아랍 국가들을 제외하고는 호텔 전용 포르노 방송에 대한 안내문이 텔레비전 위에 놓여 있다.

관광 휴양지의 호텔들은 도시의 경우보다 훨씬 더 열악하다. 지옥의 모습이 그렇지 않을까 싶다. '이탈리아 마을을 본떠' 조성한 광장(잠깐, 하지만 우리는 샤름엘셰이크에 있다) 주변에 우연인 듯 항상 열려 있는 가게들과 '모든 것이 음식값에 포함되어 있는' 여러 종류의 레스토랑 일곱 개가 둘러서 있다. 휴양지에 머무르는 동안 아이들은 어린이 클럽과 소풍을 빌미 삼아 조직적으로 부모들과 격리된다. 주변 시설은 — 단체 소풍을 제외하고는 — 가능한 한 울타리 밖을 떠나고 싶은 마음이 전혀 들지 않도록 설계되어 있다. 그 대신에 호텔 경영진은 휴양 시설 안에서 이상적인 현실을 구현하려는 야심을 보인다.

그러나 현실 세계로부터 가장 안전하게 벗어날 수 있는 곳은 호화 유람선이다. 호화 유람선 여행은 말하자면 클럽 휴가의 순수한 형태이다. 나는 — 휴가를 즐기기 위해서가 아니라 순전히 언론인이라는 직업상의 이유로 — 아직 빙산과 충돌하지 않은 초대형 호화 유람선 '코럴 프린세스'를 탄 적이 한 번 있다. 그 배의 총 등록 톤수는 약 12만 톤이다. 총 등록 톤수는 배의 크기를 가늠하는 도량 단위인데, 그것에 따라서 배에 실을 수 있는 디저트 양이 산출된다.

바다를 사랑하는 사람들에게 유람선 여행은 이상적이다. 아침부터 저녁까지 전통적인 선상 활동, 즉 아침 식사와 점심 식사, 커피와 케이크, 저녁 식사와 한밤중의 만찬에 전념할 수 있기 때문이다. 식사와 식사 사이의 비어 있는 시간, 대략 20분은 힘들이지 않고 스낵으로 때울 수 있다. 이를 위해 하루 24시간 내내 '선상 바'의 뷔페가 준비되어 있는데, 여기에서 어림잡아 세계 칼로리 비축분의 3분의 2가 제공된다. 정말로 끔찍한 사태는 전부 승선료에 포함되어 있는 탓에 단 하나의 메뉴도 놓칠 수 없다는 것이다.

드디어 체중이 소형 자동차 무게에 버금갈 정도가 되면, 배가 항구에 입항한다. 그러나 항구에서 서너 시간 이상 머무르는 경우는 거의 없다. 정박료가 너무 비싸서 추가로 1분 연장될 때마다 선박 회사의 정확하게 계산된 이득에 차질이 생기기 때문이다. 그곳 토착민 '특유의' 작업장을 서둘러 구경하기 위해 승객들은 이미 대기하고 있는 버스에 빽빽이 올라탄다. 그 작업장에서 파는 목공예품들은 희한하게도 자메이카나 타오르미나에서 파는 것들과 똑같아 보인다. 어쩌면 전부 홍콩이나 대만에서 만들어졌을지도 모른다. 대부분의 대형 선박에는 미니 골프장과 수영장, 헬스클럽이 갖추어져 있지만, '선상 숍'이 항상 열려 있는 탓에 거의 이용되지 않는다. 승객들은 선상 숍에서 면세품을 구입할 수 있는데, 사실 그것은 필요도 없는 물건을 고향의 쇼핑센터에서보다 조금 더 비싸게 구입하는 대가로 '듀티 프리'라는 말이 적혀 있는 비닐봉지를 얻는 것을 의미한다. 호화 유람선 승객들은 선상 숍이나 선상 바에서 죽치지 않으면, 가능한 한 빨리 미헬 프리드만◆의 피부색과 같아지려고 갑판에 누워 햇볕을 쬔다. 주로 퇴직자들이 유람선 여행을 애용하는데, 그것은 집에서 조용히 여행의 노독으로부터

◆ Michel Friedman(1956~). 독일의 정치가, 변호사, 텔레비전 방송 진행자. 폴란드 유태계 출신이다.

휴식을 취할 수 있기 때문이지 싶다.

휴식을 별로 중요하게 여기지 않는 사람에게는 비행기 여행을 권유해야 한다. 비행기 여행은 시간에 맞춰 공항에 도착하기 위해 새벽 네 시에 일어나는 것으로 시작한다. 유럽 항공교통의 가장 중요한 규정에 따르면, 승객들은 체크인을 시작하기 최소한 한 시간 전에 창구 앞에 줄을 서야 하고, 이어서 두 시간 동안 쇼핑 찬스를 놓치지 않기 위해 공항에 머물러야 하기 때문이다. 드디어 탑승에 성공하여 좌석 번호 84G에 이르면, 한쪽 옆에는 미스 피기Piggie 양이 앉아 있고 다른 쪽 옆에는 자바 더 헛◆이 팔걸이는 물론이고 내 좌석의 반이나 점령하고 있다. 그리고 승무원들의 주요 공명심은 단 한 사람의 승객도 좌석의 등받이를 움직이지 못하도록 주의하는 데 있다.

비행기의 이착륙 시에 등받이가 수직을 유지해야 한다는 규정은 순전히 횡포이다. 등받이가 움직일 수 있는 3밀리미터의 공간 여유에서, 좌석의 상태가 수직인가 아니면 살짝 기울었는가는 승객의 안전 면에서 차이가 없기 때문이다. 그러나 승무원들은 승객들을 들볶을 기회보다는 차라리 봉급의 일부를 포기할 것이다.

요즘에는 인터넷을 이용하여 집에서 편안하게 비행기를 예약할 수 있어 새로운 유형의 비행기 애호가들이 생겨났다. 맨체스터나 런던 스탠스테드의 술 취한 주말 여행객 무리가 날마다 피사나 프라하, 바르셀로나를 거쳐 쏟아져 들어온다. 영국 술꾼들에게는 주말에 프라하

◆ 영화 〈스타워즈〉에 등장하는 매우 비만인 거구의 외계인.

로 비행기를 타고 날아가 그곳에서 거나하게 취하는 편이 동네의 주점에서 죽치는 것보다 싸게 먹힌다. 그들은 벤첼 광장에서 갈지자로 비틀거리거나 체코의 필젠 맥주를 소화하지 못해 카를교 난간 너머로 몸을 굽힌다. 남쪽 나라에서는 뜨거운 열기 속에서 알코올을 과도하게 마신 영국 관광객들이 사망하는 사건이 매년 발생한다. 그리고 툭하면 집단 난투극이 벌어진다. 스페인의 지중해 해변에서만도 술에 취해 행패를 부리는 영국인들이 해마다 6백 명가량 체포된다. 2003년 여름 아름다운 코르푸섬의 주점가에서 어느 영국 여자 관광객이 술에 취해 소란을 피우는 수백 명의 부추김을 받아 노상에서 영국 남자와 오럴 섹스를 벌였을 때, 그리스 방방곡곡이 아우성을 쳤다.

1970년대 아니면 1980년대 한동안은 비행기를 많이 타는 것이 사회적인 지위와 결부되어 있었다. 나는 우리 집안의 친구였으며 이미 고인이 된 봅시를 즐겨 회상한다. 봅시는 이따금 비행기표 한 뭉치를 양복 안주머니에서 꺼내며, 내일 멕시코시티를 경유하여 라파스로 갔다가 3일 후에 다시 보고타로 가야 하고 2주일 후에나 집에 돌아올 수 있지만 곧 다시 파리로 떠나야 한다고 신음했다. 요즘에 그런 사람이 있으면 조롱을 받는다. 기껏해야 동정을 받을지는 모르지만, 대개는 짜증스러운 사람으로 여겨진다. 그런 사람들은 자비로 비행기 비용을 지불하는 법이 거의 없다. 회삿돈으로 이미 비행기를 많이 타고 다닌 탓에, 개인적인 일로 비행기를 이용하는 경우에는 평생 마일리지로 해결할 수 있다. 그들은 거들먹거리는 표정으로 사람들을 밀치고 창구까지 다가와 휴대폰에 대고 울부짖는다. "내가 지금 도저히 미팅에 참석할 수 없으니까 그렇게 전해!"

여기에서 콩코드 여행객이라는 별종에 대해 언급하지 않을 수 없는데, 사실 이제는 그런 부류가 존재하지 않아 인류학적인 관점에서 참으로 안타깝다. 런던 히스로 공항에서 유리창 밖으로, 케이트 모스가 검은 양복을 입은 어두운 표정의 신사 열일곱 명을 대동하고 세 시간 반의 비행을 위해 매력적인 스튜어디스들의 안내를 받으며 뉴욕행 비행기로 가는 모습을 지켜보았을 때는 정말로 돈을 들인 보람이 있었다. 그리고 '기술적인 결함'이 발생한 탓에, 그들 모두 30분 후에 붉으락푸르락하며 라운지로 돌아오는 광경은 또 어떠했던가.

값싸게 여행 다니는 부류의 사람들도 비행기 애호가들과 마찬가지로 피하는 게 상책이다. 이런 점에서 지구상의 중요한 3대 관광 시장, 즉 북아메리카와 독일과 일본에서 이제는 비행기 타지 않는 것이 신분의 상징으로 간주되는 사실을 충분히 이해할 수 있다. 오늘날 체면을 중요하게 여기는 사람들은 여행에 대해 불평을 늘어놓는다. 로스앤젤레스나 뉴욕 여행에 대해 이야기하거나 발리의 환상적인 해변에 열광하는 사람은 오로지 웃음거리가 될 뿐이다. TUI◆를 통해 행복을 예약할 수 없는 것은 이제 누구나 아는 사실이다. 그러므로 돈이 많지 않은 사람들도 조만간 부자들을 흉내 내어 거만하게 여행을 업신여길 것이다. 그것은 트리클다운 효과■라 불린다.

아직 견딜 만한 유일한 여행이 있다면, 그것은 한 장소에 오래 머무

◆ 독일 최대의 국제적인 관광 대기업.

■ 낙수효과. 원래는 대기업이나 부유층을 잘살게 하면, 넘쳐나는 부유함이 일반 서민에게도 골고루 나누어져 전체적인 경기 부양이 되는 것을 의미한다.

르는 것이다. 위대한 철학자 니콜라스 고메스 다빌라는 말했다. "지성적인 사람들과 우직한 사람들만이 한곳에 오래 머무를 줄 안다. 평범한 사람들은 가만히 있지 못하고 여행을 열망한다." 그러나 경험을 쌓거나 일을 하거나 공부를 하거나 아니면 친구를 방문하려고 5~6주일 동안이나 5~6개월 동안 낯선 나라로 떠나는 사람은 현대적인 의미에서 허둥지둥 여행을 하는 게 아니다. 이런 종류의 여행이야말로 과거에 품격 높은 것이었다. 심지어는 황제나 제왕들도 이 왕궁에서 저 왕궁으로 옮겨다니며 그런 여행을 했다. 그리고 왕자들은 세상을 배우고 '기품 있는' 처세술을 익히도록 다른 나라의 궁정에 보내졌다.

이러한 신사적인 여행의 현대적인 변형은 고등학교 졸업생들의 갭이어gap year◆ 아니면 대학생들과 직장인들의 안식년 휴가, 임시 작전 타임이다. 그들은 반년 동안 아시아나 아프리카 어딘가로 떠나서, 고루한 휴가 여행을 떠났을 때보다 주변의 문화에 대해 훨씬 더 많은 것을 배운다. 문화를 단순히 구경하기보다는 다만 어느 정도라도 문화의 일부가 되는 경우에 그 문화에 더 가까워지기 마련이다.

원래 절약이 몸에 밴 골수 유럽인들에게도 경상비 지출은 부담이 크다. 그래서 집을 잠시 세주고 외국에 체류하는 것이 오히려 돈을 절약할 수 있다는 점에서, 가난해지는 사람들에게는 외국에서의 장기 체류를 권장할 만하다. 뮌헨에서 일주일 절약하며 사는 것보다 이스탄불이나 카이로에서 한 달 동안 홍청거리며 지내는 데 돈이 훨씬 적게 든다. 파리처럼 예로부터 보헤미안들이 즐겨 찾는 곳의 물가가 턱

◆ 고등학교 졸업과 대학 입학 사이에, 다양한 경험을 쌓기 위해서 1년 정도 학업을 쉬는 것을 말한다.

없이 비싸진 반면에, 새로운 도시들이 모습을 나타냈다. 예를 들어 과거에 레발이라 불린 탈린은 독일에서는 찾아보기 힘들 정도로 중세 시대의 모습을 고스란히 간직하고 있다. 아니면 소피아. 때맞춰 예약만 잘하면 아주 저렴한 비용으로 그곳까지 기차를 타고 갈 수 있다. 인터시티를 타고 베오그라드에 도착하여 소피아행 기차로 갈아타면, 약 24시간에 걸친 모험적인 기차 여행이 끝나고 과거 러시아 황제의 통치를 받던 도시에 도착한다. 유럽의 가장 오래된 교회들 사이로 이슬람교 사원들과 오리엔트풍의 시장이 자리 잡고 있으며, 지하철의 창문에는 커튼이 쳐져 있고, 커피 맛은 이 세상 어디보다도 뛰어나다.

1960년대와 1970년대까지 유럽의 모든 도시에는 혼자 살기에 너무 커다란 집의 빈방들을 세놓거나 하숙을 치는 나이 지긋한 부인들이 많이 있었다. 소설에서는 그런 곳들을 무척 음산하고 남루하게 묘사하는 경우가 많지만 사실 파산한 사람들, 그리고 예술가와 대학생들에게는 값싼 숙소를 제공하였다. 오늘날에는 대부분의 도시에서 몇 주일이나 몇 달 동안 작은 집을 빌릴 수 있으며, 집세는 그리 비싸지 않은 하숙비의 일부밖에 되지 않는다. 게다가 — 아침 식사를 준비할 노부인이 없는 탓에 — 식사를 직접 해결하다 보면, 낯선 도시의 삶을 직접 몸으로 느낄 수 있는 이득이 있다. 식품점이나 시장을 여행객이 아니라 현지 사람들의 눈으로 찾아갈 수밖에 없기 때문이다.

따라서 그런 여행은 전적으로 삶을 풍성하게 한다. 물론 그런 여행을 1년에 네다섯 번씩 할 수는 없다. 관광객으로서 허겁지겁 세상을 헤매는 대신 두 눈을 크게 뜨고 세상을 음미하는 것이야말로 장소 이

동보다 훨씬 더 중요하다. 그러므로 '휴가를 떠나는 것'보다는 집에 머무르는 것이 백번 천번 더 낫다. 예를 들어, 고향 도시에서 휴가를 보내면 관광 명소를 방문하는 고역에서 벗어날 수 있다. 피사 사람들이 피사의 사탑에 오르거나 파리 사람들이 에펠탑에 오르는 일은 절대로 없다. 그러나 관광객으로서는 그런 일들을 한다. 휴가 여행이 무의미하다는 확신이 의식 깊이 숨어 있어서, 이른바 관광을 통해 그것을 억누르려는 것인지도 모른다.

진정으로 행복해지려는 사람은 레저산업에 이끌려 꿈을 정해서는 안 되며, 도달 가능한 자신만의 꿈을 기획하여야 한다. 위스망스의 소설《거꾸로》의 주인공 데 제생트처럼 지나치게 과장할 필요는 없을 것이다. 그러나 우리는 데 제생트에게서도 조금 배울 수 있다. 프랑스 옛 귀족 가문의 후예, 세상에서 물러나 조용히 살아가는 과민한 데 제생트는 모든 여행을 거절한다. 파리 교외에 위치한 집에 필요한 모든 게 있기 때문이다. 그러나 어느 날 디킨스의 책을 읽은 후에, 여행을 꿈꾸기 시작한다. 그래서 영국으로 여행을 떠날 계획을 세운다. 하인에게 가방을 꾸리라고 이르고는, 어리둥절해 하는 하인에게 1년 후 아니면 몇 개월 후 아니 어쩌면 몇 주일 후에 돌아올지 모른다고 말한다. 정확하게 언제 돌아올지는 그 자신도 모른다.

데 제생트는 파리행 기차에 올라탄다. 파리에 도착해서는 런던 여행 안내서를 사기 위해 리볼리 거리로 간다. 때마침 세차게 쏟아지는 비가 코앞에 닥친 여행을 예감하게 한다. 데 제생트는 여행을 계속하기 전에, 서둘러 술집에서 영국산 포트 와인을 한두 잔 마시려고 한다. 그런 후에 영국 레스토랑에서 영국인들 틈에 섞여 앉아 식사를 하고

에일을 마신다. 많은 음식과 냄새, 소리, 포트 와인과 에일 후에 데 제생트는 노곤해져서, 영국으로 데려다줄 배가 기다리고 있는 디에프행 기차를 그만 놓치고 만다. 영국까지 고단한 여행을 하지 않았는데도 많은 것을 체험한 사실에 무척 행복해하며, 조금의 애석함도 없이 집으로 가는 기차에 오른다. 상상 속에서 이미 오래전에 영국에 가보지 않았던가. 비, 안개, 북적거리는 도시. "이제 새삼 무엇 때문에 어설프게 장소를 옮겨 불멸의 인상들을 잃어버려야 한단 말인가?" 데 제생트는 여행을 떠난 지 몇 시간 만에 트렁크와 짐 꾸러미, 가방, 지팡이를 들고서, 길고 위험한 여행 끝에 마침내 다시 집에 돌아오는 사람처럼 녹초가 되어 어리벙벙한 하인 앞에 나타난다.

이탈리아에서는 데 제생트와 비슷한 사람들이 분명 점점 늘어나는 듯하다. 그러나 유감스럽게도 그들은 느끼지 않아도 되는 수치심을 느낀다. 이탈리아에는 유럽 어디에서도 찾아볼 수 없는 현상이 있다. 휴가를 떠난 척 위장하는 것이다. 자동 응답기를 틀고 화분을 옆집에 맡기고 냉장고에 음식을 가득 채우고 아이들에게 비디오를 틀어주고 2주일 동안 집을 떠나지 않는 것이다. 약 300만 명의 이탈리아인이 해마다 휴가를 떠난 척 가장한다고 한다. 여행을 떠날 만큼 돈이 없다는 사실을 부끄럽게 여기기 때문이다. 휴가를 떠나지 않는 사람들은 미래의 선구자라는 사실을 누군가 그들에게 알려주어야 하지 않을까?

+

우아하게 가난해지는 기술

◆

내가 좋아하는 모델은 데번셔 공작이다.
공작이 입은 옷의 소맷부리와 칼라는 마치 1년 동안 먼저 입으라고 정원사에게 주었던 듯 낡아 보인다.
그걸 보면 스타일이 무엇인지 알 수 있다.

레이디 렌들셤(1973년 《타임스》와의 인터뷰에서)

◆

옷에 대해 말을 많이 하는 것은 볼썽사납게 옷을 입는 것만큼이나 고상하지 못한 일이기에, 나는 여기에서 길게 말하지 않을 생각이다. 옷차림에 대해 지나치게 신경을 쓰는 순간, 적어도 남자들의 경우에는 우아함과 거리가 멀어진다. 요즘 젊은 사람들이 잘 쓰는 말로 표현하면 촌스럽다. 거울과 옷장 사이를 열심히 오락가락한 게 눈에 보이면 이미 자연스럽지 못하기 때문이다. 옷은 날개가 아니다. 완벽한 맵시의 양복에 와이셔츠를 맞춰 입고 실크 넥타이를 매고 최고급 구두를 신을 수 있다. 그렇게 입고서 편안하지 못하면 버뮤다 바지를 입은 달라이라마처럼 보인다. 우아함은 어떤 옷을 입느냐가 아니라 어떻게 입느냐의 문제이다. 그러므로 모든 사람에게 고루 적용할 수 있는 명약관화한 규칙은 존재하지 않는다.

내 친구 하나는 정말로 비참한 기분이 드는 경우에 위에서 아래까지 빼입는다. 이것은 그 친구의 기분을 달랠 수 있는 유일한 방법이다. 그늘에서 섭씨 32도를 오락가락하는 더운 여름날에 모두 짧은 반바지와 티셔츠 차림으로 돌아다니는데, 그 친구는 은행 잔고가 적자이고 숙취에 시달리면 밝은색의 얇은 양복에 넥타이를 매고 나간다. 그런 날, 그 친구는 오직 옷차림에만 신경을 쓴다. 날씨가 무덥고 마음이 심란할수록 넥타이가 힘껏 그 친구를 다잡아준다. 또 무슨 일이 있어도 반드시 양복 차림으로 출근하는 친구도 있다. 그러면 언제나 조금 변장한 듯 보이는데, 그러다 주말에 청바지와 스웨터를 입으면 비로소 우아해 보인다.

무엇보다도 중요한 규칙은, 사람이 옷을 입은 게 아니라 옷이 사람을 입은 것처럼 보이지 않아야 한다는 것이다. 옷을 건전하게 경멸하는 사람만이 우아하게 보일 수 있다. 그러므로 대부분의 경우에 '지나치게 옷을 차려입는 것'보다는 차라리 '수수하게 입는 것'이 더 낫다. 옷을 빌려서 뻔뻔하게 메시지를 전달하려는 사람들도 있다. '자, 내가 얼마나 젊은지 보라고!' 또는 '어때. 이래 봬도 나는 최고급 옷 아니면 절대로 입지 않는다고!' 아니면 '자, 보라고. 나는 옷차림 따위에는 조금도 신경 쓰지 않아! 옷이 주의를 끌면 안 되지!' 하는 사람들도 있다.

일부러 아무렇게나 옷을 입는 것은 스타일에 대한 자신감과 거리가 멀다. 의도적으로 아무렇게나 입든지 의도적으로 쏙 빼입든지, 어쨌든 노력한 티를 내보이는 것은 우아함을 가로막는 걸림돌이다. 우아함은 언제나 자연스럽게 보여야 한다. 신사 용품 전문점에서 방금 쏙 빼입은 듯이 보이는 사람에 대해서는 더 이상 논의할 가치도 없다. 일부러 남루하게 입어서 우아하게 보이려고 애쓰는 사이비 댄디들도 그에 못지않게 저속해 보인다. 자신의 노력을 높이 평가해주길 바라는 게 느껴지기 때문이다. 내가 아는 베를린의 어떤 화랑 주인은 영국의 영락한 시골 귀족처럼 보이기 위해 안간힘을 쓴다. 새 재킷이 분명한데도 일부러 낡은 것처럼 보이기 위해 소맷부리에 가죽을 덧댄다. 약간 진흙이 묻은 지프가 그한테는 적격일 것이다. 그러면 방금 시골의 영지에서 오는 듯 보이지 않겠는가.

또한 나는 남자들의 경우에 일정한 나이에 이르면 옷을 잘 모아두어야 하며, 너무 눈에 띄어 도저히 입을 수 없는 옷을 보충하기 위한 경우가 아니라면 옷을 살 필요가 없다고 생각한다. 루돌프 샤르핑◆은 이 원칙을 지키지 않았다. 그는 모리츠 훈칭거■의 충고를 받아들여 최고급 남성복 가게에서 머리끝부터 발끝까지 새롭게 치장했다. 그래서 사람들의 웃음거리가 되었으며, 국방부 장관직을 사퇴한 진짜 이유는 틀림없이 거기에 있었을 것이다.

여자들의 경우는 물론 조금 다르다. 베르너 좀바르트는 이른바 여자들의 낭비벽 때문에 자본주의가 생겨났다고 주장했다. 15세기에서 16세기에 여자들이 달콤한 음식을 광적으로 좋아하지 않았더라면 설탕과 카카오, 커피, 차를 둘러싼 세계무역이 그렇듯 광범위하게 발전하지 않았을 것이라고 좀바르트는 역설한다. 이런 사치품들의 교역과

◆ Rudolf Scharping(1947~). 독일의 정치가. 1991년에서 1994년까지 독일 라인란트팔츠 주정부 총리와 1998년에서 2002년까지 연방 국방부 장관을 지냈다.

■ Moritz Hunzinger(1959~). 독일의 기업가, 정치가. 독일의 기민당 당원이며, 수많은 저명인사와 쌓은 친분을 자랑한다. 훈칭거 정보 주식회사를 비롯한 여러 기업을 설립하고 운영하였으며, 불법적인 주식거래와 정당 로비 활동 등으로 사회적 물의를 빚었다. 여러 명의 독일 정치가들이 훈칭거와 나눈 교분 때문에 국민의 신뢰를 잃었고, 심지어 루돌프 샤르핑 같은 사람은 관직에서 사임했다.

식민지에서의 생산은 자본주의 발전에 중심적인 역할을 했다. 좀바르트에 따르면, 현대적인 정신은 사치 풍조에서 비롯되었으며, 사치 풍조는 세계사에서 '여성적인 요소'라는 것이다.

내 아내의 신발장을 바라보면 좀바르트의 견해에 수긍이 간다. 하지만 내 아내도 요즘에는 일종의 피로 현상을 드러낸다. 얼마 전 아내는 "이 정도면 신발이 충분한 것 같아요"라고 말했는데, 현재 소매업의 숫자를 감안하면 시류를 따르는 게 분명하다. 아내의 친구들도 대부분 옷을 사서 옷장에 쌓아두는 단계에서 벗어났다. 심심풀이나 스트레스를 풀려고 옷을 사는 것이 이제는 너무 사치스러운 일이 되었기 때문이다. 그런데 흥미롭게도 값비싼 디자이너 브랜드에 많은 돈을 투자하던 시절보다 지금 옷맵시가 뒤떨어지는 사람은 한 명도 없다.

아름다운 옷에서 커다란 기쁨을 느끼는 여자들이 형편이 빠듯해지는데도 절약하는 눈치를 채지 못하도록 옷을 입는 여러 가지 비법이 있다. 예를 들어, 에라추리츠 부인은 디자이너 크리스티앙 디오르에게 누구보다도 큰 영향력을 행사했으며, 한때 파리의 스타일 독재자로 평가받았다. 그러나 사실 그녀는 찢어지게 가난했으며, 소문에 따르면 콘스탄티노플 출신이라고 했다. 어쨌든 피난민 신세로 파리에 왔고, 빅토르 위고 거리의 아주 우아한 작은 집에서 살았다. 에라추리츠 부인은 디오르에게서 결코 동전 한 닢 받지 않았으며, 이따금 패션 잡지에 기고하여 생활을 꾸려나갔다. 1년에 한 번 디오르에게서 고급 의상을 한 벌 고를 수 있었는데, 그러면 꼭 참석할 의무가 있다고 느끼는 사회적인 행사에 1년 동안 그 옷을 입고 나타났다. 에라추리츠 부인의 절약 원칙은, 형편이 넉넉하지 않은 사람은 쉽게 싫증 나지 않고 빨리 해지지 않는 옷이 필요하기 때문에 특별히 품질에 높은 가치를 두어야 한다는 것이었다. 그러나 아마 디오르와 친구 사이였기 때문에 그런 주장을 할 수 있었는지도 모른다.

그와 반대로 우리 마야 누나는 자라, H&M, 톱숍의 제품들을 요제프나 구치에서 산 듯 보이게 하는 특별한 재주가 있다. 누나의 말에 따르면 비결은 무조건 저렴한 것이어야 한다. 그리고 그런 물건은 재고정리 바겐세일이나 중고 의류 가게에서 구할 수 있다. 내 아내의 가장 근사한 옷 가운데 하나는 결혼식이나 칵테일 파티 어디에 가든지 언제나 완벽하게 차려입는 일제 실크 코트이다. 그런데 사실은 뮌헨의 헌옷 가게에서 30유로에 구입한 것이다. 이런 가게들 말고 여자들이 가벼워지는 호주머니 사정에 상관없이 취향을 예전대로 유지할 수 있는 다른 방법이 또 있다. 핸드 미 다운hand me downs, 옷을 서로 물려주는 것이다. 나는 아내의 친구들이 정교한 연락망을 통해 서로 입던 옷을 교환하고 선물하는 것을 관찰했다. 언제나 똑같은 옷을 입고 파티에 참석하는 것을 피하기 위해 서로 옷을 교환하는 것이다. 최근에는 '어퍼웨어 파티'가 유행하고 있다. 지나치게 많은 옷에 싫증이 난 데다가 약간의 현금이 필요한 젊은 부인들이 친구들을 초대하여 개인적인 점포 정리 바겐세일을 개최하는 것이다.

경기가 좋은 시절에는 스타일에 자신 있는 부인들도 때로는 분위기에 휩쓸려 유명 브랜드를 쫓아다녔지만, 이제는 불경기 덕분에 심플한 스타일이 다시 주도권을 잡았다. 요즈음은 남들에게 잘 보이려고 많은 돈을 쓰는 사람이 있으면 비웃음을 살 뿐이다. 그것보다 더 민망한 일은 옷에 대해 5페이지 넘게 글을 쓰는 것이다.

매스미디어를 건전하게 무시하는 방법

◆

아트?
그거 남자 이름 아닌가?

앤디 워홀

◆

하이프hype◆에 쫓기지 않고 박물관을 관람하던 시대가 옛날에 있었다고 한다. 2004년 여름, 베를린국립미술관 앞에 펼쳐진 광경은 기괴했다. 전시회를 관람하려고 몇 시간씩 줄을 서서 기다리는 것은 보통이고, 심지어 한밤중까지 기다린 사람들도 있었다. 뉴욕현대미술관이 보수 작업 때문에 소장품의 일부를 당분간 안전한 곳으로 옮겨야 했다. 그러자 베를린국립미술관 측은 그 기간에 소장품들을 베를린으로 빌려오도록 뉴욕 사람들을 설득하는 데 성공하였다. 뉴욕현대미술관의 방문은 극히 전문적으로 상품화되었고, 그 작품들이 고향으로 돌아갈 무렵에는 거의 150만 명에 이르는 관람객들이 전시회장을 다녀갔다.

◆ 원래 특정한 이념이나 상품을 신전하는 언론 매체의 과장된 뉴스를 가리킨다. 최근에는 일정 기간 특별히 인기를 누리는 상품이나 일용품을 일컫는 말로도 사용된다.

전시회장의 양탄자를 새로 깔아야 할 정도였지만, 국립미술관의 매표소로(그리고 무엇보다도 '기념품 센터'의 돈궤로) 흘러 들어간 650만 유로에 비하면 그것은 아무것도 아니었다. 매스컴에서는 박물관 앞에 장사진을 이룬 사람들에 대한 기사를 연일 내보냈고, 그 행렬에 합세하라고 사람들을 부추겼다. 전시회 주최 측은 비록 외관상으로만 그렇게 보였을지라도, 많은 대중들에게 '난해한' 현대 예술에 대한 흥미를 느끼게 할 수 있었다고 못내 자랑스러워했다.

예술은 삼겹살이나 과일 요구르트처럼 사고팔고 흥정할 수 있는 상품이 되었다. 스위스의 손꼽히는 예술 저널리스트 마르크 슈피글러는 현대의 예술 시장이 대중적인 오락 산업과 같은 원칙을 따른다고 말한다. "오늘날 예술계에서는 예술가의 인물과 외모가 점점 더 큰 비중을 차지한다. 심지어는 신문의 문예란에서조차 예술가의 가정 이야기가 예술 관련 비평의 중심을 이룬다. 우리는 예술가들이 어떤 다락방에서 살고 어떤 멋진 아틀리에에서 일하며, 또 어떤 디자이너의 옷을 입고 어떤(최선의 경우에는 스캔들 없는) 애정 생활을 영위하는지 신문에서 읽는다. 그러나 그것은 팝 스타가 되기에는 적합하지 않은 먼 예술가의 일을 어쩔 수 없이 방해할 뿐이다."

어떻게 하이프의 영향에서 벗어날 수 있을 것인가? 우리는 어떤 그림을 보고 어떤 음악을 듣고 어떤 책을 읽고 어떤 주제에 대해 깊이 생각할 것인지 독자적으로 결정할 수 있는가? 우리는 문화적인 '이벤트'를 과연 진실로 원하기 때문에 받아들이는가? 아니면 '대화에 한몫 끼여야' 한다고 생각하기 때문에 많은 불필요한 것들을 억지로 받아들이려고 애쓰는 것은 아닌가? 마이클 무어의 영화를 굳이 모두 보아야 하는가? 올해가 '니체의 해'라고 해서 무조건 니체를 읽어야 하는가? 또는 다르게 표현해서, '2006년 모차르트 해'를 과연 참아낼 수 있을 것인가? 우리가 문화를 소비하는 태도는 텔레비전 프로그램을 여기저기 틀어대는 것에 비유할 수 있다. 다만 텔레비전의 경우에는 어느 프로그램을 틀어야 할지 뒤에서 지시하는 사람이 없을 뿐이다.

조형예술 분야는 음악 산업에서 이미 오래전부터 널리 만연되어 있는 것을 뒤쫓을 뿐이다. 비발디의 〈사계〉는 어림잡아 8743번 녹음되었고, 웬만한 대도시에서는 연주 인원 2천 명이 동원되는 〈카르미나 부라나〉가 해마다 두 번 공연된다. 관객들은 이 공연을 관람하며 1만 5천 개의 구운 소시지를 소비한다. 군중심리에 휩쓸리는 사람의 가계부는 큰 구멍이 나기 마련이다. 롤링스톤스의 콘서트를 기를 쓰고 즐기려면, 정말 그런 가치가 있는지는 모르겠지만 어쨌든 70유로 남짓 조달해야 한다. 그리고 클라우스 보베라이트◆가 귀빈석에서 〈앤지〉에 맞추어 삶의 반려자 외른과 몸을 비비고, 자비네 크리스티안젠■이 열광한 표정으로 던힐 라이터를 높이 치켜드는 모습을 덤으로 볼 수 있다. 일반 대중들의 흐름을 꼭 타고 싶은 사람은 거기에다 안드레 리외▲(67.65유로), 로드 스튜어트(64~72유로), 3대 테너(50.70~142.70유로)도 못 본 척할 수 없다. 희한하게도 '파이브 테너의 밤'▼이 더 저렴하다. 아무튼 자르

◆ Klaus Wowerei(1953~). 독일의 정치가, 전 베를린 시장. 동성애자로 알려져 있으며, 몇 년 전부터 외른 쿠비키와 함께 살고 있다.

■ Sabine Christiansen(1957~). 독일의 TV 여성 사회자.

▲ André Rieu(1949~). 네덜란드 출신의 세계적인 바이올리니스트, 지휘자.

▼ 2002년 11월에서 2003년 1월까지 독일 순회 공연을 한 5명의 세계적인 테너 크리스티아노 올리비에리, 루벤스 펠리차리, 카를로 토리아니, 줄리아노 디 필리포, 오르페오 차네티의 연주회를 가리킨다.

브뤽켄에서는 34.50~54.30유로에 '파이브 테너의 밤'을 맛볼 수 있었으며, 테닝겐에서의 〈론도 베네치아노〉는 31.59~41.37유로로 관람 가능했다. 문화적인 상품이 아주 많이 제공되는 만큼 시장 점유율에 대한 싸움도 무척 치열하다. 연주회 대행업체, 라디오와 텔레비전 방송국, 음반 회사, 잡지사, 유흥업소, '이벤트' 업체, 노천극장, 서커스 단장, 오페라 감독, 소극장, 실험극장, 시립 극장과 국립극장, 영화 배급 회사 같은 주최자들이 관심을 끌려면 어쩔 수 없이 비슷비슷한 성공의 비결을 뒤쫓아 다녀야 한다.

이런 상업적인 공허함은 이제 예술가들에게서도 서서히 혐오감을 자아내고 있다. 나는 몇 년 전 '충격적인' 영국 팝 아트에 대한 하이프가 절정에 이르렀을 즈음 데미언 허스트를 인터뷰한 적이 있다. 허스트는 그동안 예술 산업에 넌더리를 내며 등을 돌렸다.

내가 데미언 허스트를 만났을 때 마침 런던에서는 '센세이션' 전시회가 개최되고 있었다. 허스트가 출품한 〈천년〉이라는 표제의 작품이 관심을 끌며 전시회의 중심을 차지하였다. 거대한 유리장이 두 부분으로 나누어져 있었고, 양측은 작은 창문을 통해 서로 연결되어 있었다. 그리고 유리장 안에는 수천 마리의 집파리가 윙윙거렸다. 유리장의 한쪽에는 설탕 접시가, 다른 쪽에는 피가 낭자한 데다가 이미 썩기 시작한 젖소의 머리가 들어 있었다. 파리들은 이 별미에 열광하여 정신없이 이쪽저쪽으로 날아다니며 여기서 갉아먹고 저기서 핥아먹었다. 예술 산업은 허스트의 이 '충격적인' 기발한 시도에 열광했다. 전람회 방문객들은 엄숙한 눈빛으로 유리장 앞에 서서, 안내 방송이 속삭이는 설명에 귀를 기울였다. 신문들은 이 예술 작품이 소비

위주의 현대 시민을 꼬집는 것인지 아니면 예술의 가장 오래된 주제, 즉 죽음을 변용시킨 것인지 박식한 문장을 이용하여 서로 논쟁을 벌였다.

이 모든 것은 데미언 허스트를 극히 우울하게 만들었다. 바로 2년 전에 허스트는 작품 하나를 전시회에 출품하기 위해 미국에 잠시 빌려준 적이 있었는데, 미국 세관은 그 작품의 반입을 허락하지 않았다. 〈두 번 교미하는 죽은 커플〉이라는 표제의 작품으로, 죽은 황소와 죽은 젖소가 수압 모터의 힘을 빌려 교미하는 모습을 묘사했다. 그런데 이제 온 세계의 미술관들이 허스트의 썩어가는 돼지머리를 원했으며, 은행들은 여기저기 잘려나간 채 포름알데히드 속에 담겨 있는 동물들을 사들여 전위적인 건축가들이 설계한 중역실 앞에 진열하였다. 소장가들은 서로 앞다투어 교통사고 희생자들의 사진 작품을 차지하려고 들었다. 허스트는 나를 만난 자리에서 그런 상황에 대한 절망감을 억누르지 못했다.

데미언 허스트는 아틀리에에서 나를 맞아들였다. 머리가 벗어진 건장한 남자가 문을 열었는데, 퉁퉁 부은 얼굴이 영국의 평범한 술꾼처럼 보였다. 알코올 기운으로 붉게 충혈된 두 눈이 잠시 어리둥절한 듯 앞을 응시했다. 우리가 마침내 자리에 앉았을 때에야 나는 첫 질문을 할 수 있었고, 이런 비슷한 물음을 웅얼거렸다. “선생님은 예술을 하십니까, 아니면 반예술을 하십니까?” 그러자 허스트가 자리에서 벌떡 일어나며 말했다. 아마 그 이상 더 적절한 대답은 없었을 것이다. “자, 우리 술집에 가서 이 절망적인 문제를 위해 실컷 술을 마십시다!” 아직 이른 오후였다. 북런던의 보헤미안들에게는 이른 아침이나 다름없는 시각이었다. 맥주를 마셨는데 첫 잔은 허스트가 샀다. 허스트는 석 잔을 마신 후에 이렇게 물었다. "자네는 하룻밤에 최대 얼마까지 마셔 보았는가?" "나는 독일 해군에서 군 복무를 했는데, 그래서…." "아, 그렇군!" 허스트가 내 말을 가로막았다. "자네는 항문 성교를 좋아하는가?" "아니." 나는 다시 대화의 흐름을 정상적인 궤도로 돌리려고 하였다. 그때 허스트가 불쑥 재킷 호주머니에서 작은 나무 돼지를 꺼내더니, 옆 테이블에서 아주 조용히 컴버랜드 소시지와 감자 퓌레를 먹고 있는 남자의 코밑에 들이밀며 말했다. "이 돼지는 저한테 무척 소중한 것입니다. 제가 어제저녁에 이 돼지의 머리를 물어뜯었지요. 이 돼지 갖지 않으시겠습니까? 제가 선물하지요!" "무척 고마운 말씀이지만 사양하겠습니다." 상대방이 진짜 허스트인 줄 알 리 없는 그 중년 남자가 대답했다.

허스트는 맥주를 몇 잔 마신 후에 예술 산업에 대해 한탄하기 시작했다. "내가 예술 산업에서 벗어나려고 얼마나 기를 쓰는지 아는가? 그런데도 왜 모두들 나를 감탄하는지…. 나더러 도대체 어떡하란 말인가. 무슨 꽃 그림인 줄 알아." 허스트는 한숨을 내쉬었다. 우리가 런던에서 만난 직후에 허스트는 노팅힐에 레스토랑을 열었다. 사방 벽을 약병이 가득 찬 유리장으로 장식하고서, 레스토랑을 '약국pharmacy' 이라고 불렀다. 하지만 허스트는 자신의 레스토랑이 관광 명소로 전락한 사실을 알아차렸을 때 결국 레스토랑 문을 닫고 말았다. 그리고 레스토랑의 실내장식 전부를 허스트 진품으로 소더비 경매장에 내놓아 예술 시장을 풍성하게 했다. 허스트의 화랑 주인 제이 조플린은 허스트의 '약장' 가격이 떨어지지 않을까 노심초사한 나머지 신경쇠약에 걸렸다. 그러나 그런 일은 발생하지 않았고, 허스트는 1600만 유로를 거머쥐었다. 그는 현재 그 돈을 가지고 데번셔의 자택에서 칩거 생활을 하며, 아이들하고 비디오 게임을 하고 예술에 대해서는 일절 알려고 하지 않는다.

허스트를 괴롭히는 문제는 문화 산업과 더불어 그 역사가 시작되었다. 상업화라는 괴물이 비판적인 예술을 제멋대로 산뜻한 장식품으로 변화시키는 것을 처음으로 인식한 사람들은 다다이스트들이었다. 마르셀 뒤샹의 '변기'는 미술관 기업에 대한 조롱이었다. 그동안 미술관 기업은 모든 현대미술 전람회의 중심을 차지하고 있다. 예술의 상업화에 대한 최후의 반항은 다다 운동의 마지막 후예들이 1958년 카를라슬로의 기치 아래 발표한 성명이었다. 그 성명서는 이렇게 말한다. "아무것도 모르는 사람들 그리고 영원히 뒷북을 치는 사람들, 그들은 전람회에서 연주회로 줄달음친다. '현대 예술'을 조심스럽게 즐기며 소화불량을 해소하기 위해 온갖 수단을 이용한다. 성실한 국가공무원은 영화 클럽 때문에 애를 먹고, 평판 좋은 소박한 사람들은 저속한 집 안에 현대적인 가구를 들여놓는다…. 아르프의 부조 하나로 생활양식, 아니 삶을 대신할 수 없는 것을 이제 겨우 몇 사람이 알아차렸다. 슈비터스의 짧은 녹음테이프 하나가 집 안의 황량함을 쫓아낼 수는 없다. 막스 에른스트는 평범한 벽 장식이 아니다. 건축이나 거주 문화에 대한 서적이 풍성하게 넘치는데도, 미스 반 데어 로에의 가구는 현대식으로 꾸민 집 안의 졸렬한 잡동사니들 가운데서 가망 없는 싸움을 벌인다."

이를테면 별 세 개짜리 레스토랑에서 저녁 식사 전에 입맛을 돋우기 위해 마시는 술, 소화 촉진제 정도로 예술을 소비하는 것을 저지하기 위해 아직도 많은 예술가들이 노력하고 있다. 그리고 우리 길들여진 문화 소비자들은 실제로 예술을 통해 인습적인 삶에 활기를 불어넣을 수 있다고 믿는다. 우리는 바그너나 모차르트의 전집 CD 박스를 사고, 시대를 앞서가기 위해 슈토크하우젠이나 펜데레츠키의 CD를 서가에 꽂고, 샤갈이나 피카소, 로스코, 라우션버그의 복제품을 벽에 건다. 그리고 미술관 기념품 가게에서 화보나 카탈로그, 아니면 복제품 가운데서 때마침 선전되는 것을 골라 사고는, 그런 일종의 문화적인 배경이 우리의 삶을 풍성하게 한다고 확신한다.

우리는 매스컴에서 과대 선전하는 것이 항상 좋은 것만은 아니라는 사실을 믿으려 하지 않는다. 매스컴에서 석유 회사 쉘이 후원하는 대규모 해양 전시회를 '반드시 보아야 한다'고 매일 권장하면, 너도나도 사실 그 전시회를 놓치지 않으려 한다. 그러므로 우리는 모두 먼저 건전하게 무시하는 법을 배워야 할 것이다. 매스컴에서 현재 무엇을 선전하는지 모르는 게 가장 이상적이다. 그러면 적어도 조금이나마 자유롭게 판단할 수 있다. 어쨌든 얼마만큼이 '사회적인 통합' 기능을 위한 것이고 — 즉, 오로지 남들 하는 대로 '따라 하기 위한 것'이고 — 또 얼마만큼이 실제적인 욕구를 충족시키기 위한 것인지를 따져서 문화 소비에 임해야 한다.

오페라 초연이야말로 문화 소비의 공허함을 다른 무엇보다 뚜렷이 보여주는 최고의 시청각 재료이다. 정작 오페라 관람에 의미를 두는 사람은 극소수에 지나지 않는다. 대부분은 '나도 한몫한다'는 확신을 심어주는 사건 현장에 참석하고 자신을 보여주는 것을 중요하게 여긴다. 오페라하우스들도 단골 관객들이 서서히 줄어드는 탓에, 오페라를 가능한 한 많은 이야깃거리를 낳는 해프닝으로 상품화하고 있다. 그 결과 관람객들 대부분이 이벤트를 즐기려는 사람들로 이루어져 있으며, 소수의 오페라 애호가들은 자위행위를 벌이는 피가로를 어떻게 이해해야 할지 난감한 탓에 공연을 기피한다.

이러한 사실은 특히 바이로이트에서 잘 드러난다. 기념 축제 공연장의 엄청나게 딱딱한 의자에서 바그너의 긴 오페라를 참아낼 수 있는 사람들에게만 개막식에 참석하는 기회가 주어진다. 관람객들은 딱딱한 의자에 앉아서 마침내 인내심을 보상받을 수 있는 두 번의 휴식시간만을 기다린다. 그러다 공연장 밖에서 북적대는 구경꾼들과 사진기자들을 비집고 축제장의 레스토랑으로 달려간다. 레스토랑에서는 값이 무척 비싼 대신 어디서나 볼 수 있는 무척 평범한 음식이 기다린다. 그러나 실제로 음식을 먹는 사람은 극소수에 지나지 않는다. 그곳에 앉아서, 주로 화보 잡지 《분테》의 사진사 사비네 브라우어가 자신을 쳐다봐 주고 앙겔라 메르켈◆이나 토마스 고트샬크■와 함께 사진 찍어주기만을 기다릴 뿐이다.

멋지게 차려입고 오페라 초연을 향해 달려가는 사람들의 모습이 그렇듯 우스꽝스럽게 보이는데도, 의식적으로 그것에 저항하지 않으

◆ Angela Merkel(1954~). 독일의 여류 정치가. 현재 독일 기민당 당수이며 독일연방 총리이다.
■ Thomas Gottschalk(1950~). 독일의 인기 높은 텔레비전 방송 진행자.

면 자신도 모르는 사이 그들과 똑같이 행동하고 문화와 대중매체를 주로 자신의 사회적인 위치를 강조하거나 대화에 한몫 낄 수 있는 수단으로 이용할 게 확실하다. 대부분이 문화 소비에 지출하는 돈은 주로 체면 유지 비용이다. 나는 대중매체와 문화에 드는 비용을 줄이기 시작한 이후에, 나한테 정말로 중요한 일들에 돈을 아낄 필요 없이 많은 것을 포기할 수 있다고 확정 지었다. 예를 들어, 나는 시류에 밝으려면 어느 정도라도 읽을 수 있는 외국의 모든 신문과 잡지를 정기 구독해야 한다는 강박관념에 오랫동안 시달리며 살았다. 그런 고질병이 절정에 이르렀을 즈음에는 아침마다 다섯 부나 되는 신문이 우리 집 우편함을 꽉 틀어막고 있었다. 이웃들과 공동으로 사용하는 재활용 폐지 수거함이 매번 비운 즉시 다시 꽉 차는 바람에 이웃 사람들은 고개를 절레절레 저었다. 나는 하루에 네 번 정도 텔레비전 뉴스를 들었으며, 미국과 프랑스와 영국에서 현재 '화제'로 오르는 것을 알아내기 위해 인터넷에 매달렸다. 나는 전형적인 정보 중독 증상을 보였다.

어쩔 수 없이 형편에 쫓겨 대중매체와 문화, 이벤트 비용을 다이어트할 수밖에 없게 된 이후에야 비로소 깨달았다. 그동안 '시류를 따라가기' 위해 꼭 필요하다고 여겼던 것들이 전부 내 정신을 산만하게 하며 쓸데없는 것으로 채우고 나 자신의 생각을 가로막은 사실을…. 이제는 《애틀랜틱 먼슬리》를 굳이 정기 구독할 필요가 없으며, 심지어는 《메르쿠어》와 《태틀러》까지도 전혀 아쉬움 없이 포기할 수 있다. 또한 2048킬로바이트 스트리밍 다운로드가 가능한 DSL이 없어도 전혀 불편이 없으며, 언젠가 다시 휴대폰을 소유할 생각이라면 결단코 통화 가능한 것으로 만족하리라. 나는 밤비, 골든 카메라,◆ 황금칠면조상■의 수상자가 누구인지 알고 싶지 않다. 누가 올해의 망언 인사로 뽑혔는지도 알아야 할 필요 없으며, 언론의 어떤 주요 인물이 '이 달의 화제'로 선정하든 선정하지 않든 상관없이 내가 원하면 언제든지 유전자 연구나 두뇌 연구에 관심을 기울일 수 있다. 또한 텔레비전 방송에서 기필코 보아야 한다고 말했다는 이유 하나로, 2주일에 한 번씩 주말마다 유럽의 '예술 중심지'를 찾아다니며 전람회를 관람할 필요도 없다. 이번 주에 언론에서 요란하게 과대 선전하지 않는 그림들이 걸려 있는 가까운 미술관에도 얼마든지 갈 수 있다. 또한 무슨 굉장한 일인 양 추앙받는 연극을 쫓아다닐 필요도 없을 뿐 아니라, 심지어는 수시로 뉴스 듣는 일까지도 포기했다. 대부분 중요하다고 하는 뉴스들이 내 삶과는 무관하기 때문이다. 나는 이따금 한 귀로 뉴스를 듣고 싶으면 라디오를 켠다. 시끌벅적한 텔레비전 방송을 시청하는 것과 저녁에 한 시간 라디오 방송을 듣는 것의 관계는 슈퍼마켓의 인스턴트식품과 자연식품 가게의 싱싱한 야채의 관계에 비유할 수 있다.

미국의 대중매체 연구가 빌 매키븐은 하루 24시간 동안 미 전역에서 뉴욕으로 방송되는 모든 텔레비전 방송을 《잃어버린 정보의 시대*The Age of Missing Information*》에서 조사 분석했다. 빌 매키븐은 모든 자료

◆ 밤비와 골든 카메라는 독일의 유명 방송상이다.

■ 최악의 영화에 수여되는 상.

를 정리하는 데 꼬박 5~6개월이 걸렸으며, 조금도 유익하지 않거나 다만 숫자만 늘릴 뿐인 수천 개의 정보가 있었다고 확정지었다.

우리는 아침부터 저녁까지 수많은 오락과 정보에 둘러싸여 있는데도 오히려 아는 것은 전보다 더 줄어들었다. 매스컴의 범람에 앞장서서 반대했던 닐 포스트먼은 자신이 과거에 뉴욕 대학교에서 처음 학생들을 가르치기 시작했을 무렵에는, 기술적인 보조 수단이 아주 미미했지만 학생들은 대부분 읽고 쓰고 생각을 말로 표현할 수 있었다고 주장한다. 오늘날에는 글쓰기를 도와주는 컴퓨터 프로그램이 있을 뿐 아니라, 인터넷을 이용하여 수천여 개에 이르는 도서관의 장서를 직접 열람할 수 있고, 인터넷 무선 접속도 누구에게나 항상 열려 있다. 그런데도 조리 있게 논리적인 글을 쓸 수 있는 대학생은 극히 소수에 지나지 않는다. 주변에서 주워듣는 말들을 그대로 따라 하기 때문에 자신의 생각을 갖지 못하는 것이다.

이른바 대중매체의 폐해가 학교 교육의 실패와 직결되는 경우가 점점 늘어나기 때문에, 두뇌 연구가들은 우리의 다음 세대를 심각하게 우려한다. 10세 소년들은 두 명에 한 명꼴로 자신의 방에 텔레비전과 컴퓨터, 플레이스테이션, DVD를 가지고 있으며, 하루에 대략 두 시간 비디오게임을 하며 보낸다. 그런 아동들의 경우 학습 교재를 소화하는 능력은 극도로 위축되어 있다. 학습에 필요한 두뇌 부위가 비디오게임이나 텔레비전 시청에 과다하게 점령되어 있기 때문이다.

텔레비전만큼 머리를 아둔하게 만들고 군중심리에 휩쓸리게 하는 기기도 없다. 또 그렇게 많은 둔감함과 잔인함, 진부함, 시간 낭비를

야기한 대중매체도 없다. 얼마 전까지도 정신적인 상류층에 속하려면 최소한 라틴어를 읽을 수 있어야 했다. 그러나 요즘에는 텔레비전을 포기하는 것으로 충분하다. 이른바 지적인 정보 방송이라고 하는 것조차 대개는 학문적으로 중요한 것을 전달하기보다는 그저 지식을 전달하는 척할 뿐이다. 참사 장면을 보도하면서 배경음악으로 바이올린 음악을 내보내는 정보 오락 형태의 뉴스가 무슨 필요가 있단 말인가? 바그다드의 안전한 보도 본부에 앉아서 마인츠나 애틀랜타의 본사를 통해 뉴스를 제공받는 특파원들이 밀워키나 슈투트가르트 시청자들에게 바그다드 '현지' 상황을 보고하는 생중계 방송은 또 누구한테 필요하단 말인가? 그런 방송은 대개 이런 식이다.

뉴스 앵커 바그다드 나오십시오. 안녕하십니까? 현재 바그다드 상황이 어떤지 말해줄 수 있습니까?

특파원 토마스, 아닙니다. 현재 상황은 완전히 불투명합니다. 우리는 여기 보도 본부에 앉아 있고, 우리의 기술진들은 위성 연결이 중단되지 않도록 최선을 다하고 있습니다.

뉴스 앵커 통신사 보도에 따르면 내무부 장관이 퇴진했다고 하는데요. 그것과 관련해 특별한 소식이 있습니까?

특파원 그렇습니다. 우리도 여기 현지에서 그 통신사 보도에 대해 들었습니다. 전문가들 대부분이 며칠 전부터 이렇게 되리라고 예상했지요. 그러나 우리는 이 문제에 대해 아무 이야기도 듣지 못했습니다. 우리는 특별한 일이 없는 한 보도 본부를 떠나지 않습니다. 며칠 전에 내무부 장관과 인터뷰를 한 《뉴스위크》지의 우리 동료 스콧 토머스가 이 문제에 대해 뭐라 말하는지 한번 들어봅시다.

일반적으로 이러한 생중계에 이어 언론인 두 명이 스튜디오 안에서 대화를 나누는 광경이 방영된다. 수염을 기른 남자는 대개 중동 전문가이다. 두 언론인이 서로 인터뷰하는 동안 방송을 끄지 않는 사람은 자업자득이다.

여기에서 나는 잠깐 실없는 소리를 덧붙이려 한다. 찰스 왕자가 젊어서 갓 결혼했을 무렵, 다이애나는 침대 옆에 텔레비전을 놓자고 주장했다. 그때 찰스 왕자는 다이애나에게 뭔가 문제가 있을 것이라고 막연히 예감했다. 찰스는 어쩌다 '텔레비전'이라는 말을 입에 올리게 되면, 마치 '머리의 부스럼'이라는 말을 하듯 혐오스러운 표정을 지었다.

대중매체와 여론, 이벤트의 악영향에 의식적으로 저항하면 삶의 질을 지속적으로 향상시킬 수 있다. 끊임없이 새로운 유행과 흐름을 쫓아다니는 사람은 많은 돈을 낭비해가며 아주 긴장되고 획일적인 삶을 영위하게 된다. 그와 반대로 흐름에 휩쓸리지 않는 용기를 가진 사람은 돈을 절약하고 자주적인 삶을 영위할 수 있다. 이것이야말로 이 규격화되고 동질화된 시대에 사치가 아니겠는가.

문화 쓰레기에서 벗어날 수 있는 가장 효과적인 방법 하나는 전문지식으로 도피하는 것이다. 빠듯한 자금 사정은 여러 가지 면에서 불편할 수 있지만, 동시에 우선순위를 정하는 기회를 제공한다. 즉 삶에 무리한 부담을 주는 모든 잡동사니로부터 벗어나도록 도와준다. 그러면 진실로 애착을 느끼는 일들만이 남는다. 글렌 굴드의 인생과 업적이든 중세의 교회 미술이든 펑크록이든 특별한 분야에 조예가 깊은 사람은 우리 대부분의 문화 소비를 좌지우지하는 군중심리에 휩쓸리지 않는다. 그런 열정이 물론 우스꽝스러운 방향으로 나아갈 가능성도 있다. 그러나 어쨌든 현대의 예술 소비 풍조에서 가장 쉽게 벗어날 수 있고, 이 테마에서 저 테마로 허겁지겁 쫓겨 다니지 않으며, 오늘은 광우병 때문에 내일은 유전자 조작 사과 때문에 걱정하지 않는다. 전문가는 풍성한 지식을 즐기고 독자적인 삶을 영위한다. 전문가는 아무것도 모르고서 그저 이리저리 발버둥 치는 사람과 대조를 이룬다.

+

아이들,
아이들

◆

우리더러 다시 아이들처럼 되라는 것은 이루어질 수 없는 요구이다.
그러나 아이들이 우리처럼 되는 것은 막을 수 있다.

에리히 케스트너

◆

아이들에게 무엇을 선물할 것인가? 일반적으로 이것보다 더 어려운 시험은 없다. 웬만한 백화점에서 옛날의 우체국 놀이를 위한 장난감을 찾으면, 판매원들은 마치 팔 아래 코란을 끼고 허리에 다이너마이트 띠를 두른 사람이라도 나타난 듯 쳐다본다. 저속한 자본주의는 장난감 가게에서 가장 추한 모습을 드러낸다. 두세 개의 커다란 대기업들이 공상 영화의 괴물들처럼 세계를 자기들끼리 나누어 가지고서 장난감 시장을 장악하고 있다. 우리 아이들이 입으로 빨거나 그저 손에 쥐고만 있어도 유해한 영향을 미치는 연화제가 모든 플라스틱 장난감에 들어 있다. 요즘에는 거의 모든 장난감이 중국이나 베트남에서 만들어진다. 그곳의 아이들은 이곳의 아이들을 위해 중국 지린성의 궁주링이나 베트남의 하이퐁 같은 지역의 커다란 공장 안에서, 말하자면 영광스럽게 뽑혀 고된 일을 한다. 공장 안은 환기도 제대로 안 되며 공장에 불이

나는 경우도 적지 않다.

게다가 소스라치게 놀란 마케팅 연구가들의 보고에 따르면 이제 아이들이 장난감을 원하지 않는다는 것이다. 북아메리카와 서유럽에 거주하는 네 살에서 여섯 살까지의 아이들 절반이 비디오게임을 더 좋아한다. 토이저러스와 FAO 슈워츠 같은 이 분야의 대기업들은 핵심 고객의 나이가 점점 어려지는 탓에 초비상사태이다. 과거에는 열한 살짜리도 플레이 모빌을 가지고 놀았는데, 지금은 여섯 살만 돼도 아빠의 노트북에 관심을 보인다.

내가 이미 우리 집에서 아주 정확하게 연구한 현상을 완구 대기업의 마케팅 전략 팀도 이제 뒤늦게 서서히 인식하고 있다. 아이들이 장난감에 싫증을 내고 있다. 우리 아들은 벌써 오래전부터 시시한 플라스틱 조각보다 내 컴퓨터에 더 많은 관심을 보인다. 그 녀석은 얼마 전 내 손에 들려 있던 변기 청소용 솔을 본 이후로 잠깐만 주의를 기울이지 않으면 어느새 그걸 들고 나타난다. 아니면 어딘가에 놓여 있는 전화기를 낚아채서는 미국의 아무 전화번호나 꾹꾹 누른다. 아들 녀석은 '자동차'라는 말을 할 수 있기 전에 이미 전화기의 '001'을 누를 수 있었다. 그에 비하면 우리 딸은 아주 소박하다. 딸아이는 사실 좋아하는 인형하고만 논다. 그런데 그 또래 여자아이들이 좋아하는 모든 인형이 그렇듯이, 놀랍게도 인형의 옷은 마구 헝클어지고 눈은 하나밖에 없고 머리카락은 거의 없다. 딸아이는 뭔가 선물을 받으면 잠깐 가지고 놀다가 옆으로 밀어놓고는 다시 낡은 인형에게로 돌아간다. 어디를 가고 어디에 있든 항상 인형을 끼고 산다.

아이들은 선물과 장난감 탐하는 마음을 선천적으로 타고나는 게 아니라 자라면서 힘들게 몸에 익히는 것이 분명하다. 아이들이 제대로 기쁨을 누리도록 훈련시킬 수 있는 결정적인 비결은 원한다고 무조건 모든 걸 사주지 않는 것이다. 호주머니 사정이 빠듯한 부모들이 무리하게 형편을 무시하고 자녀들에게 지나치게 많은 물건들을 마련해주는 경향이 종종 있다. 혹시라도 남들보다 자녀들에게 못해 주지 않을까 두려워하는 마음에서, 온갖 잡동사니, 말하는 인형, 디즈니 그림이 그려진 책가방, 비디오게임, 나이키 제품 일체를 사준다. 그래야만 아이들이 학우들에 비해 불이익을 당한다는 감정을 느끼지 않는다고 믿는다. 그런 아이들이 나중에 자라서 어른이 되면, 옆 사람이 가진 것은 무엇이든 갖고 싶어 하는 마음에 익숙해졌기 때문에 스스로를 전혀 억제할 줄 모른다. 출생에서부터 고등학교 졸업까지 시장이 제공하는 모든 것에 푹 파묻혀 지낸 아이들에게 최악의 경우에는 언젠가 결핍이 혹독한 체험일 수 있다. 크리스티안 크라흐트의 소설 《1979년》의 주인공이 이런 예이다. 그는 천박한 사치에 젖은 세상에 넌더리를 내며 거기에서 멀리 벗어나려 한다. 그러다 결국 중국의 유랑인 숙소에서 마약을 복용하고 환각 상태에서 영영 깨어나지 못한다.

내가 지금까지 만난 가장 가련한 아이는 억만장자 아드난 카쇼기의 막내아들 알리 카쇼기였다. 마르벨라 위쪽의 산속에 위치한 카쇼기 궁전의 아이 방은 보통 체육관만큼이나 컸으며, 장난감도 전부 초대형 사이즈였다. 거대한 곰 인형, 거대한 장난감 자동차. 그 가운데는 직접 운전할 수 있는 어린이용 페라리와 롤스로이스도 있었다. 번쩍거리며 삐삐, 따릉따릉, 뛰뛰빵빵 시끄러운 소리를 내는 물건들 사이에 알리가 앉아 있었다. 형제들을 괴롭히고, 절대로 혼자 뭔가에 열중하지 못하고, 변덕스럽게 금방 지루해하거나 짜증을 부려 참아주기 힘든 심통꾸러기. 아이를 즐겁게 해주기 위해서 오후에 어릿광대를 집으로 불렀지만, 나는 그 아이가 웃는 모습을 단 한 번도 보지 못했다. 나중에 그 아이가 뉴욕의 어느 학교에 들어갔다는 말을 들었다. 아마 드와이트, 스펜스 아니면 세인트 앤에 들어갔을 것이다. 스펜스는 열한 살짜리 여자아이가 프라다 핸드백을 메고 다니는 것으로 유명하고, 세인트 앤은 학생들의 알코올 섭취와 마약 복용으로 이름이 높다. 그 아이들이 도대체 무엇에서 기쁨을 느끼겠는가? 어린 시절의 지나친 풍족함을 보상하기 위해서, 히피가 되어 고아를 떠돌거나 마약중독자 신세로 알제를 배회하는 길밖에 다른 도리가 없다.

인간은 포기할 줄 알아야만 만족감을 극대화할 수 있다. 철학자 아널드 겔렌은 인간이 절박한 욕구 충족 이상의 것을 원하도록 촉구하는 압박에 끊임없이 시달린다고 주장했다. 이처럼 항상 더 많이 가지려고 하는 것을 겔렌은 '과잉 충동'이라고 불렀다. 겔렌에 따르면, 이 과잉 충동이 없었더라면 인간은 절대로 현재만큼 문명을 이룩하지 못했을 것이며, 지구는 지금과 완전히 다른 모습이 되었을 것이다.

더 많은 것, 더 나은 것, 더 새로운 것을 향한 충동은 겔렌이 말하지 않아도 우리가 느끼는 깊은 만족을 향한 욕구처럼 우리 본성의 일부이다. 타고난 본성을 거스르며 살 수는 없기 때문에 이것에 저항하는 사람은 불행해진다. 깊은 만족의 비결은 자신의 욕망을 인식하고 — 금욕주의자처럼 억누르거나 부정하려고 하는 대신 — 알맞게 제한하는 것이다. 라틴어에는 이것을 표현하는 산뜻한 낱말 temperantia가 있다. 이 낱말은 지나친 억제와 훈율보다는 올바른 배합의 기교를 암시해 산뜻하다. 요리를 망가뜨리지 않으려면 설탕이나 밀가루를 적정 분량 사용해야 하는 것과 비슷하다. 기독교인들에게 절제는 원칙적으로 지켜야 하는 기본 도덕 가운데 하나이며, 불교도 절제를 권유한다. FC 바이에른 팀의 주치의 뮐러 볼파르트 박사도 마찬가지다.

그러므로 우리가 자녀를 키우면서 해결해야 할 과제는 바로 이것이다. 선전하는 모든 것을 가지려 들고 매스컴에 의해 조종당하는 어리석고 미성숙한 소비자가 되지 않도록 어떻게 우리 아이들을 지킬 것인가? 또 어떻게 자녀의 자아를 강하게 단련시키고, 다른 사람들이 세 번 손을 뻗치며 덤벼드는 곳에서 포기할 수 있는 능력을 키워줄 수 있는가? 여기에서 무엇보다도 중요한 대답은 특별한 비법이 존재하지 않는다는 것이다. 우리 아이들은 여러 차례 화학 처리되지 않고 예술적으로 다듬어 만든 정선된 발도르프 나무 오리만 가지고 논다고 주장할 수 있다. 그런데도 폭력을 예찬하는 비디오게임이나 '러빙 베이비' 상표의 말하는 인형을 사달라고 조를 날이 언젠가는 오리라고 예상해야 한다. 교육적으로 가치 있는 무공해 장난감과 손으로 누르면 반짝거리며 요란한 소리를 내는 플라스틱 괴물 사이에서 선택을 하라면, 아이들은…. 그렇다, 틀림없이 그럴 것이다. 나는 어떻게 하면 아이들을 환경을 보호하고 근검절약할 줄 알고 품위를 지키는 세계 시민으로 자신 있게 키울 수 있는지 모른다. 그러나 아이들의 타고난 성향을 무조건 부정하려고 전력을 기울이는 것은 치명적인 잘못이라는 사실만은 분명히 안다. 그렇게 되면 십중팔구 보이지 않는 곳에서 문제가 발생하기 때문이다.

크리스타 메베스는 수십 년 동안 환자들을 심리 치료한 경험을 바탕으로, 부모들이 자녀들을 사랑하는 마음에서 모든 물질주의와 소유의 요구에서 벗어나라고 가르치는 경우에 훗날 탐욕적인 성인이나 병적인 축재자가 되는 사례가 많다고 보고한다. 이스라엘의 키부츠에서는 젖먹이 아이들이 엄마의 젖을 먹고 자라지만 그 밖에는 집단적으로 양육되는 것이 보통이다. 이스라엘의 심리 분석가 S. 나글러는 소유의 욕구를 떨쳐버리라고 교육을 받은 아이들 대부분이 심한 정신적인 손상을 입었음을 증명했다. 이를테면 뭔가를 받거나 보관하지 못하도록 교육받은 아주 총명한 아이가 계산하는 것을 도통 배우려 하지 않았던 사례에 대해 보고한다. 그러므로 부모가 자녀들의 소유 본능을 봉쇄하는 경우에는, 자녀들이 정신적으로 건강한 인간으로 자라지 못한다. '소유하려고 하는 것'은 약점이 아니라 원래 인간적인 욕구인 것이 분명하다. 그 실체를 먼저 분명하게 인식한 후 강압적으로 퇴치하려고 하지 않아야만 그 욕구를 적절하게 억제할 수 있다.

그러나 나는 여기에서 용기를 내 자녀 교육의 한 가지 규칙을 제시하려 한다. 우리는 자녀들을 자주적인 인간으로 키우려고 노력해야 할 것이다. 자주적인 인간으로 키우는 것은 바로 자유로운 인간으로 키우는 것을 뜻한다. 그 목적은 아이들이 진정한 확신을 가지고 올바르게 행동할 수 있도록 하는 데 있다. 그것은 아주 간단하다. 우리 딸은 이를 '꼭 닦아야' 하거나 아니면 '누구나' 닦기 때문이 아니라, 이를 닦지 않으면 입 안에 박테리아가 우글거리는 것을 알기 때문에 이를 닦는다. 올바르게 행동하기가 더 쉬울수록 더 행복해진다! 보통 뛰어난 음악가라고 말하면, 즉석에서 '악보를 보고' 실수 없이 연주할 뿐 아니라 힘들이지 않고서 가볍고 능란하게 연주하는 음악가를 일컫는다. 그것이 바로 애를 쓰며 노력해야 하는 초보자와 다른 점이다. 특별히 애쓸 필요 없이 올바르게 행동하는 사람은 사실 이미 성공한 것이다. 그리고 그것은 강요가 아니라 이해를 통해서만 도달 가능하다.

물론 이해시키는 데에는 시간이 걸린다. 친구가 아이스크림을 먹는 것을 보고서 우리 딸이 무조건 아이스크림을 먹고 싶어 하는 경우, 여기에 반응하는 대략 세 가지 가능성이 있다. 가능성 1, 딸아이에게 아이스크림을 사준다. 그러면 문제가 아주 쉽게 해결된다. 가능성 2, "아이스크림은 절대 안 돼!" 아이스크림을 사주지 않고, 딸아이가 시무룩해하는 것(그러니까 떼를 쓰는 것)을 감수한다. 가능성 3, 인간이 양과 다른 점들 가운데 하나는 오로지 다른 사람들이 하는 것을 따라 하고 싶어서 "음매"라고 소리 지르지 않는 능력이라는 것을 딸아이에게 이해시키려 한다. 이런 경우 십중팔구는 딸아이가 정말로 아이스크림을 먹고 싶어 하는 것으로 귀착된다. 그러므로 나는 가능성 1이나 2로 후퇴해야 한다. 그러나 이따금 가능성 3이 효과를 발휘할 때도 있다. 이제는 심지어 아주 무더운 날에 다른 사람들이 커다란 초코 아이스크림 먹는 걸 보고서 침이 꿀꺽 넘어가는데도 아이스크림을 사지 않는 것에서 재미를 느끼기도 한다. 우리의 비밀 신호는 "음매!"이다. 우리 가운데 한 사람이 "음매!"라고 말하면, 그것은 다른 사람들이 가진 것을 가지고 싶어 하는 우리 마음속의 양을 극복하려고 시도한다는 뜻이다.

자녀를 자주적인 인간으로 키우는 데서도 당연히 적절한 선을 유지해야 하며, 항상 다른 사람들과 다르길 요구해서는 안 된다. 아이들은 새처럼 무리를 지어 날고 싶어 한다. 어쩌면 맹금에게 물어뜯기고 싶지 않기 때문인지도 모른다. 건전하게 독자적인 태도에 이르기 위한 이상적인 해결책은 존재하지 않는다. 아이들이 일정한 나이에 이르면, 부모들이 열광하는 것과 반대되는 행동을 하는 것이 자연의 법칙인 듯하기 때문이다. 자연식품점을 단골로 찾는 채식주의자들의 자녀는 종종 놀랍게도 대량으로 집단 사육된 고기를 정열적으로 즐기는 식도락가가 되고, 또한 이미 어린 나이부터 부모에게서 악기를 연주하라는 채근을 받은 아이들은 늦어도 사춘기부터는 음악과 관계 있는 것이라면 모조리 거부반응을 보인다. 이러한 법칙을 심사숙고해보면, 부모가 자녀들을 실제로 원하는 방향으로 키우기 위해서는 자신이 싫어하는 것을 자녀들에게 보여주는 것이 최상의 전술이지 싶다. 그러나 그것만큼 힘든 일도 없을 것이다.

내가 사무실에서 하루를 보내기 위해 아침 일찍 집을 나서지 않은 이후로, 아이들을 교육시키는 데 몇 가지 결정적인 이점이 생겼다. 첫째 우리 아이들은 일이 전혀 거북살스러운 것이 아니며, 발톱을 깎거나 낮잠을 자는 것과 어렵지 않게 조화시킬 수 있다고 믿는다. 정기적인 수입이 없어진 이후로 내 호주머니 사정은 장난감을 사기에 빠듯하지만, 대신 부유한 부모들은 아낄 수밖에 없는 관심을 풍성하게 선물할 수 있다. 일터에서 성공한 부모들은 양심의 가책을 덜기 위해서라도 아이들을 선물 속에 파묻히게 하는 것 말고는 다른 도리가 없다.

아동심리학에서 널리 알려진 사례가 하나 있다. 어느 유복한 부부는 아홉 살과 열한 살의 두 아들이 '모든 것'을 가졌는데도 끊임없이 싸워 대는 탓에 심리 치료사들의 도움을 요청하였다. 심리 치료사들은 두 아들을 유심히 관찰하였다. 부모는 결코 아이들하고 많은 시간을 보내지 않았으며, 어쩌다 집에 있는 경우에는 대부분 손님들을 치렀다. 두 싸움꾼이 행동하는 틀은 매번 같은 것이었다. 두 아이는 아주 평화롭게 각자 자신의 일에 열중하였다. 정확하게 말하면 어머니가 두 아들이 잘 있나 살펴보러 오는 시점까지 그랬다. 그러다 어머니가 나타난 즉시 싸움이 벌어졌고 어머니는 당연히 싸움을 말려야 했다. 아이들은 결국 진정했지만 30분 정도 지나면 다시 시끄러운 소리가 오갔다. 두 아이가 큰 소리로 싸우면, 어머니는 말할 것도 없고 아버지까지 달려오기 때문이다. 아버지가 크게 나무라는 소리에 두 소년은 기가 죽었지만, 아동심리학 교과서에서 '모나리자의 미소'라고 일컬어지는 표정을 지었다. 마침내 부모가 두 아이에게 무슨 문제가 있는지 알려고 했을 때, 심리 치료사들은 설명했다. "아이들이 싸우는 것은 부모님의 관심을 끌기 위해서가 분명합니다."

그러므로 경제적인 여유가 없는 대신 시간이 많은 부모들만이 자녀들이 원하는 가장 소중한 것을 풍성하게 선물할 수 있는지도 모른다. 동네 우체통까지 짧은 모험을 계획하거나 힘을 합해 요리하는 등, 아이와 더불어 일상적인 일을 해결하는 것도 얼마든지 관심의 표현일 수 있다. 내가 오랫동안 아이들과 함께하기를 주저한 일상적인 일 가운데 하나는 시장 보는 것이다. 인간은 평생 많은 시간을 지루하게도 시장 보는 일로 소비한다. 나는 아이들을 일찍부터 그것에 길들이는 게 왠지 탐탁치 않았다. 다른 한편으로 시장 보는 일은 아이들이 상점에서 유혹에 넘어가지 않도록 가르칠 수 있는 좋은 기회이다.

서구의 모든 슈퍼마켓에서는 친절하게도 아이들의 도파민 분비를 격렬하게 자극하는 온갖 상품들이 아이들 눈높이에 맞춰 즐비하게 진열되어 있다. 나는 딸하고 이런 횡포에 저항하기 위해서 게임을 하나 생각해냈다. 필요하지도 않은 물건을 사라고 유혹하기 위해서 수많은 함정을 만들어놓은 경마 코스라고 슈퍼마켓을 생각하는 것이다. 누가 이 유혹에 넘어가지 않고 경마 코스를 무사히 통과하는가 내기를 하는 게임이다. 원래 사려고 의도했던 물건, 그러니까 예를 들어 우유 1리터, 바나나 몇 개, 우리 딸이 고집하는 과일 요구르트 두 통만 사는 사람이 게임에서 이긴다. 우리는 함께 물건을 사러 가면 두 팀으로 나뉜다. 쇼핑 카트에 가능한 한 오랫동안 물건을 올려놓지 않고 버티는 팀이 이긴다.

그런 작은 놀이들이 소비자를 겨냥한 유혹에 저항하는 힘을 길러준다. 우리 젊은 아버지들의 세대도 행복을 약속하는 물건을 사라고 하루 24시간 쉴 새 없이 유혹하고 자극하는 세계에서 사는 것이 쉽지 않았다. 우리 아이들의 세대는 우리보다 더욱 많은 저항력을 발휘해야 할 것이다. 우리의 자금 사정이 예전만큼 풍족하지 않은 탓에 경제계가 더욱 비장한 각오로 우리의 돈을 향해 덤벼들 것이기 때문이다.

캘리포니아의 많은 세이프웨이 슈퍼마켓에서는 이미 미래가 시작되었다. 그곳에서 물건을 사는 사람들은 광고 내용을 귀로 듣는다. 그러나 원시적인 문화에서처럼 구태의연하게 확성기를 통해 듣는 것이 아니라 '극초음속 사운드빔'이 모든 손님에게 일일이 말을 건다. 치즈들이 놓여 있는 진열장 앞을 지나가면, 상냥한 여자 목소리가 맛보고 싶은 이탈리아 치즈를 판매한다고 상기시킨다. 그러나 나 혼자만 그

목소리를 들을 뿐 옆의 풍만한 부인은 새로운 프랑스 푸른 치즈를 간곡하게 권유받는다.

이러한 과학기술이 소비자들 세계로 뚫고 들어오게 되면 — 이것은 거의 기정사실이다 — 우리는 우리를 향해 개인적으로 미소 짓는 광고와 마주하게 된다. 그러나 상점 측이 상점에 들어서는 고객에 대해 이미 알고서, 무엇을 살 것인지 예상하고 이에 맞추어 광고의 내용을 결정하게 되면 이러한 기술은 정말 흥미로워진다. 무선 신원 확인, 즉 RFID 칩을 이용하면 이런 일은 얼마든지 가능하다. 이러한 극소형 미니 칩은 미래의 꿈이 아니라 이미 몇 년 전부터 실용화되고 있다. 전자식 도난 방지 장치를 설비한 차량의 키나 도서관 장서들이 그런 예이다. 미니 칩은 현재 모래알 크기로 줄어들었으며 몇 년 전에는 커다란 서류철 하나를 가득 채웠던 정보들을 저장할 수 있다. 2006년 월드컵 경기의 입장권에도 그런 칩들이 내장될 것이며, 유럽의 새로운 여권에도 그러한 작은 무선 칩이 들어 있어서 정보를 알려준다. RFID 열광자들은 계산대 앞에 길게 줄을 설 필요도 없고 더 이상 영수증을 보관할 필요도 없는 날을 꿈꾼다. 상점을 나서는 순간 상품 대금이 간단히 은행 계좌에서 빠져나가는 것이다.

미래의 소비자들은 본인의 의사와는 상관없이 많은 것을 노출시키게 되고, 경제 분야는 점점 더 정교한 수단으로 소비자들의 돈을 향해 손을 뻗칠 것이다. 우리는 우리의 자녀들을 자주적으로 사고하는 인간으로 키워야 한다. 그래야만 유혹에 굴복하지 않는 것이 곧 깊은 만족을 향한 길이라는 것을 배우게 되고, 돈이 많든 적든 상관없이 부유하게 살 수 있는 기회를 갖게 될 것이다.

아둔하지 않게 쇼핑하는 방법

◆

이 집단주의 시대에 가능한 한 개인적으로 사는 것은 우리에게 아직 남아 있는 단 하나의 진정한 사치이다.

오선 웰스

◆

베이징동물연구소의 뜰에 '이름 모를 실험실 쥐'를 위한 기념비가 서 있다. 우리 인간들이 수천 마리의 쥐, 생쥐, 원숭이 덕분에 획기적인 인식에 이른 생각을 하면 충분히 이해가 가는 일이다. 예를 들어, 쇼핑의 환희는 이제 잘 모르는 사람들에게나 일상의 우울증에 대처하는 특효약으로 여겨진다. 물건을 사면 행복해지는 게 아니라 오히려 반대로 아둔해지는 것을 학문 연구 결과가 오래전에 증명했기 때문이다. 호모사피엔스를 자극하는 것은 소원이 이루어지길 기대하는 즐거움이며, 그와 반대로 소원의 성취는 호모사피엔스를 권태롭게 한다고 연구자들은 말한다.

두뇌 연구가 볼프람 슐츠는 원숭이를 이용하여 유명한 실험을 하였다. 주먹만 한 구멍이 뚫려 있는 철창 안에 실험용 동물들을 가두고 구멍 위에 작은 전등을 설치하였다. 원숭이들에게 구멍을 통해 사과 조각을 줄 때마다 먼저 잠깐 전등불을 켰다. 얼마 지나지 않아 원숭이들은 그걸 깨달았다. 전등불이 켜지면 원숭이들의 뇌에서 도파민 생성이 증가했다. 슐츠는 원숭이들이 보답을 기대할 때에만 이 쾌감 전달물질이 대량 분비되는 것을 확인했다. 마침내 사과 조각을 받았을 때는 도파민 수치가 증가하지 않았다. 그러므로 실제적인 보답은 행복감이나 쾌감, 측정 가능한 뇌의 반응을 불러일으키지 않았다. 기대에 찬 즐거움은 긴장감을 야기했지만, 막상 기대했던 것의 성취는 전혀 쾌감을 주지 않았다.

그러나 슐츠 교수는 여기에서 한 걸음 더 나아갔다. 그는 보답하는 내용물의 질적 향상에 따라 차이가 있는지, 그리고 과연 얼마나 차이가 있는지 밝혀내려 하였다. 그래서 이번에는 전등불을 밝힌 후에 사과 조각이 아니라 건포도를 주었다. 와아! 그때부터 전등불이 반짝이는 즉시 원숭이들의 뇌는 훨씬 더 많은 도파민을 내뿜었다. 그러나 동물들은 더 나은 먹이에 빠르게 익숙해졌다. 도파민의 양은 차츰 줄어들었으며, 사과 조각을 주었을 때와 같은 쾌감만을 원숭이들에게 선물했다. 얼마 후에 슐츠 교수가 건포도 대신 다시 사과 조각을 주었을 때는 심지어 도파민 수치가 감소했다. 반짝이는 전등불은 거만한 원숭이들을 더 이상 자극하지 못했다. 전에는 작은 사과 조각을 백 번 거듭 주어도 매번 즐거워했는데, 이제는 실망한 표정으로 사과 조각을 받아먹었다. 슐츠 교수의 실험 결과는 정신이 번쩍 들게 한다. 우리의 기대감이 높아질수록 행복해지기는 그만큼 더 어렵고, 또 기대했던 것을 막상 누리게 되어도 우리의 행복감은 상승하지 않는다. 오로지 성취에 대한 기대감만이 행복감을 높여줄 수 있다.

저명한 철학자 에른스트 블로흐는 원숭이의 도움 없이도 이 사실을 인식했다. 두뇌 연구자들의 실험이 있기 이미 오래전에 나온 '성취의 우울증'에 대한 블로흐의 이론에 따르면 소원과 동경은 언제나 성취에 이르는 문턱에서 사그라진다. 이러한 인식을 마음속 깊이 새기는 것만으로도 아주 많은 돈을 절약할 수 있다. 아이팟이나 최신식 디지털카메라를 가지고 싶어 하는 것은 인지상정이다. 그러나 막상 갖게 되어도 기분이 더 나아지지 않는다. 그렇다면 그것도 당장 포기할 수 있을 것이다.

결코 학문적으로 이 테마에 접근한 적은 없지만 이것을 몸으로 실행하는 사람은 우리 마야 누나이다. 마야 누나와 함께 쇼핑하는 것은 멋진 경험이다. 예를 들어 누나는 구두를 새로 사겠다는 확고한 결심을 하고서 구두 가게에 들어간다. 대여섯 켤레를 번갈아 신어보고, 필요한 경우에는 창고나 다른 지점에서 마음에 드는 디자인의 구두를 가져오게 한다. 그러다 대부분은 돈을 치르기 직전에 마음을 바꿔 먹고 말한다. "조금 더 생각해보고 나중에 다시 올게요." 물론 나중에 다시 가는 일은 절대로 없다. 상가 밀집 지역이나 쇼핑센터, 공항 터미널, 그런 비슷한 장소에 함께 가게 되면 누나는 향수 가게를 그냥 지나치는 법이 없다. 가게 안에 들어가서 향수를 여기저기 뿌려보고 향수병이나 새로운 거품 목욕 비누를 들고 계산대로 걸어가지만, 계산대 앞에 줄을 선 즉시 흥미를 잃는다. 누나는 상자를 도로 내려놓고는 서둘러 그곳을 벗어난다. 예로부터 널리 알려져 있지만 결국 욕망만을 일깨우는 '윈도 쇼핑'의 이런 진보적인 형태는, 진정으로 물건을 사려는 경우에만 효과가 있다. 판매원을 괴롭히기 위해서 상점에 가는 것은 재미없는 일이다.

우리 누나나 에른스트 블로흐, 슐츠 교수는 매끄러운 상품과 광고에 자극을 받아서 소비에 임하는 경우에는 깊은 만족을 느끼기 어렵다는 사실을 인식한 것이다. 자세히 관찰하면 사람들은 사실 불필요한 물건들, 광고가 포기하지 말라고 설득하는 쓸모없고 무가치한 유리구슬에 가장 많은 돈을 지출한다. '귀중품'의 개념을 도둑의 눈으로 한번 생각해보라. 우연히 들어간 집에서 훔칠 만한 가치가 있는 것은 먼저 텔레비전, DVD 플레이어, 오디오, 컴퓨터 같은 전자 제품들이다. 2~3년만 지나면 전부 낡고 되팔 가치가 없는 물건들이다. 역사학자 롤프 페터 지페를레는 우리가 사회 전반적으로 번영을 누리는데도 '소유 없는 사회'로 발전했다고 주장한다. 오늘날 우리 사회는 모든 계층 골고루 많은 물건을 소유하고 있지만, 실제로 가치 있는 것들을 다룰 줄 아는 사람은 소수에 지나지 않으며 이 소수의 사람들마저 갈수록 줄어들고 있다.

중산층 안에서 밑으로 처지는 사람들도 아주 많은 수입을 올릴 수 있다. 기능공은 혼자서 평생 100만 유로가 훨씬 넘는 돈을 벌 수 있다. 그러나 대개 그에게 남아 있는 재산은 벌어들인 것의 극히 일부에 지나지 않는다. 시시한 잡동사니나 부질없이 시간 때우는 데 많은 돈을 지출했기 때문이다. 세이셸 여행, 병을 보관하기 위한 부실한 목재 장식장, 퐁뒤 기기, 와플 굽는 기기, 클럽 회원권, 제빙기와 요구르트 기기, 가벼운 젤라틴 신발, 레저 활동을 위한 배낭, 콤비 재킷, 여행용 양파 절단기, 신체의 지방질만을 측정하는 저울, '브러싱 처리된 고급 크롬' 고기 저미는 기계, 보푸라기 제거하는 기계, 전기 마사지 기기, 과자 봉지를 봉인하는 열 기계, 유산소 운동기, 유명 디자이너의 프라이팬, 주서기 두 대, 자석 목받침 등.

상대적으로 가난해지는 경우의 바람직한 면 하나는 마침내 복지사회의 그런 모든 쓰레기로부터 벗어날 수 있는 기회가 생긴다는 것이다. 그러나 물론 이 기회를 성공적으로 이용하려면, 오랜 시간 생각 없이 소비 생활을 하는 동안에 자신도 모르게 세뇌당했다는 사실을 의식해야 한다. 사실 짐이 될 뿐인데도 광고는 어떻게 꼭 필요한 물건이라고 번번이 우리를 설득하는 데 성공하는가? 사실 그냥 커피 한잔이 우리 입맛에 더 맞는데도, 왜 우리는 초콜릿 알갱이를 뿌린 캐러멜 맛 프라푸치노를 주문하라는 '스타벅스'의 유혹에 넘어가는가? 무엇 때문에 사회의 한쪽 끝에서는 휴대폰의 벨 소리를 바꾸는 데 돈을 허비하고, 또 다른 쪽 끝에서는 커다란 성城을 연상시키는 상표가 붙어 있지만 사실은 대량생산되는 혼합 포도주일 뿐인 무통 카데를 위해 돈을 낭비한단 말인가? 무엇 때문에 질레트는 '마하3 터보' 같은 말도 안 되는 이름의 새 면도기를 정기적으로 시장에 출시하고, 또 번번이 구제품보다 더 매끄럽게 면도할 수 있다고 우리를 확신시킬 수 있는가?

광고의 메커니즘을 이해하는 데 특히 적합한 책이 한 권 있다. 프레데릭 베그베데르의 《99프랑*99 francs*》. 베그베데르는 10년 동안 광고 카피라이터로 일한 경험이 있다. 《99프랑》의 주인공 옥타브 파랑고는 자신을 포함하여 모든 것을 돈으로 살 수 있는 세상에 혐오를 느낀다. "당신이 최근에 내가 선전한 환상적인 자동차를 살 수 있을 만큼 충분히 돈을 모으면, 이미 다른 새 자동차 선전 광고가 나온 지 오래지요.

나는 당신보다 세 걸음 앞서 있으며, 당신을 확실하게 실망시킬 자신이 있습니다. 그 누구도 결코 눈부신 아름다움에 이를 수 없습니다. 나는 신상품으로 당신을 유혹하지만, 그 신상품은 오래 새로운 것으로 머무르지 않는 장점을 가지고 있지요…. 내 임무는 당신의 입에 군침이 고이게 하는 것입니다. 내가 일하는 곳에서는 아무도 당신이 행복해지길 원하지 않아요. 행복한 인간은 소비하지 않기 때문이지요."

이미 1920년대에 필라델피아의 사업가들에게 이렇게 주지시킨 광고 전문가가 있었다. "그들이 갈망하는 것, 원하는 것, 감히 대담하게 꿈에 그리는 것을 파십시오. 사람들은 필요한 물건을 사는 게 아닙니다. 사람들은 희망을 삽니다. 그리고 상품들을 통해서 뭔가를 선사받길 원합니다." 광고의 문구를 자세히 들어보면, 그 내용은 대부분 의의 있는 상품이라고 약속한다. 그러나 실제로 의의 있는 상품은 매상이 빠른 속도로 감소한다. 그러므로 이 체제는 실제로 약속을 지키지 않는 것에 의해 유지된다. 막대기 끝에 매달린 당근과 당나귀의 소박한 체제이다.

특히 효과적인 미끼로서 증명된 당근은 독특한 명품임을 약속하는 것이다. 이를테면 사람들은 시간을 알려줄 뿐 아니라 특별한 계층에 속한다는 감정을 일깨워주는 시계를 소유하고 싶어 한다. 그러나 저가 의류 대기업이 유명 패션 디자이너를 고용하고, 모든 슈퍼마켓 체인이 유명 요리사를 건강식품 조언자로 채용하는 시대에, 독특한 명품임을 약속하기는 쉬운 일이 아니다. 순진한 소비자들조차 이제는 서서히 대량생산 품목이 사치품이라는 말을 곧이듣지 않는다. 지금까지는 오랫동안 천진하게도 그런 말을 곧이들었다. 일부러 수요에 못

미치게 생산하는 원칙을 통해, 공장에서 수천 개씩 대량생산된 물건이 사치품이라는 환상이 유지될 수 있었다. 사치품 대기업은 신중하게 과잉 공급을 기피하여 자신들의 상품을 탐하는 마음을 교묘하게 자극하였다. 에르메스의 켈리백이나 롤렉스의 데이토나를 가지려는 사람은, 회사 측에서 수요를 즉각 충족시키는 데 기술적으로 전혀 문제가 없었는데도 경우에 따라서 몇 개월씩 기다리는 수고를 감내해야 했다.

지금은 루르 지역에서조차 대중교통 수단 안에서 구찌나 루이비통 핸드백을 든 사람을 한 번에 적어도 세 명은 만난다. 그리고 비싼 진품 대신에 값싼 모조품을 들고 있어도 부끄러워하는 사람이 아무도 없다. 아니, 진품 핸드백이 오히려 촌스러운 것으로 여겨진다. 불법 복제품은 모험적인 입김, 멀리까지 여행을 다녀왔다는 냄새를 풍긴다. 사실 진짜처럼 보이는 모조품은 비티그하임 비싱겐의 중앙 상가에서가 아니라 홍콩과 방콕에서만 구할 수 있기 때문이다. 우리 누나 글로리아도 《슈피겔》지와 인터뷰를 하면서 루이비통 핸드백 진품 대신에 원래 가격의 10분의 1밖에 안 하는 좋은 모조품을 사겠다고 공공연히 밝힌다("진품은 오로지 러시아 갑부들을 위한 것이지요"). 또 우리 장모님은 홍콩에서 구입한 가짜 카르티에 시계를 들고서 뮌헨의 까르띠에 대리점에 들어가 아주 자연스럽게 시계 줄을 줄여 달라고 부탁한다. 그리고 여점원이 조심스럽게 모조품 시계라고 운을 떼면, 스스럼없이 "나도 알아요"라고 대답한다. 그렇다면 분명하지 않은가. 대량생산된 사치품의 시대는 영영 지나간 것이다.

그러면 고전적인 위엄의 상징인 금과 보석은 어떤가? 그것들은 이제 그걸 몸에 지닌 사람이 불과 5분 전에 돈벼락을 맞았으며, 스타일에 자신이 없는 것을 멀리서부터 드러낸다는 점에서만 쓸모가 있다. 부담 없이 '귀금속' 장신구를 찾는 사람은 QVC 같은 홈쇼핑 채널을 보는 것이 가장 좋다. 거기에서는 취리히의 반호프슈트라세나 함부르크의 융페른슈티크에서 이제 찾아보기 어려운 것들을 판매한다. 구운 소시지 굵기만 한 금목걸이, 머리 부스럼만큼이나 커다란 반지, '일레' 라인의 ('왕의 요구에 따른') 콜리에. 보브라는 이름의 텔레비전 방송국 진행자들이 그 목걸이를 아주 경외하는 태도로 카메라 앞에 들고서, '왕과 왕자들'도 매듭 디자인의 고상한 장신구를 좋아하지만 한정 판매하는 물건이기 때문에 원하는 사람은 즉시 전화해야만 구할 수 있다고 소리친다.

과학기술을 이용하는 장난감은 무선전화기가 신분의 상징이었던 과거와는 반대 방향에서 주변 사람들과 차별시켜주는 기능을 발휘한다. 최초의 휴대용 전화기는 시장에 등장하면서 세상의 이목을 끌었다. 내 평생 처음으로 지녔던 지멘스 상표의 휴대폰을 생각하면 애틋한 마음이 든다. 그것은 중간 정도 크기의 여자 핸드백만 했으며 무게가 5킬로그램에 달했다. 전화벨 소리는 다급한 경계경보만큼이나 요란해서, 기차 안의 사람들이 모두 공포에 질려 쳐다보았다. 요즈음은 휴대폰보다 더 일상적인 물건도 없다. 그래서 이제 남들과 달라 보이고 싶은 사람은 전화를 통한 영원한 접촉 가능성을 포기한다. 어른들이 사고하는 인간보다는 닌텐도에 빠진 아이들을 연상시키는 멍한 눈빛으로 시도 때도 없이 휴대폰을 두드리는 모습은 정말 우스꽝스럽기 그지없다. 메르켈 연방 총리가 국무위원석에 앉아서 닌텐도 눈빛으로 끊임없이 문자메시지를 보내는 모습은 사실 상상하기조차 어렵다.

체면과 신분은 앞으로도 계속 소비를 통해서, 아니 좀 더 정확하게 말하면 지금까지와는 반대로 소비를 포기하는 것으로 정의된다. 물질적인 과잉이 기쁨을 안겨준 경우는 역사적으로 별로 없다. 아니, 기쁨을 안겨주기에는 매우 적합하지 않다. 소스타인 베블런은 앞에서 말한 《유한계급론》에서, "돈을 버는 것은 강한 성격과 지성의 표시인 반면 가난은 실패의 표시"라는 논지를 내세웠다. 유감스럽게도 얼마 전까지 이러한 견해는 많은 영향을 미쳤다. 새 자동차를 구입할 수 있는 사람은 소중하고 부지런한 사회 구성원이었으며, 덜커덩거리는 낡은 고물차를 몰고 세상을 전전하는 사람은 게으르고 무능력한 무용지물이었다. 자본주의를 신봉하는 세계관에 따르면 인간에게는 소비할 의무가 있다. 소비는 부지런함을 보여주는 가시적인 표징이기 때문이다. 그래서 물질적인 과잉은 오랫동안 시민적인 예의범절과 명예의 문제였다. 다행히도 그사이에 이런 풍조는 서서히 자취를 감추었다. 오늘날 지나치게 물질적인 풍요에 탐닉하는 사람은 수상쩍어 보인다. (러시아인? 뚜쟁이? 타니아나 그젤?◆) 우리가 우리의 삶을 가볍게 해주기보다는 오히려 부담을 주는 것으로 판명된 소비의 강요에 맞서서 자신을 지킬 때에 진정한 사치를 누릴 수 있다. 그러므로 능숙하게 대처하는 경우, 우리는 복지 후퇴의 시기에 오히려 역설적으로 생활의 질

◆ Tatjana Gsell, 또는 타니아 그젤(1971~). 성형수술을 통해 가슴이 무척 큰 여자로 통하며, 많은 스캔들을 일으키는 것으로 유명하다.

을 향상시킬 수 있다.

1990년대에 과잉 소비에 대한 반대 운동이 일었다. 그것은 《혼란의 최후 상태*Clutter's Last Stand*》와 《단순한 삶》 같은 책들과 더불어 미국에서 시작되었으며, 나오미 클라인의 《슈퍼 브랜드의 불편한 진실》 후에는 전 세계적으로 영향력을 행사하는 대기업에 대한 반발이 이 분야 선구자들의 대표적인 이슈가 되었다. 캐나다의 밴쿠버를 세계적인 반소비주의 운동의 중심지로 생각하는 사람들이 많다. 《컬처잼*Culture Jam*》의 저자 칼레 라슨이 밴쿠버에 살고 있다. 라슨은 3개월마다 《애드버스터스》를 발행하는데, 이 잡지는 라슨의 문화 이론적인 글로 유명할 뿐 아니라 특히 광고와 광고가 자극하는 소비욕을 조롱하기 위해서 광고의 심리를 이용하는 반광고, '언커머셜스'로 명성이 높다. 라슨의 유명한 반광고 가운데 하나는 캘빈 클라인의 광고를 패러디한 것이다. 한 남자가 아주 거만하게 자신의 팬티를 들여다보는 사진 위에 '강박관념'이라는 글귀가 쓰여 있다. 또 카멜 선전에 등장하는 조 카멜이 조 케모라는 이름의 암 환자가 되어 병원 침대에 누워 있는 반광고도 있다.

칼레 라슨이 이런 양식으로 제작한 반광고 필름도 있다. 그러나 그런 필름들은 필름 페스티벌에서만 상영된다. 텔레비전 방송사들은 당연히 광고 고객들을 쫓아버릴 생각이 없기 때문이다. 자신이 제작한 '언커머셜스'의 텔레비전 방영은 라슨에게 '소비문화의 지휘 본부'로의 진격, 최고의 승리를 뜻할 것이다. 라슨의 반광고 필름은 '텔레비전 없는 주일'을 선포하고, 거식증과 폭식증의 장본인으로 미용 산업을 신랄하게 고발하며, 자동차 산업을 비판한다. 이러한 '언커머셜스'의 대부분은 광고계에서 성공적으로 일하면서, 라슨의 표현대로 '양심의 가책 때문에' 라슨을 위해 일하는 사람들에 의해 제작된다.

주변의 강압에 밀려 물건을 사는 태도에서 벗어나기 위해 작은 술수를 사용할 수 있다. 미국의 소비 반대주의자들은 '하루라도 물건을 사지 말자'는 운동을 생각해냈다. 그러면 겸사겸사 운동도 할 수 있기 때문에 그것은 정말로 천재적인 발상이다. 일주일에 하루, 예를 들어 금요일을 선택하여 현금이든 카드든 절대로 1센트도 지출하지 않기로 작정한다. 이것은 결코 쉬운 일이 아니다. 실제로 이것을 시험해 보면 우리가 날마다 무의식적으로 얼마나 많은 구매 결정을 내리는지 깨달을 것이다. 여기에 참여하려면, 커피나 담배처럼 현금 집약적인 기호품에 집착하지 않을수록 이상적이다.

'신용카드 콘돔'을 대중화시키려는 운동도 미국에서 시작되었다. 이 운동의 요지는, '너는 정말로 이것이 필요한가?' 아니면 '너는 내면의 공허함을 메우려고 이것을 사려는 게 아닌가?'라는 물음이 쓰인 작은 봉투 안에 신용카드를 넣어두자는 것이다. 그러면 물건을 살 때마다 신용카드 콘돔에서 신용카드를 꺼내야 한다. 이 운동은 큰 성공을 거두지 못했는데 사실 놀라운 일도 아니다. 그러나 그 배후의 생각은 옳다. 사람들이 사는 대부분의 것은 별로 쓸모가 없는 것이며, 절약하면서 사는 물건들이야말로 올바른 것들이다.

여기에서 한 가지 경고해야 할 것이 있다. 잔돈에 '인색하게 구는 일', 값싼 물건을 쫓아다니는 것만큼 돈을 낭비하는 경우도 별로 없다. 경기가 침체되기 시작했을 때, 13유로 50센트짜리 알디 샴페인을 낚

아채고 독일 철도청 유실물 센터의 경매에서 40유로에 산악용 자전거를 입수하면서 경제 난국을 타개할 수 있다고 충고하는 수백 권의 책이 서점에 쏟아져 나왔다. 그러나 사실은 이런 문제를 제기해야 한다. 이 엉터리 샴페인이 정말로 꼭 필요한가? 또 사방천지를 둘러보아도 반경 300킬로미터 이내에 산 비슷한 언덕 하나 없는 함부르크에 살면서 과연 산악용 자전거가 필요한가?

우리가 할인 상품 앞에서 자신도 모르게 손을 뻗치는 사실을 체인점들은 이미 오래전에 인식했다. 그래서 슐렉커 체인에서 '세일'이라고 쓰이지 않은 품목은 거의 찾아보기 힘들다. 내 스위스 친구 한 명은 세일하는 물건만 골라 사는 습성이 있다. 원래는 참 이성적인 태도이다. 그런데 종내 세일하는 물건은 뭐든지 가리지 않고 사들였다. 그러다 마침내 자신에게 고양이가 없는 사실을 깨닫고 고양이 집 앞에서 제동을 걸었다.

과잉 소비에 대한 거부는 사실 전혀 새로운 일이 아니다. 복지 시대가 종말을 고할 때마다 이런 반응이 두드러졌다. 그리스 로마 시대 말기에는 주로 미학적인 이유에서, 중세에는 종교적인 이유에서 그런 반응이 싹텄다. 그리고 영국 산업혁명의 절정기에는 특히 존 러스킨과 윌리엄 모리스 같은 살롱 사회주의자들과 낭만주의자들이 소비주의에 반감을 표시했다. 그러나 그러한 흐름들은 언제나 도덕군자인 척하는 면이 있었기 때문에, 현실적으로 넓은 계층을 끌어들이기에 적합하지 않았다. 19세기에 존 러스킨이 순전히 경제적인 진보 탓에 삶의 본질적인 일에 대한 감각을 상실했다고 영국 동포들을 비난했을 때("사랑하고 기뻐하고 감탄할 수 있는 무한한 능력을 가진 삶보다 더 풍성한 것은 없다"), 《새터데이 리뷰》의 비평가들은 러스킨의 어조가 '잔소리하는 가정교사'를 연상시킨다고 응답했다.

오늘날의 상황은 그때와 다르다. 첫째로 소비주의에 등을 돌리는 것은 미덕이나 도덕의 문제가 아니다. 환경오염에 대한 지적도 쓰레기 분리수거 이상의 것을 하라고 사람들의 마음을 움직이기에는 사실 충분하지 않다. 우리는 도저히 스스로 절제하지 않을 수 없다. 우리가 앞으로도 계속 지금처럼 하는 경우에는 우리의 성스러운 복지사회가 흔들릴 것이라고 인식했기 때문에, 과잉 소비에 등을 돌리는 것에 해결의 실마리가 있다. 산업계는 우리를 미용 상품과 건강상품의 홍수 속으로 끌어들이면서 이러한 방향으로의 발전을 저지하려고 시도한다. 그 결과 오늘날 판매되는 대부분의 비누와 로션을 빵에 발라 먹어도 인체에 아무런 피해를 입지 않을 정도이다. 그러나 이런 상품들이 누리는 호경기는 산업의 일시적인 승리에 지나지 않는다. 풍성한 삶을 돈으로 살 수는 없지만 물건의 구매를 줄임으로써 풍성한 삶에 이를 수 있다는 생각이 소비에 질린 세계 구석구석까지 퍼지는 것은, 다만 시간문제일 뿐이다.

폰 쇤부르크 씨의 우아하게 가난해지는 법

3

+

왜 돈이 행복의 걸림돌인가

◆

**그러나 나는 가난에게 너무 늦게만 오지 않는다면
환영이라고 말하지 않을 수 없다. 가난보다 부가 재능을 더 짓누르며,
많은 정신적인 거인들이 황금 산과 권좌 밑에 파묻혀 있는지도 모른다.**

장 파울

◆

'사치품'이라고 선전되는 대부분의 물건들이 상당히 저속하고 짐스러울 뿐이라는 사실을 분명히 인식해야 한다. 신선한 빵에다 버터와 소금이 있는데 굳이 송로버섯이 무슨 필요가 있단 말인가? 소금에 절인 청어가 상어 알만큼 비싸다면, 이 세상의 타니아 그젤 같은 사람들은 지극히 경건한 마음으로 청어를 먹으며 새끼손가락을 쫙 펼칠 것이다.

존재의 불안에 억눌리지 않고 굶주림에 시달리지 않고 집세를 지불하고 진정으로 중요하게 여기는 일들을 할 수 있는 한, 얼마든지 행복하고 우아한 삶을 영위할 수 있다. 그러려면 부자가 되려는 꿈을 꾸지 않아야 한다. 그런 꿈을 꾸는 경우에는 현재의 상황과 꿈꾸는 상황 사이의 불일치가 영원한 불만족의 근원이 된다. 그러므로 스스로를 불행하게 만드는 가장 확실한 처방 가운데 하나는 복권을 사는 것이다.

행복은 소지하고 있는 은행 계좌의 개수와는 무관하다. 돈이 많다

고 해서 특별히 행복해지지는 않는다. 많은 부자들은 이런 사실을 잘 알고서 '소박한 삶'을 갈망한다. 그러나 지나친 풍요에서 아무리 벗어나려고 노력할지라도 '소박한 삶'에 대한 동경은 결국 성취되지 못한다. 그와 반대로 가난해지는 사람은 지나친 풍요에서 벗어나 우아한 삶을 영위하기 위해서 특별히 뜻을 세워 힘들게 노력할 필요가 없다. 상황을 쫓아가기만 하면 된다. 그러나 부자들은 돈을 꽉 움켜쥐든 돈에서 벗어나려고 노력하든 상관없이 언제까지나 돈의 포로 신세를 면할 수 없다. 자본주의가 아무리 그렇지 않다고 우리를 설득하려 할지라도 부자들이야말로 진짜 가난한 사람들이다. 부자들은 많은 돈을 벌기 때문에 부러움을 사지만, 그들이 실제로 받아 마땅한 것은 동정심이다.

예를 들어 대부분의 부자들은 언제나 도둑맞지 않을까 전전긍긍한다. 나는 생트로페의 해변, 바다가 보이는 그림같이 아름다운 별장에서 사는 어느 부부를 안다. 잘 모르는 사람들은 환상적이라고 생각하지만, 실제로 그곳에서 두 사람은 감옥살이하듯 산다. 집이 온통 값비싼 예술품으로 가득 차 있기 때문이다. 현관에는 자코메티의 조각품이 놓여 있고, 식당에는 르누아르의 그림이 걸려 있으며, 피카소의 그림들은 거실을 장식한다. 보험회사는 보험계약을 체결하면서 한 가지 조건을 제시하였다. 집 안에 항상 누군가가 있고, 보안 요원이 하루 24시간 집 주변을 감시해야 한다는 것이었다. 리베리아에서 아름다운 말년을 보낼 생각으로 그 집을 마련한 부부는 결코 어깨를 나란히 하고 집을 나서지 못한다. 그리고 저녁에 황금 새장 안에 앉아서, 수염 너부룩한 '경비원'이 아무런 이상이 없는지 확인하려고 30분마다 크고 아름다운 창문을 통해 들여다보는 데 익숙해져야 한다.

마크 리치는 내가 만난 아주 불쌍한 부자 가운데 하나였다. 그는 본명이 정말로 리치rich이다. 그 미국인은 원자재 무역을 통해 큰 재산을 모았지만, 탈세와 사기, 이란과 이라크하고의 불법 거래 등이 들통나면서 FBI의 수배자 명단에 올랐다. 마크 리치는 스위스로 도주했고 스위스 추크 주에서 망명 허가를 얻었다. 그때부터 그는 여차하면 체포될 위험이 있기 때문에, 스위스를 한 발짝도 떠나서는 안 되었다. 제트 전용기를 타고 마음 내키는 대로 돌아다니던 리치는 급성 스위스 폐소공포증에 시달렸다. 그 폐소공포증에서 리치를 해방시켜준 사람은 다름 아닌 빌 클린턴이었다. 빌 클린턴의 마지막 공무 집행 행위가 리치의 사면이었다. 클린턴이 그 대가로 스위스에서 무기명예금 형식의 작은 감사 표시를 받았는지는 오늘날까지 밝혀지지 않았다. 그러나 그것은 다른 이야기이다. 어쨌든 마크 리치는 추크나 몬테카를로, 버뮤다 같은 장소에서 자주 만날 수 있는 인간 유형, 호화스러운 감옥 수감자의 대표적인 사례이다. 그런 곳에 사는 사람들은 주로 탈세범들, 마음만 먹으면 세계 어디서나 살 수 있는데도 그 엄청나게 많은 돈 중에서 조금 세무서에 떼주길 꺼리는 탓에 굳이 추크 같은 시골 구석이나 섬을 선택하는 인간들, 아주 가련한 종자들이다. 물론 그런 곳에서 살아도 거의 대부분 생활수준은 크게 변함이 없다. 그러나 그 돈 조금 내놓는 게 두려워서 원래 좋아하지도 않는 끔찍이 외로운 곳에서 목숨을 부지하는 것이다.

외로움이란 말이 나온 김에 덧붙이면, 옛날에 뮌헨에서 나는 괜찮은 젊은이와 친해진 적이 있다. 그 젊은이는 소시민 집안에서 자랐지만 뮌헨을 대표하는 축구팀과 프로 선수 계약을 맺은 덕분에 젊은 나이에 큰돈을 벌었다. 그는 소득수준이 달라졌다고 해서 새로운 친구를 찾아야 할 하등의 이유가 없다고 보았다. 그러나 옛 친구들과 함께 외출하는 경우에는 전과 사뭇 달랐다. 물론 그 젊은이는 매번 자신이 사겠다고 고집했지만 계속 그러는 것은 모두에게 불편한 일이었다. 그러다 아무렇지도 않게 공짜로 얻어먹는 사람들이 언제부터인가 그 무리에 끼게 되었다. 차츰 옛 친구들과의 사이가 뜸해졌으며, 그 젊은이는 식객들에게서도 벗어났다. 이제 그는 수입이 엇비슷한 사람들하고만 어울린다. 그 젊은이에게 그것은 이용당하지 않는 유일한 가능성이다. 지금 그가 사귀는 친구들은 무척 비슷비슷하다. 그리고 무척 권태롭다.

부자로 사는 데 특히 불편한 점은, 사람들이 돈 때문에 자신을 좋아하는 게 아니라고 끊임없이 주장해야 하는 것이다. 그런데 누군가를 돈 때문에 사랑하기는 불가능하다. 기껏해야 돈에도 불구하고 사랑할 수 있을 뿐이다. 대부분 돈이 사람들을 까다롭고 복잡하고 엄살 부리게 만들기 때문이다. 바로 이 문제 덕분에 세상의 빛을 보게 된 연극, 영화, 책 들이 무수히 많다. 결혼 적령기의 부자들은 자신의 돈을 노리는 사람들에게 걸려들지 않을까 두려워한다. 그런데 두려움이 클수록 정확하게 그런 일을 당할 가능성은 더 커진다. 모나코의 캐롤라인 공주는 청소년 시절 내내 돈을 노리는 플레이보이를 가까이 하지 말라는 주의를 들었다. 그 결과 캐롤라인은 부모가 경고한 바로 그런 유형의 화신이라 할 수 있는 필립 주노에게 걸려들었다. 마음을 우울하게 하는 이런 종류의 사례를 더 드는 대신 차라리 유머를 하나 이야기하련다. 뉴욕의 귀부인 두 명이 아주 오랜만에 만났는데 한 부인이 무척 커다란 다이아몬드 반지를 끼고 있었다. "이거 봐, 이 반지 참 예쁘지!" 그 부인이 말한다. "그렇구나." 다른 부인이 대답한다. "반지가 예쁘긴 한데, 그 반지에 플래트닉 저주가 서려 있어서 어떡하니." 첫 번째 부인은 플래트닉 저주가 무엇인지 알고 싶어 하고, 두 번째 부인은 대답한다. "플래트닉 씨 말이야."

대부분의 부자들은 애석하게도 참아주기 힘들다. 물론 나하고 가까이 지내는 부호들은 예외이다. 유산을 상속받아서 달리 어쩔 도리가 없이 부자가 된 경우에만 사실 참을 만하다. 그런 부자들은 돈이 많은 사실을 가능한 한 빨리 사람들에게 알리려 하거나 아니면 돈이 없는 척하려고 한다. 그런데 돈 없는 체하기도 쉬운 일은 아니며, 실제로 아주 힘든 경우도 많다.

스위스 그슈타드에서 나는 엄청나게 부유한 집안의 후손들 한 무리를 만난 적이 있다. 그슈타드는 베른 고지대에 위치한 작은 산악 도시로, 여행 성수기에는 엄청난 부가 집결했다. 햇살이 비치는 화창한 날이면 교통 체증과는 무관한 중심가에서 유럽공동체 후보국들의 국민총생산량을 모두 합한 금액이 산책을 다녔다.

그곳 주민들, 언제나 조금 뚱한 듯 보이는 베른 산악 지방 토착민들은 많은 수익을 보장하는 젖소들을 바라보듯 불신과 감탄이 뒤섞인 눈빛으로 마을을 점거한 대부호들을 지켜보았다. 다우존스의 명단에 오른 이름을 달고 있는 틴에이저들은 그곳에 있는 것을 곤혹스러워하는 눈치였다. 다들 오로지 부모 때문에 그곳에 왔다고 주장했으며, 겉 모습이나 행동을 통해서 부자가 아닌 척하려고 애를 썼다. 그들의 바지는 MTV에 나오는 빈민가 아이들 바지처럼 후줄근했는데, 에미넴이나 더 스트리츠 제품이었다. 그들은 '평범한 삶'에 익숙하다고 허풍을 쳤다. 한 녀석은 포슈 거리의 부모 집을 나와서 이사했으며, 이제 허름한 파리 교외의 누추한 공동주택에서 산다고 말했다. 그곳에서 매일 지하철을 타고 학교에 간다는 것이었다. 그러자 다른 녀석이 아버지에게서 아주 빠듯하게 생활비를 받는다고 주장했다. 그리고 자신의 성姓을 두고 왈가왈부하는 것에("델이라고 했나요? 혹시 델 컴퓨터의 델을 말하는 것은 아니지요?") 넌더리가 났으며, 그래서 어머니의 결혼 전 성으로 바꿨다고 덧붙였다. 그들 가운데 한 녀석은 일종의 반세계화 운동가인 게 분명했다. 방학 동안 8개국 정상회담이나 세계 경제 회의에 반대하는 시위에 참가했으며, 세계경제포럼 장소에서 폭탄이 터졌을 때 '다보스 현장'에 있었다고 자랑스럽게 이야기했다.

내가 아는 어느 젊은이의 경우도 유산상속이 핸디캡일 수 있음을 보여준다. 그의 아버지는 억만장자 사업가인데, 아들이 자신의 뒤를 이어 자신이 다닌 대학에서 자신처럼 경영학을 전공하고 나중에 자신의 사업을 물려받기를 기대했다. 이런 경우 흔히 볼 수 있듯이, 그 젊은이의 생각은 전혀 달랐다. 그 젊은이의 꿈은 예술가가 되는 것이었다. 그의 아버지는 다달이 송금하는 생활비를 줄이거나 아예 중단하겠다고 위협하면서도 당연히 계속 생활비를 부쳤다. 내가 배려하는 마음에서 이름은 밝히고 싶지 않은 그 젊은 친구에게는 바로 그것이 적지 않은 재앙이다. 그 친구는 지금 북런던의 아틀리에에서 그림을 그린다. 그런데 나음 달 집세를 어디서 마련해야 할지 막막한 아래층이나 옆방의 예술가들과는 달리 전혀 압박을 느끼지 못하는 탓에 그림에 진척이 없다. 그 친구가 가난에 시달리는 다른 경쟁자들보다 재능이 뛰어날지는 모르지만, 그런 상황에서는 재능을 꽃피우기가 무척 어려울 수 있다. "많은 정신적인 거인들이 황금 산과 권좌 밑에 파묻혀 있는지도 모른다"고 말한 장 파울의 의도는 바로 여기에 있었을 것이다.

나는 오랫동안 본의 아니게 부유한, 그야말로 무척 부유한 사람들과 함께 지내면서 흥미 있는 현상을 관찰할 수 있었다. 취향이 고상한 부자들은 예로부터 간소하게 살려고 노력한다. 부유한 사람일수록 '평범한' 삶을 흉내 내는 것을 사치스러운 일로 여긴다. 현재 살고 있는 시골의 성이 클수록, 모든 편의 시설이 갖추어져 있지만 가능한 한 작은 도심의 공동주택을 더 동경한다. 그러면 부엌 어딘가에서 요리사가 조리한 음식을 근사하게 차려진 식탁에 앉아 먹는 게 아니라, 시장(슈퍼마켓이면 더욱 좋다)에서 비닐봉지 가득 장을 봐서 직접 요리하고 나중에 직접 두 손으로 설거지까지 하는 것이 호사스러운 일에 속한다.

또한 화보 잡지 독자들이 입 벌리고 부러워하는 부자들의 관습인 요트에서 여름휴가를 보내는 것도 비슷한 종류이다. 요트에서의 삶은 부자들에게 바로 캠핑이나 다름없다. 부자들은 비좁은 공간에서 함께 북적거리고, 작은 선실에서 두세 사람이 섞여 잠을 자고, 몸을 돌리기 어려울 정도로 좁은 욕실에서 전신 목욕은커녕 물탱크의 물을 절약하기 위해 겨우 고양이 세수나 하는 것을 즐긴다. 하루 종일 티셔츠를 걸치고 돌아다니는 것, 간단히 말해 '소박한 삶'과 가까이 있는 것을 즐거워한다. 화보 잡지 독자들은 귀하신 분들이 갑판 위에서 햇볕을 쬐며 기지개 켜는 모습을 보고 참 격조 높은 삶이라고 생각한다. 그러나 그런 부러움을 받는 사람들은 사실 화보 잡지 독자들의 삶을 흉내 내려고 안간힘을 쓰는 것일 뿐이다. 그러면서 햇빛 아래서 책을 읽는 것이 피곤하기 때문에, 입 벌리고 감탄하는 사람들이 읽는 것과 같은 화보 잡지를 읽는다.

부자들이 '소박한 삶'을 흉내 내는 것을 조롱하거나 '퇴폐적'이라고 비난할 수도 있다. 그러나 자세히 보면, 도보 여행이나 야영, 소풍, 바비큐를 하면서 자연과 친밀한 척하는 평범한 도시민에 비교할 수 있지 않겠는가? 야영을 하는 사람도 문명의 편안함을 완전히 포기하지 않고, 푸른 하늘 아래서 바비큐를 즐기는 사람도 공장에서 만들어진 스테이크 소스를 단념하려 하지 않는다. 마찬가지로 도보 여행을 하는 사람도 지나치게 가까이서 자연을 체험하려고 하지 않는다. 1등품 신발과 활동하기에 편안하고 따뜻한 액티브 재킷을 필요로 하며, 자연과 가까워진 후에는 언제든 다시 친숙한 집으로 돌아가고 싶어 한다. 솔직히 말하면, 우리가 즐기는 '소박한 삶'은 주로 상징적인 몸짓에 그친다.

고수익을 올리는 기업 경영진들과 육체적으로 고된 일을 할 필요가 없는 매스컴 백만장자들은 홍해 주변의 호사스러운 오아시스나 모리셔스의 여행에 이제 싫증이 났으며, 그동안 입맛에 맞는 것을 발견했다. 고원 목장의 목동으로 취직하는 것이다. 몇몇 스위스 여행사들이 고원 목장에서 일하며 휴가를 보내는 상품을 개발했는데, 현재 문의 전화가 쇄도하는 바람에 정신을 차리지 못한다. 그러나 '농장에서 휴가를 보내는' 이런 극단적인 형태가 널리 알려지기 전에, 농촌 생활에 잠시 탐닉하는 것은 특권층에게 문명의 고통에서 벗어날 수 있는 특효약이었다. 톨스토이의 《안나 카레니나》에 이 점을 멋지게 묘사하는 장면이 있다. 대지주 레빈은 어느 날 건초 수확이 한창인 들판을 돌아보다가 직접 낫을 손에 들어보기로 결심한다. 레빈은 그 일을 무척 마음에 들어하며 며칠 동안 농부들과 함께 풀을 베려고 한다. 그 일을 놓고 레빈과 세르게이 이바노비치 사이에 이런 대화가 오간다.

"나는 이 일이 무척 마음에 들어." 세르게이 이바노비치가 말했다.

"나도 이 일이 좋긴 마찬가지야. 벌써 직접 농부들하고 풀을 베어 보았는데, 내일도 온종일 풀을 베려고 해."

세르게이 이바노비치는 고개를 들고 호기심 어린 표정으로 레빈을 바라보았다.

"뭐라고? 농부들하고 온종일 풀을 벤다고?"

"그래, 참 괜찮더라고." 레빈이 대답했다.

"몸을 단련하는 데 틀림없이 아주 좋을 거야. 그런데 정말 해낼 수 있을까?" 세르게이 이바노비치가 조금도 조롱하는 기색 없이 진지하게 물었다.

"벌써 시도해보았어. 처음에는 힘들겠지만 차츰 익숙해지지 않겠어. 해낼 수 있을 것 같아…."

"대단하군! 그런데 농부들이 어떻게 생각할까? 주인 나리가 웃긴다며 비웃을 수도 있어."

"아니야, 그렇지 않을 거야. 일이 재미있으면서도 너무 힘들어서 다른 생각을 할 여유가 전혀 없어."

"그러면 점심은 어떻게 할 거야? 붉은 포도주하고 칠면조 구이를 들에 내보내긴 좀 곤란하지 않을까."

"농부들이 쉬는 틈을 타서 집으로 올 생각이야."

결국 레빈은 칠면조 구이를 먹으러 집에 오지 않는다. '빵 수프가 기가 막히게 맛있어서, 점심 먹으러 집에 가는 걸 포기했기' 때문이다.

프랑스의 마리 앙투아네트는 도가 지나쳐서, 베르사유의 정원에 작은 마을을 만들게 했다. 그리고 농부의 아낙처럼 옷을 입고 밀짚모자를 쓰고서, 젖소의 신선한 우유를 마시고 손수 빵을 굽고 버터와 치즈를 만들었다. 바스티유가 폭풍에 휩쓸린 날에도 세브르의 우유통과 자신의 가슴 모양을 본따 만든 우유 컵을 들고서 즐거운 표정으로 돌아다녔다. 마리 앙투아네트는 그 컵에 '왕비의 가슴'이라는 이름을 붙였다. 그런 지나친 태도는, 대부분 '소박한 삶'에 대한 동경이 잠시나마 부의 저주에서 벗어나고자 하는 절망적인 소원에서 비롯된다는 사실을 증명한다. 그런 소원을 품는 것은 충분히 이해가 가는 일이다.

그와 반대로 상대적인 빈곤에서 벗어나 이따금 넘치는 풍요의 세계에 탐닉하는 경험은 아주 자극적일 수 있다. 다만 상반되는 상황에 대처할 수 있어야 하고, 복권 사는 사람처럼 결코 이루어질 수 없는 삶을 꿈꾸어서는 안 된다. 그런 삶은 설사 이루어진다 하더라도 불행만을 가져올 뿐이다.

내 처지에 극단적으로 상반되는 경험은 브루나이 왕국의 술탄을 방문한 일이었다. 취향이 고상한 부자들은 '평범한' 사람들과 사귀고 싶은 욕구를 느낀다. 엘리자베스 여왕은 '가난해진 사람들'만을 진실로 가까운 친구로 여긴다고 말한 적이 있다. 그러나 정말로 부유한 대부분의 사람들에게는 그들의 비눗방울 같은 삶을 벗어날 수 있는 기회가 별로 없다. 그들은 학창 시절이나 군 복무 기간 같은 많지 않은 기회를 이용하여, 종종 우정을 맺고 현실적인 삶을 가까이에서 맛본다.

브루나이 왕국의 술탄은 영국 샌드허스트 육군사관학교에 다니던 시절 영국 농장주의 아들과 우정을 맺었다. 몇 년 전 그 농장주 아들이 결혼했을 때, 술탄은 그 기회를 이용하여 동양의 고립된 궁중 의례의 세계에서 벗어나 영국의 결혼식에 참석하려고 여행을 떠났다. 거기 영국의 초원 한가운데서 나와 아내는 이 세상에서 가장 부유할지 모르는 남자를 알게 되었다. 흔히 그렇듯이 그날 저녁에 그 부유한 남자는 우리를 브루나이로 초대하겠다고 약속했다.

그로부터 반년쯤 지난 어느 날 아침 일찍 우리 집 전화벨이 울리고, 전화선 반대편 끝에서 누군가가 심한 외국 악센트로 뭐라 웅얼거렸다. 나는 우리 집 아래쪽 모퉁이에 위치한 케밥 식당 주인이라고 확신했다. 그는 딸아이가 우리 개를 데리고 산보할 수 있는지 이따금 전화로 정중하게 물었다. 말레이어를 모국어로 말하는 사람이 나한테 브루나이 왕국 술탄의 쉰일곱 번째 생일에 초대된 사실을 이해시키려 한다는 것을 깨닫기까지 한참이 걸렸다.

물론 우리는 그 초대를 받아들였지만 거기까지 어떻게 갈 것인가가 큰 문제였다. 아무튼 나는 온갖 미사여구를 동원해가며, 기꺼이 그곳에 가고 싶지만 지구를 반이나 돌아가는 여행이 우리 경제 형편에는 큰 무리라는 것을 그 개인 비서한테 이해시키는 데 성공했다. 결국 우리는 브루나이 항공, 로열 브루나이 에어웨이스를 타고 갔다. 평상시 언제나 내 비행기표에 '교환 불가, 반환 불가'라는 문구가 쓰여 있는 자리에 이번에는 '로열 브루나이 정부 비용 부담'이라고 적혀 있었다.

초대장이 우리 집에 배달된 과정이 재미있다. 으레 국왕이 직접 초대를 하는 게 아니라 시종장에게 초대를 하라고 시키기 마련이다. 또한 국왕 전하가 직접 초대장을 우편으로 부치는 게 아니라 초대장을 보내라고 지시한다. 그래서 브루나이로부터 베를린 주재 브루나이 대사관의 참사관에게 개인적으로 직접 찾아가서 초대장을 전해주라는 명령이 떨어졌다. 그 당시에 우리는 베를린 크로이츠베르크, 위에서 말한 케밥 식당 옆의 그리 멋지지 않은 신축 건물에 살고 있었다. 건축가는 집을 설계하면서 현관문 위쪽 우편함 앞에 지하실 같은 작은 공간을 마련했다. 그 건축가가 뵈블링겐 출신이었기 때문에, 그런 공간이 베를린 크로이츠베르크에서는 노숙자들의 만남의 장소가 될 수 있다는 생각을 미처 하지 못한 것이다. 그곳은 비바람이 부는 날에는 아늑한 피난처가 되어주었고, 더운 여름날에는 그늘을 제공했다. 청결이 크로이츠베르크 노숙자들의 뛰어난 미덕이 아닌 탓에, 우리 건물 입구는 깨진 맥주병과 담배꽁초, 그 밖의 온갖 오물이 쌓여 있는 쓰레기 집합소였다. 게다가 은은한 소변 냄새가 상황을 완벽하게 마무리 지었다.

운전기사가 우리 임대주택 앞에 차를 댔을 때, 브루나이 참사관은 잠시 콜카타에 온 게 아닌가 생각했을 것이다. 노숙자들도 참사관이 깃발 나부끼는 벤츠에서 내려 경쾌한 걸음걸이로 자신들과 쓰레기 더미를 지나서, 뾰족한 손가락으로 우리 집 우체통에 초대장 집어넣는 모습을 보고서 적지 아니 놀랐다. 초대장은 문양이 박힌 두꺼운 여러 장의 종이로 만들어졌는데, 얼마나 빳빳한지 접혀지지도 않았다. 금으로 인쇄된 게 아닌가 싶을 정도였다. 어쨌든 평범한 카드는 아니었다. 나는 카드의 물질적인 가치가 아주 높아 보여서 잘 보관했다. 그 카드 하나면 돈벌이 없는 겨울을 날 수 있지 않을까 싶었기 때문이다.

몇 주일 후에 나와 이리나는 일주일에 한 번 프랑크푸르트에서 두바이를 경유하여 브루나이 다루살렘('평화의 나라 브루나이'라는 뜻)을 오가는 로열 브루나이 에어웨이스에 올라탔다. 비행기 안에 발을 들여놓자마자, 수시로 경제적 어려움에 시달리는 우리의 삶은 아스라이 멀리 있는 듯 느껴졌다. 우리의 좌석은 1등석이었는데, 오리엔트 항공 노선에서 그것은 오로지 서비스받고 보살핌받는 것을 의미했다. 나는 마음 놓고 그걸 즐겼으며, 단 한 순간도 그 체험을 놓치지 않으려고 정신을 바짝 차렸다. 이리나는 마치 베를린 교외를 오가는 관광버스라도 타고 있는 듯 태평하게 잠을 잤다. 한 시간마다 기장이 조종실에서 나와 우리의 안부에 대해 물었다. "배려해줘서 고맙소. 모든 게 아주 좋습니다!" 나는 언제까지라도 그 비행기를 타고 싶었지만 이윽고 비행기가 착륙했고, 우리는 최적의 냉온방 시설을 갖춘 비행기에서 내려 이른 아침 시간인데도 후덥지근한 브루나이 땅에 발을 디뎠다.

대략 열두 명으로 이루어진 영접단이 비행장에서 우리를 맞이했고, 의전실장의 직책을 맡고 있는 술탄의 누이동생이 직접 영접을 지휘했다. 왕국에서 외교적으로 독일을 대표하는 참사관도 그 가운데 있었는데, 그곳에서 자신이 누구를 맞이하는지 도통 알지 못했다. 책임감이 투철한 독일 관료의 생각에 따르면, 여느 독일 백작 부부의 체류를 아무리 좋게 생각해도 '공식적인 방문'이라고 여길 수 없었다. 하다못해 시의원이라면 어쩌다 그렇게 법석을 떨 수도 있겠다 싶겠지만, 베를린의 외무부에 문의해보아도 어떤 인사인지 전혀 알아낼 수 없었던 사사로운 인물에게는 당연히 그 모든 게 조금 과장된 듯 보였다.

우리는 롤스로이스의 행렬에 묻혀, 실내 온도가 냉장실에 버금가는 술탄의 영빈관 가운데 하나로 향했다. 미소를 머금은 고용원 한 무리가 우리의 짐을 정돈하는 동안, 나는 건물 안을 둘러보고 아내는 목욕을 했다. 우리는 두 가지 흥미로운 사실을 발견했다. 아내는 세상에서 가장 돈 많은 남자도 항상 뜨거운 물을 줄줄 나오게는 하지 않는다고 확정지었다. 욕실의 물이 미지근했던 것이다. 그리고 위대한 인상주의 화가들의 그림이 경매에 부쳐질 때마다 번번이 미지의 입찰자에게 넘어갔다고 하더니, 드디어 나는 그 모네와 세잔 그림들이 어디로 갔는지 알아냈다.

술탄의 탄생을 축하하는 공식적인 행사, 군대 사열식과 훈장 수여, 공식 연회가 끝난 후에, 우리는 술탄을 알현할 수 있었다. 그래서 오로지 대리석과 황금으로 지어진 듯 보이는 궁궐에 발을 들여놓았다. 궁궐 안 곳곳에 놓여 있는 꽃병에는 꽃이 아니라 보석으로 만들어진 꽃 모양의 장식품이 꽂혀 있었다. 간수하기는 편하지만 아주 사치스러운 장식품이었다. 우리는 유겐트슈틸풍의 둥그스름한 작은 KPM 도자기를 술탄에게 선물했다. 술탄이 소중하게 여기는 물질 중에서, 도자기는 우리가 조달할 수 있는 유일한 것이었기 때문이다.

다행히도 술탄은 초대한 측에서 손님들에게 즐겨 선물하는 문화권에서 살고 있었다. 술탄은 우리가 그곳에 머무르는 동안 매일 아침 우리에게 작은 선물을 했다. 이리나에게 날마다 시계 하나, 나한테 날마다 시계 하나. 유감스럽게도 우리는 그곳에 겨우 이틀 머물렀다. 나는 은행으로부터 잔고 부족으로 자동이체가 불가능하다는 기별을 받을 때마다, 그 시계들 가운데 하나를 팔고 싶은 유혹을 느낀다. 다른 한편으로는 비록 고지서 대금은 해결할 수 없지만 소형자동차 한 대보다 더 비싼, 스위스 시계 회사의 특별 제품을 손목에 찰 수 있는 것을 호사로 여긴다.

이렇듯 완전히 딴 세상으로 나들이 갔다가 우리의 협소한 크로이츠베르크 집으로 다시 돌아오기란 쉬운 일이 아니었다. 집에서는 독촉장 한 무더기와 함께 내 휴대폰의 통화 발신이 중단되었다는 내용의 문자메시지가 우리를 기다리고 있었다. 다른 한편으로 그 체험을 통해서 나는 다른 사람의 생활양식을 내 삶의 기준으로 삼는 것은 무의미한 짓이라는 사실을 똑똑히 깨우쳤다. 그렇게 하는 사람은 결코 부유해질 수 없다. 현재 아무리 돈이 많아도 나보다 더 부유하고 더 화려하게 사는 사람이 항상 있기 마련이다. 위를 향한 가능성은 그야말로 한이 없다. 그러므로 내가 가진 것을 토대로 부유하게 느끼는 법을 터득해야 한다. 그렇지 않으면 내가 가지지 못한 것들 때문에 항상 가난하다고 느끼는 저주에서 벗어날 수 없다.

나는《에스콰이어》지의 청탁으로, 1980년대에 종종 '세상에서 가장 돈 많은 남자'라고 일컬어진 아드난 카쇼기를 인터뷰한 적이 있다. 런던 히드로 공항에서 트럭이 자가용 비행기 보잉 비즈니스 제트의 후부를 들이받는 바람에, 카쇼기는 꼼짝없이 비행기 안에 앉아 있을 수밖에 없었다. 그렇게 앉아서 예비 비행기를 기다리는 동안 내 질문에

답을 했다. 다른 자가용 제트 비행기가 관제탑의 지시를 받아 자리를 찾는 모습이 창문을 통해 보였다. 갑자기 카쇼기의 관심이 나에게서 멀어졌다. 카쇼기는 창문을 통해 그 비행기, 제임스 골드스미스 경의 신형 걸프스트림 V를 주시했다. 순백색 바탕에 앞부분에서부터 후미까지 브리티시 그린색으로 넓게 줄이 쳐지고, 뒷날개 부분에는 평범한 이니셜이 아니라 전갈 그림이 그려져 있었다. 카쇼기는 침착함을 잃었다. 그 스스로 무조건 골드스미스 같은 비행기를 가지려 한 게 분명했는데도, 별안간 보잉의 장점에 대해 이야기하기 시작했다.

'남들이 하는 대로 따라 하려는' 충동은 스스로를 불행하게 만드는 확실한 지름길 가운데 하나이다. 이것은 소득이 많든 적든 상관없이 누구에게나 해당된다. 자신의 분수에 넘치는 일을 쫓아가려고 애쓰는 경우에는, 남들과의 차이를 극복하기는커녕 오히려 불행해질 뿐이라는 사실을 받아들이면 우리는 행복에 성큼 다가갈 수 있다.

부자들이 비교적 부담 없는 삶을 영위할 가능성은 오직 하나밖에 없는 듯하다. 사도 바울은 이런 특효약을 2천여 년 전에 간단하게 요약했다. "너희가 아무것도 소유하지 않은 듯 소유하라!" 분수에 맞는 검소한 삶을 영위하는 사람은 여러 가지 이점을 즐길 수 있다. 첫째로 고상한 취향을 유지할 수 있다. 로저문드 필처가 이러한 좋은 사례이다. 로저문드 필처는 영국의 유복한 가정 출신이며, 남편과 함께 스코틀랜드의 널찍한 별장에서 살았다. 그녀는 자신의 책들이 성공을 거두었을 때, 이미 중년의 나이에 새삼 호사스럽게 살아야 할 이유가 전혀 없다고 보았다. 그러다 책의 판매 부수가 100만 부를 넘어섰을 때,

우리 대부분이 했을 것과는 정반대로 행동했다. 남편과 함께 시골의 별장에서 작은 오두막으로 이사한 것이다.

사도 바울의 격언은 두 번째로 실용적인 면에서도 유익하다. 아무것도 소유하지 않은 듯 소유하는 사람은 어느 날 갑자기 재산을 잃어버려도 생활양식을 바꿀 필요가 없다. 습관이 호사스럽고 소원이 변덕스러울수록, 무無로의 추락은 더 고통스럽기 마련이다. 예를 들어, 카를 마르크스는 런던에서 망명 생활하던 시절에, 부인 예니 폰 베스트팔렌만큼 의연한 모습을 보여주지 못했다. 마르크스는 많은 하인에 익숙했으며, 부인이 직접 요리해야 하는 상황을 한탄했다. 그러나 부인은 남편보다 훨씬 더 겸허한 성격이었고, 남편처럼 원통해하는 대신 요리에 대한 열정을 길렀다. 예니 폰 베스트팔렌은 남편에게 없는 것을 갖추고 있었다. 현재 상황을 냉정하게 판단하는 태도, 감상에 빠지지 않고 주어진 상황을 받아들여 미화시키는 능력.

사도 바울의 격언에서 한 걸음 더 나아가 소유를 부담으로 느끼고 완전히 포기한 사람들은 어떠한가? 그렇듯 의연하게 상실에 임할 수 있는 능력이 경탄할 만하지 않은가? 우아하게 가난해지는 기술의 진정한 대가들은 부를 포기하는 사람들이 아닐까? 나는 권력, 금전, 신분을 자발적으로 포기하는 것은 언뜻 고상해 보이지만, 다른 한편으로는 항상 약간 부자연스러워 보인다고 생각한다.

역사나 문학에서 물질적인 것을 경멸한 본보기로 유명한 사람들을 찾아보면, 그 대부분이 유복한 집안 출신이라는 사실이 주목을 끈다. 신분을 감추고 걸인이 되어 부모 집의 층계 아래서 음식 찌꺼기로 연명했던 로마 귀족 가문의 후예 알렉시우스 성인, 또는 직물 상인의 아들 아시시의 프란체스코, 아시시의 프란체스코의 반려자로서 명문 귀족 집안에 등을 돌린 성녀 키아라, '바라문'의 아들 싯다르타. 유명한 금욕주의자들과 사치를 경멸한 사람들은 놀랍게도 평균 이상으로 유복하고 신분 높은 집안 출신인 경우가 많다.

유난히 카리스마적인 사례로 철학자 루트비히 비트겐슈타인을 들 수 있다. 토마스 베른하르트는 《비트겐슈타인의 조카》에서 조카의 입을 빌려 그 저명한 삼촌을 비난한다. "억만장자가 시골 초등학교 선생이라니, 그건 일종의 도착이지. 자네는 그렇게 생각하지 않나?"

루트비히 비트겐슈타인은 오스트리아에서 세 손가락 안에 드는 부잣집 출신이었다. 비트겐슈타인의 명성과 카리스마는 '포기의 댄디'라는 평판에서 비롯된 것이었다. 그는 엄숙하게 근검절약을 내세우고 금욕을 강조했으며, 군인으로서 제1차세계대전에 참전한 후에 모든 재산을 형제들에게 양보했다. 그리고 대학에서 철학을 강의하는 대신 산속 작은 마을의 교사로 일했으며, 훗날 당대를 대표하는 철학자, 대학생 들이 반신半神처럼 떠받드는 사상가가 되었다. 케임브리지의 다른 교수들이 학위 가운을 걸치고 거만하게 거리를 활보하던 시대에, 비트겐슈타인은 일부러 아무렇게나 옷을 입고 해진 트위드 재킷을 걸치고 다녔다. 케임브리지 철학도들은 한 세대 동안 위대한 스승의 아주 사소한 습관까지 그대로 흉내 내었다. 옹색한 침대에서 잠을 자고, 야채가 '숨을 쉴 수 있도록' 작은 그물 장바구니에 넣어 가지고 다니고, 간소하게 식사를 하고, 무엇보다 데친 셀러리를 즐겨 먹었으며, 따뜻한 물을 마셨다. 비트겐슈타인은 포기의 댄디로서의 역할에서 잠시 휴식을 취하고 싶으면 오스트리아의 가족 곁으로 물러났다.

아무리 노력하더라도 귀족의 습관을 쉽게 떨쳐버릴 수는 없다. 비트겐슈타인을 옆에서 직접 체험한 사람들의 말을 들어보면, 그의 겸허함은 순전히 외면적인 것이었다. 칼날같이 예리한 오성과 오만이 비트겐슈타인의 특성을 이루었다고 한다. 비트겐슈타인은 아주 요란하게 절도를 내세웠지만, 그의 행동거지는 끝까지 빈 상류 계층의 것이었다.

버로스의 경우 또한 대표적인 사례로 소개할 만하다. 나는 예술품 수집가인 내 친구 카를 라슬로를 통해 윌리엄 S. 버로스를 알게 되었는데, 버로스는 앨런 긴즈버그, 잭 케루악과 함께 히피 운동의 정신적인 선구자였다. 그는 의도적으로 반시민적인 삶을 통해 요란하게 문명을 비판했지만, 원래 경리 사원처럼 회색 양복을 즐겨 입는 유복한 미국 남부 집안의 자손이었다. 그의 할아버지는 가산기加算器를 발명하고 막강한 버로스 코퍼레이션을 창건했다. 손자 빌은 뉴욕에서 우범자들과 떠돌이들하고 어울려 살면서, 헤로인 살 돈을 마련하려고 지하철역에서 술 취한 사람들의 돈을 훔쳤으며, 나중에는 이따금 탕헤르의 남창가에 거주했다. 그리고 사회의 밑바닥 삶을 묘사하는 소설을 썼다.

유복한 집안 출신이 아니었던 긴즈버그와 케루악은 버로스를 골려주고 싶으면, 버로스의 부모가 아들 몫으로 마련해놓았을 재산을 들먹였다. 들리는 말에 따르면 실제로 그런 재산은 없었다고 한다. 버로스는 남아메리카를 여행하던 중에 돈이 떨어져서 휴대용 타자기를 팔 수밖에 없었다. 그러나 몇십 년 동안 아버지에게서 매달 수표를 받은 것은 사실이었다. 버로스는 부모에게서 더 이상 수표를 받지 못할까 두려워해서 소설《정키》를 포함한 초기 작품들을 가명으로 출판했다. 그는 소소한 범죄와 문란한 성 관계, 마약중독으로 얼룩진 삶을 예찬했지만, 사실 평생 동안 단 한 번도 곤경에 처한 적은 없었으며, 그러한 삶을 언제나 감각적이고 지성적인 즐거움으로 느꼈다. 상류계급과 밑바닥 삶의 이러한 혼합은 작가로서의 그의 자질에 전혀 해를 입힐 수 없었다. 오히려 반대로 그것은 버로스 책들의 매력을 이룬다.

에르네스토 '체' 게바라도 소탈하게 살았던 댄디의 범주에 속한다. 게바라는 한 세대가 숭배한 인물이었으며, 권리를 박탈당한 사람들을 위한 순교자였고 응징자였다. 그런데도 상류사회 출신의 흔적을 결코 완전하게 떨쳐버릴 수 없었다. 게바라는 돈과 신분을 남다르게 경멸함으로써 그것을 보상하려 하였다. 1959년 바티스타의 몰락 후에, 그는 피델 카스트로 아래서 쿠바국립은행의 총재 겸 산업부 장관을 역임했으며, '체'라는 별명을 달고 다녔다. '체'는 친구, 동료라는 뜻의 속어이다. 체 게바라는 배꼽까지 드러낸 셔츠 차림에 구멍 난 양말을 신은 발을 책상 위에 올려놓고 방문객 맞이하는 걸 무척 중요하게 여겼다. 그는 쿠바에서 화폐를 폐지한다는 생각에 매료되어 있었으며, 공익을 지향하는 도덕이 경제와 사회의 원동력이 되는 날을 꿈꾸었다. 그러면서 동시에 형리로서 활동했다. 게바라는 200건 이상의 사형선고에 서명했으며, 그 가운데 몇 번은 직접 사형을 집행했다.

게바라는 쿠바에서의 사명을 완수한 후 세계혁명에 박차를 가하기 위해 콩고로 건너갔다. 그러나 콩고인들이 혁명적인 귀인 앞에서 위협을 느끼는 바람에 뜻을 이루지 못했다. 결국 게바라는 볼리비아로 활동 무대를 옮겨 소수의 추종자들과 함께 혁명을 도모했다. 그러나 볼리비아의 농민들 역시 콩고인들과 마찬가지로 게바라를 구원자라고 생각하지 않았다. 볼리비아에서는 아주 빈한한 농민들도 대부분 한 조각의 땅을 소유하고 있었으며, 무산계급의 봉기에 대한 게바라의 이론을 받아들이려 하지 않았다. 혁명가 게바라는 그 점을 이해하지 못했다. 세계혁명의 이념 앞에서 가난한 볼리비아 농민들의 욕구는 몹시 하찮게 여겨졌다. 이 점에서 게바라는 자신이 속한 계급의 오만함에 끝까지 충실했다. 1967년 10월 정글 속에서 CIA 요원들에게 체포되었을 때, 그는 롤렉스 시계 두 개와 1만 5천 달러를 지니고 있었다.

체 게바라는 비밀리에 처형당한 후, 처음에는 그리스도를 대신하는 인물이 되었다. 그러나 대중 산업이 청교도적인 엄격한 혁명에 보복이라도 하듯, 나중에 그의 초상화는 액세서리가 되어 유행했다. 지금은 체 맥주에다가 체 담배까지 있다. 이것은 아마 귀족 혁명가에 대한 최대의 징벌일 것이다. 게바라가 정열적인 형리였으며, 쿠바위기 동안 미국에 원자탄을 날리라는 자신의 요구를 따르지 않고 미국에 승복한 흐루시초프에게 분통을 터뜨린 사실은 체 게바라 신화에 조금도 손상을 입히지 못했다. 체 게바라는 사심 없는 금욕가, 가난한 사람들을 위한 복수자로서의 이미지를 만들어내는 데 성공했다. 사실 쿠바, 콩고, 볼리비아의 가난한 사람들은 아르헨티나 부르주아계급의 아들이었으며 의학도였던 게바라 동지의 이름을 듣는 즉시 걸음아 날 살려라 하고 도망쳤지만.

모든 재산을 거부함으로써 세계 역사상 검소하기로 유명한 신화적인 인물들 가운데서도 아시시의 프란체스코를 따라갈 만한 사람은 단연코 없다. 프란체스코는 유명한 성인이며 수도회를 창시한 인물로 숭배를 받는다. 신에 귀의한 후에 유복한 직물 공장주의 아들 프란체스코에게 돈이란 단순히 똥이나 다름없었으며, 그는 수도회의 수사들에게 이 점을 누누이 명심시켰다. 한번은 어느 남자가 교회를 찾아와 십자가 아래에 약간의 돈을 놓았을 때, 수사 한 명이 부주의하게 그 돈을 집어들어 창가로 던지려 했다. 그러자 프란체스코는 모든 사람들이 지켜보는 가운데, 감히 돈에 손을 댔다는 이유로 그 성실한 수사를 질책하고 벌을 주었다. 그 수사는 돈을 자루에 주워 담아 돼지우리에 갖다버려야 했다. 프란체스코에게 돈은 응당 돼지우리에 속하는 것이었다.

프란체스코가 젊었을 때, 귀족에 대항한 시민계급의 반항이 최초로 성공을 거두었다. 1198년 아시시의 시민들은 성채를 점령하고, 서둘러 도시 주변에 성벽을 쌓았다. 아시시의 성채는 지금도 그 유적이 남아 있다. 프란체스코는 사실 출신 신분으로 보면 황제에 충성하는 귀족들 편에 속했지만, 부모에게는 못마땅하게도 스스로 반란자들과 한편이라고 느꼈다. 일단 이웃 도시 페루자로 피신한 귀족들은 1203년 콜레스트라다의 치열한 격전에서 아시시를 재탈환하는 데 성공했다. 프란체스코는 모반자들 편에서 전투에 참가했으며, 수백 명의 다른 아시시 젊은이들과 함께 체포되어 감방에 수감되었다. 그런 후에 결국 자신이 속했던 계급과 완전히 결별하고, 금욕 생활을 하는 탁발 수도승들의 공동체를 창시했다.

프란체스코의 전기 작가 길버트 K. 체스터턴은 사랑스러운 정신병자, 바보처럼 새들에게 설교를 하고 의자에게 용서를 청하고 앉을 정도로 그 시대의 기사도 정신을 철저하게 고수한 사람으로 프란체스코를 생각해야 한다고 말한다. 프란체스코는 세상 만물 모든 것에서 신의 변화무쌍한 모상模像을 보았으며, 창조를 당연히 경외하는 마음으로 바라보아야 한다고 여겼다.

만약 우리 주변에 프란체스코 같은 사람이 산다면, 이미 오래전에 부모의 손에 의해서 정신병원에 맡겨졌을 것이다. 프란체스코식의 과격함은 완곡하게 표현해서 불쾌감을 자극할 것이다. 그러나 바로 이 과격함이 프란체스코의 매력을 이룬다. 우주와의 단절된 관계를 혼란스러운 비교秘教를 통해 회복하려 하고 대량 사육되는 값싼 육류 섭취가 인간의 기본적인 권리라고 믿는 세계에서, 프란체스코 사상의 정신적인 원칙, 성스러운 것으로써 창조에 경의를 표하는 태도는 아주 중요하다. 그러나 800년이라는 세월이 흐른 지금에 와서 성자 프란체스코의 행적을 평가하는 것은 적절하진 않겠지만, 예를 들어 금욕은 과잉과 마찬가지로 영적인 삶을 방해한다고 확신했던 성자 베네딕트와 비교해, 프란체스코의 사상은 가톨릭 교리에 합치한다고 볼 수 없다. 건강한 절제temperantia는 어쨌든 프란체스코의 중심 미덕이 아니었던 듯 보인다.

가진 게 없는 사람들만이 백만장자로서의 삶을 영위할 수 있는지도 모른다. 돈 없는 사람만이 호사를 맛볼 수 있다. 부자에게는 모든 호사도 거추장스러운 짐에 불과하다. 시내의 최고급 레스토랑에서 식사할 만한 여유가 없는 사람은 그곳에 초대를 받으면 마음껏 즐길 수 있다. 돈 많은 사람은 절대로 그럴 수 없다. 기껏해야 에베를랭이나 투르 다르장의 닭 요리가 더 맛있다고 못마땅해할 것이다.

사실 부자들이야말로 진정으로 가난한 사람들이다. 돈은 여행이나 멋진 양복 뒤에 몸을 숨기게 하고 삶에서 멀어지게 하는 마약이나 다름없기 때문이다. 돈이 아주 많은 사람은 제트 비행기를 타고 생트로페나 뉴욕으로 날아가 시내의 최고급 호텔에 묵으며 삶으로부터 도망칠 수 있지만, 거기에서도 다른 어느 곳에서처럼 불행하긴 마찬가지다. 약간의 건강한 겸손 없이는 진정한 행복은 존재하지 않는다. 그런데 이처럼 약간 겸손하기가 부자들에게는 무척 어렵다. 자신의 잘못을 인정하는 능력, 사회적 신분에 관계없이 다른 사람들을 존중하는 능력은 대부분의 부자들에게 결여되어 있다. 이것은 진짜 핸디캡이다.

부자들보다 더욱 가난한 사람이 있다면 그것은 부유해지고 싶어 하는 가난한 사람들일 것이다. 내가 예외적으로 감탄해 마지않는 복권 당첨자는 노르트라인 베스트팔렌의 한 남자이다. 그 남자는 평생 복권을 샀지만, 자신이 거액의 복권에 당첨되리라고는 별로 기대하지 않았다. 그런데 어느 날 정말로 당첨되었다. 910만 유로. 그는 심한 충격을 받았고, 1만 유로만을 남기고 나머지 전액을 기부했다. 자신의 삶이 혼란스러워지는 걸 원하지 않았기 때문이다. 브라보!

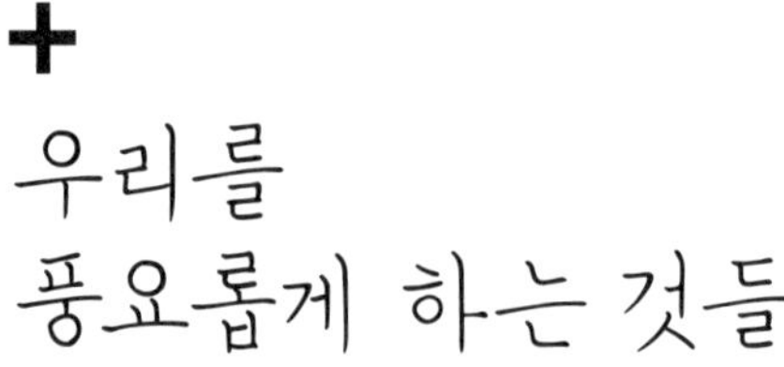

◆

부에 파묻혀 사는 경우에는
돈이 곧 파멸이다.

맬컴 포브스

◆

찰스 왕자는 걸핏하면 구설수에 오른다. 그가 일으킨 논쟁들 가운데 특히 시사하는 바가 큰 논쟁이 하나 있다. 찰스 왕자의 세인트 제임스 궁에 비서로 취직한 어느 젊은 여인이 궁전 안에서 여비서들에게도 승진할 가능성이 있는지 집사에게 물었다. 이 물음은 결국 왕자의 책상에까지 이르렀다. 왕자는 이에 심기가 불편해져 서류에 친필로 짧은 메모를 남겼는데, 그 내용이 여론에 알려지면서 몇 주일 동안 격렬한 논쟁을 불러일으켰다. 그 논쟁의 주제는 '자신에게 주어진 신분에 만족하는 것이 더 나은가, 아니면 더 높이 이르기 위해 노력해야 하는가' 하는 흥미로운 문제였다. 찰스의 메모는 바로 이런 내용이었다.

"도대체 사람들은 왜 이런단 말인가? 무엇 때문에 모두들 자신의 능력이 못 미치는 일을 할 수 있다고 자신하는가? 오늘날에는 누구나 대중 가수나 탤런트, 그 밖의 뭔가가 될 수 있다고 확신하는 듯 보인다. 그 원인은 지나치게 아이들의 응석을 받아주는 교육체제에 있을 것이다."

이 사적인 메모가 세상에 알려지면서 당연히 영국 곳곳에 분노의 함성이 메아리쳤다. 그러자 교육부 장관이 나서서, 웨일스 왕자가 조금 구식이기 때문에 현대 세계를 이해하지 못한다고 수습했다.

"모든 사람이 왕이 되기 위해 태어날 수는 없습니다." 장관은 라디오 인터뷰에서 말했다. "그러나 누구에게나 자신과 가족을 위해서 최선의 것을 이루려고 노력할 권리가 있습니다."

세인트 제임스 궁은 여론의 성난 파고를 잠재우려고 노력했다. 왕실 공보관은 찰스 왕자에게 미래를 꿈꾸는 사람들의 권리를 부정할 생각은 추호도 없었다는 것을 확인한 뒤 다만 찰스 왕자는 각기 개개인의 개성을 강조하려는 뜻이었으며, 학교는 개개인의 재능을 키울 기회를 누구에게나 주어야 한다는 등의 이야기를 했다. 그러나 이미 엎질러진 물이었다. 토니 블레어는 기자회견 석상에서 그 일과 관련해 질문을 받고 이렇게 말했다.

"나는 그 일과 상관없소."

찰스는 그 메모를 통해 많은 지지를 얻지 못했다. 제대로 평가받지는 못했지만, 어쨌든 우리 사회체제의 핵심을 건드리는 테마를 언급했다. 우리는 무한히 기대할 수 있는 시대에 살고 있다. 사회주의는 모든 인간이 평등하며 상속 가능한 특권은 더 이상 존재하지 않는다는 환상을 토대로 기반을 구축했다. 자본주의는 백만장자로 성공한 접시닦이의 동화로 우리를 달래준다. 텔레비전에서는 수시로 대부호나 '슈퍼스타'가 되는 꿈을 꾸라고 강요하고, 마음만 먹으면 언제든 행복과 성공에 이를 수 있다고 여기저기서 약속하는 말이 들려온다. 신화 같은 이야기들은 이제 '위'도 '아래'도 없으며, 설사 '아래'에 있더라도 돈만 충분하면 누구나 '위'로 올라설 수 있다고 말한다. 이런 믿음에 좋은 점이 있는 것은 의심의 여지가 없지만, 심각한 후유증 역시 부정할 수 없는 사실이다. 유복해지지 못하는 사람은 실패자이고 낙오자로 여겨지기 때문이다.

이러한 딜레마를 최초로 인식한 사람 가운데 프랑스의 학자 알렉시스 드 토크빌이 있다. 토크빌은 1830년대에 '무한한 가능성의 나라' 미국을 여행한 경험을 토대로《미국의 민주주의》를 집필했다. 이 책에서 그는 민주주의적인 평등한 사회체제의 허점을 분석하고, 특히 과거 어느 때보다 오늘날 더 절실해 보이는 문제를 진지하게 제기했다.

"출생과 소유의 모든 특권이 폐지되고 누구나 모든 직업에 종사할 수 있게 되면, … 사람들은 마음 놓고 무한히 야심을 펼칠 수 있는 듯 보인다. 그리고 자신들이 위대한 것을 이루라는 소명을 타고났다고 즐겨 상상한다. 그러나 그것은 날마다 경험을 통해 수정되는 잘못된 생각이다. … 불평등이 일반적으로 사회를 지배하는 법칙인 경우에 극심한 불평등은 눈에 띄지 않는다. 그러나 대체로 모든 것이 평등한 경우에는 아주 미미한 차이도 마음을 상하게 한다. … 이것은 민주주의의 주민들이 풍요 한가운데서 기이하게도 우울증에서 벗어나지 못하는 이유이다. … 나는 부자들이 누리는 것을 희망과 부러움의 눈빛으로 바라보지 않는 가난한 시민을 미국에서 단 한 명도 만나보지 못했다."

토크빌은 보수주의자가 아니라 위대한 자유주의자였다. 그러므로 봉건적인 불평등의 시대로 돌아가야 한다고 말할 생각은 전혀 없었다. 그런데도 토크빌은 평등주의 시대에 인간을 괴롭히는 문제를 정확하게 인식했다. 성공의 사다리를 타고 맨 꼭대기까지 이를 수 있다는 믿음이 은연중에 계속 우리에게 불어넣어진다.

"이 무한한 가능성에 대한 믿음 덕분에 특히 처음에 젊은 사람들은 피상적인 만족감을 느끼고, 뛰어난 재능을 타고난 사람과 행운아 들은 목표를 성취할 수 있다. 그러나 다른 대부분의 사람들은 차츰 시간이 흐르면서 절망한다. 그들의 영혼은 비통함에 숨이 막힌다."

모든 사회적인 제한을 넘나들 수 있게 된 이후로 자신의 처지에 만족하지 못하는 사람들이 아주 많다. 부유한 삶이 현실적인 목표로 우리 코앞에 가까이 들이밀어질수록, 뜻을 이루지 못하는 경우의 좌절감은 더욱 증대된다. 그런데 부를 좀 더 개인적으로 정의하면 비교적 쉽게 부에 이를 수 있다. 내가 코스타 스메랄다의 집이나 페라리를 소유하는 것을 '부유하다'고 이해한다면 평생 가련한 녀석으로 지낼 가능성이 아주 많다. 그러나 은행 예금액을 높이는 걸 포기하고서 가능한 한 많은 여가를 즐기고, 또 이 여가 시간에 나 자신을 돌볼 뿐 아니라 예를 들어 어딘가에서 명예직으로 종사하는 것을 부라고 일컫는 경우에는, 엄청난 부자가 될 수 있다. 다른 말로 표현하면, 내 힘이 닿는 일에 내 자존심을 걸면 부자가 될 것이고, 이루어지기 어려운 일에 내 행복을 걸면 가난할 확률이 아주 높다. 나는 내 인생의 절반을 훨씬 더 부유한 사람들의 그늘에서 보냈으며, '다른 사람들의' 돈을 내 것으로 해야만 행복해질 수 있다고 믿었던 동안에는 불행했다. 있는 그대로의 내 삶이 아름답고 다른 사람들의 삶은 내 것이 아니라는 사실을 깨달은 순간, 나는 마치 해방된 것 같았다. 부는 욕구의 문제이다. 이른바 우리의 욕구라고 하는 것들은 대부분 인위적으로 만들어졌으며, 심지어 우리 본래의 욕구를 가로막는 경우가 많다는 사실을 인식하게 되면 누구나 부를 누릴 수 있다. 다만 광고 업계가 우리를 설득하려고 하는 것과 조금 다를 뿐이다.

유럽인들이 최초로 아메리카 땅에 발을 내딛고서 그곳의 원주민들과 거래를 하려고 시도했을 때, 어려움이 무척 많았다. 인디언들이 관심을 가지고 있는 것을 유럽인들은 제공할 수 없었기 때문이다. 그러나 유럽인들은 곰 가죽에 대한 욕망을 억누를 수 없었다. 인디언들의 사냥 전리품을 손에 넣으려면, 먼저 인디언들에게서 유리구슬이나 알코올 같은 것에 대한 욕망을 일깨워야 했다. 17세기 말에 영국의 식민주의자 존 배니스터는 인디언들이 "과거에 소유해보지 않아서 처음에는 전혀 아쉬움을 느끼지 않았던 물건들에 대한 욕망을 성공적으로 일깨웠다"라고 보고했다. 그 물건들은 거래를 통해서 차츰 인디언들에게 '없어서는 안 되는' 것이 되었다.

처음에는 전혀 가지고 싶지 않더라도 계속 권유를 받다 보면 욕심이 생기기 마련이다. 이러한 욕구가 얼마나 파렴치한 방식으로 조장되었는지 의식하는 경우에만 거기에서 벗어날 수 있다. 유럽인들은 유리구슬이 귀중한 것이라고 집요하게 인디언들을 설득했고, 급기야 인디언들은 그 말을 정말로 곧이듣게 되었다. 유럽인들은 알코올과 총기에도 서서히 인디언들의 흥미를 돋우었다. 그 결과는 익히 잘 알려져 있다.

오늘날에는 주로 매스컴을 통해서 욕구가 조장된다. 1896년 앨프리드 함스워스는 영국의 대중지 《데일리 메일》을 창간하면서 참으로 대담하게도, 자신이 창간한 신문의 이상적인 독자는 "1천 파운드를 꿈꾸라는 유혹에 귀가 솔깃한 연소득 1백 파운드의 소박한 남자"라고 선언했다. 알랭 드 보통은 《불안》에서 욕구의 생성 과정을 분석했으며, 특히 중산층 구성원들에게 상류층의 삶을 선전하는 데 그 의의와 목적이 있는 《코스모폴리탄》이나 《보그》 같은 잡지들이 같은 시기에 창간된 사실을 지적했다. 미국에서 1892년 발행된 《보그》의 창간호를 읽은 사람은 누가 제이콥 애스터의 요트 '누르마할'에서 열린 선상 파티에 참석했고, 부유층 자녀들이 다니는 여자 기숙사 학교에서는 어떤 옷이 유행하고, 누가 뉴포트나 사우샘프턴에서 가장 성대한 파티를 열었고, 상어 알에는 어떤 요리를 곁들여야 하는지(감자와 젖산균 크림) 알 수 있었다. 드 보통은 이렇게 말한다. "그런 식으로 상류층의 삶을 엿봄으로써 대중은 자신들도 상류층의 일원이라는 환상에 빠졌다. 그리고 그 효과는 라디오, 영화, 텔레비전이 발전하면서 더욱 강화되었다."

매스컴을 통한 욕구의 생성은 '누구나 할 수 있다'고 주창하는 교화 서적을 통해 엄호사격을 받았다. 이 분야의 창시자는 다름 아닌 벤저민 프랭클린이었다. 자서전에서 프랭클린은 빈한한 양초 제조공의 아들로 태어난 자신이 어떻게 미국의 이름 높은 정치가가 되었는지 묘사했다. 그 책의 도저히 믿어지지 않는 (기만적인) 핵심 논제는 누구에게나 그런 성공의 길이 열려 있으며, 그것을 위한 유일한 전제 조건은 극기와 근면이라는 것이었다. 이런 종류의 책들은 오늘날까지 여

전혀 성공을 구가하고 있다. 《네 안에 잠든 거인을 깨워라》, 《놓치고 싶지 않은 나의 꿈 나의 인생》, 《마침내 성공에 이르는 길*Easy way to be successful*》, 《성공의 마법*Die Magie des Erfolges*》, 《모든 것은 성취 가능하다*How To Get What You Want*》 같은 조언서는 절대적으로 성공을 보장한다. 이런 책으로 많은 돈을 벌어들인 저자들에게 말이다.

다행히도 그동안 이것에 반대되는 흐름이 생겨났다. 최근 몇 년 동안 최대의 성공을 거둔 조언서 가운데 하나는 존 F. 디마티니라는 사람의 저서이다. 디마티니는 성공을 약속하는 사람들과는 정반대되는 주장을 펼친다. 그의 베스트셀러 표제는 《네가 받은 축복을 헤아려라*Count Your Blessings*》이다. 이 책은 독일에서 《네게 주어진 것을 즐겨라*Genieße, was dir ist beschieden*…》라는 표제로 출간되었는데, 사실 좀 고루하게 들린다. '로빈슨 크루소의 원칙'이라고 표제를 붙였더라면 더 좋았을 것이다. 디마티니는 요원한 꿈을 뒤쫓지 말고 자신에게 주어진 것의 가치를 평가하는 법을 배우라고 권유하기 때문이다. 이런 행복의 비결을 대니얼 디포 소설의 주인공보다 더 능숙하게 실천에 옮긴 사람은 없다.

로빈슨 크루소가 섬에 표류했을 때, 한 가지 요령이 그의 목숨을 구해준다. 크루소는 침몰한 배에서 찾아낸 연필과 종이를 들고 두 개의 목록을 만든다. 목록 하나에는 현재 상황의 불리한 점을, 다른 목록에는 요행이라 여길 수 있는 점을 적는다. 불리한 점, 나는 무인도에 있으며 구조받을 희망이 보이지 않는다. 좋은 점, 나는 아직 살아 있으며 다른 동료들처럼 물에 빠져 죽지 않았다. 불리한 점, 몸을 가릴 만한 옷이 없다. 좋은 점, 옷이 있다 해도 거의 걸치기 어려운 더운 지방에 있다. 로빈슨 크루소는 이런 식으로 계속 적어나간다. 그런 다음 달리 어쩔 도리가 없는 부정적인 면들을 기억에서 지우고 긍정적인 면에 집중하기로 결심하면서, 놀랍게도 이런 결론을 이끌어낸다. "그때부터 나는 내 쓸쓸한 처지에서 이 세상 다른 어떤 상태에서보다 더 행복함을 느낄 수 있다고 추론하기 시작했다."

물론 크루소의 태도를 자기기만이라고 말할 수도 있을 것이다. '불리한 점'이라는 항목에 쓰인 일들이 사라진 것은 아니기 때문이다. 그러나 이러한 자기기만이야말로 크루소를 절망감에서 벗어나게 해주고, 섬에 적응하여 결국 구조받을 수 있는 길을 열어준다.

'로빈슨 크루소의 원칙'을 매혹적이게 하는 것은 진부하기 짝이 없는 '긍정적인 사고'가 아니다. 그보다는 오히려 삶의 우여곡절을 받아들이고, 희생자의 역할에 파묻히는 대신 끝까지 행위하는 사람으로 남아 있는 능력이다. '누구나 성공할 수 있다'라고 설파하는 서적들의 잘못된 점은, 행복의 진부한 상투어를 독자들 눈앞에 들이밀면서 이루지 못할 기대를 일깨워 불행으로 인도한다는 것이다. 원래 어떤 삶이든 문제가 있기 마련이다. 그러므로 행복해지려면 있는 그대로의 현실을 인지하고 이루지 못할 꿈을 뒤쫓지 말아야 한다. 삶의 기복, 존재의 불완전함을 인정하는 사람은 영원한 건강, 갈등 없는 배우자 관계, 물질적인 소원의 성취를 뒤쫓는 사람보다 어쨌든 행복한 삶을 영위할 가능성이 더 많다. 게다가 경이롭게도 행복은 외적인 상황과 무관하다. 부유하고 건강하고 가족에 둘러싸여 있는데도 극도로 불행한 사람들이 있는가 하면, 찢어지게 가난하고 병들고 외로운데도 행복한 사람들이 있다. 한 가지 분명한 사실은, 영원한 행복의 이상향을 추구하는 사람은 확실하게 불행해진다는 것이다. 그리고 평생 물질적인 부만을 쫓아다니는 사람은 결단코 가난에서 벗어나지 못한다.

내 아내의 단골 치료사는 아마 이렇게 말할 것이다. "그래요, 맞는 말이에요! 떨쳐버릴 수 있어야 해요."

이 말이 알 듯 말 듯 어렵게 들릴지라도 십중팔구는 바로 여기에 비결이 있으며, 이것은 심지어 때로 물질적인 성공을 거둘 수 있게 해주는 비결이기도 하다. 아드난 카쇼기는 자신이 돈을 쌓아두려고 한 게 아니라 돈을 떨쳐버릴 수 있었기 때문에 부자가 되었다고 거듭 말했다. 그는 미국 유학 시절 수중에 단 1센트도 없었다. 어쨌든 아버지가 사우디 왕의 주치의였는데도 아들을 전혀 도와주려 하지 않았기 때문이다. 당시 뉴욕에서 대학을 다니던 카쇼기는 결국 호주머니를 털어 최고급 양복을 사서 입고는, 뉴욕 시내의 최고급 호텔 '월도프 아스토리아'의 로비에 앉아서 기다렸다. 그리고 수중에 남아 있던 최후의 50달러를 웨이터에게 팁으로 주었다. 그런 카쇼기의 모습이 어느 사업가의 눈길을 끌었다. 그 사업가는 잘 차려입은 아랍 젊은이에게 자신을 소개하고, 사교가적인 풍채를 지닌 사람이 필요하다며 카쇼기에게 일자리를 제공했다. 그것은 아드난 카쇼기의 눈부신 경력의 시작이었다.

심리학자들은 그런 행동 방식을 '역설적 개입'이라고 부른다. 문제 해결의 가능성이 전혀 예상하지 못한 태도에 있을 때가 종종 있다. 언뜻 상황을 극복할 수 있는 두 가지 가능성만이 있는 듯 보인다면, '역설적 개입'은 정석에서 벗어나는, 때로는 어처구니없는 제3의 길을 가는 것을 의미한다. 유명한 심리학자 파울 바츨라비크는 역사상의 실제 사건을 통해서, 그렇게 '떨쳐버리는' 방식이 얼마나 유익할 수 있는지 분명하게 보여준다. 14세기에 케른텐을 정복하려고 출정한 티롤 백작 부인 앞을 호호슈테르비츠 성채가 가로막았다. 백작 부인의 군대는 으레 그렇듯이 성채를 포위 공격하였다. 그런데 성채를 함락하기가 쉽지 않았다. 겨울이 다가왔고, 백작 부인, 특히 병사들이 차츰 동요하기 시작했다. 성채 안의 분위기도 최악의 상태였다. 결국 성안에 황소 한 마리와 곡식 두 자루만이 남았다는 보고가 성채의 사령관에게 올라왔다. 어떤 사령관에게든 그것은 항복하라는 신호였을 것이다. 그러나 성채 사령관은 이해할 수 없는 명령을 내렸다. 황소를 도살하고 황소 속을 곡식 자루로 채워 몽땅 성벽 너머로 던져버리라는 것이었다. 어차피 가망 없는 상황이었던 탓에 병사들은 사령관의 명령을 따랐다. 황소가 성벽 위로 날았다. 성채를 포위하고 있던 병사들은 그것을 보고서 절망했다. 이런 짓을 하다니, 성안에는 아직도 몇 개월분의 식량이 충분한 게 분명했다. 티롤인들은 그렇게 오랫동안 기다릴 수 없었다. 백작 부인은 공격을 중단하고 물러났고 성은 위기를 모면했다.

로빈슨 크루소와 카쇼기와 호호슈테르비츠 사령관의 뛰어난 특징은 절망적인 상황에서 한탄하지 않고 끝까지 행위하는 사람으로 남아 있었다는 것이다. 로빈슨 크루소의 전략을 우리의 경제적인 상황에 적용하면, 우리가 주변으로부터 강요받는 많은 외면적인 욕구를 포기하는 것이 얼마나 쉬운 것인지를 인식할 수 있다. 다른 한편으로는 사실 형편에 맞지 않는 것인데도 떨쳐버릴 수 없는 욕망이 있다면, 허리띠를 졸라매야 하는 시기에 비로소 그게 얼마나 호사인지 알 수 있다.

독일의 한 가정이 불가리아의 중간 크기 마을 전체보다 더 많은 전기 기구를 사용하는 시대는 곧 지나갈 것이다. 우리가 지금까지 당연하게 여겼던 많은 것들이 앞으로는 사치로 의식될 것이다. 아주 사소한 일들, 전신 목욕, 식기 세척기, 여행. 생활이 빠듯해진 후에야 비로소 우리는 다시 많은 것을 즐길 수 있다.

아마 주의 깊은 독자들은 이미 오래전에 깨달았겠지만, 이 책은 새로운 경제적인 상황에 직면해서 존재의 불안에 휩싸인 사람들이 아니라 '허리띠를 졸라매야' 하는 사람들을 위한 것이다. 우리 가운데 대다수 사람들은 지금까지보다 훨씬 더 적은 돈으로도 품위 있는 삶, 그야말로 호사스러운 삶을 누릴 수 있다. 우리가 본의 아니게 이른 전환점이 우리 생활의 질을 근본적으로 향상시킬 수 있다. 나는 지금까지 이 글을 통해 이런 사실을 분명히 보여주었기를 바라 마지않는다. 그러나 물론 정확하게 무엇이 '사치'이고 무엇이 '빈곤'인가 하는 문제들은, 아무리 말로 분명하게 밝힌다 할지라도 우리 삶을 향상시키거나 악화시킬 수 없다. 베르너 좀바르트는 《사랑과 사치와 자본주의》에서 "꼭 필요한 것을 벗어나는 모든 비용은 사치이다"라고 말했다. 사치라는 개념은 상대적인 개념이며, '꼭 필요한 것'이 무엇인가를 알 때만 구체적인 내용을 얻는다. 그러나 도대체 누가 '꼭 필요한 것'을 규정하려 할 것인가?

'꼭 필요한 것'이 무엇인가에 대해 유일하게 적절한 정의를 내린 사람은 위대한 경제학자 애덤 스미스이다. 그는 《국부론》에서 이렇게 말했다. "나는 삶을 유지하는 데 필수적인 것만이 아니라, 최하층을 포함하여 모든 점잖은 사람들에게서 국가의 관습으로 보아 포기하라고 요구할 수 없는 것들도 삶의 중요한 자산이라고 여긴다. 예를 들어, 엄밀하게 말해서 리넨 셔츠는 삶에 무조건 필요한 것은 아니다. 나는 그리스인들과 로마인들이 리넨을 몰랐는데도 편안하고 쾌적하게 살았다고 믿는다. 그러나 오늘날의 유럽에서 점잖은 날품팔이꾼들은 리넨 셔츠를 입지 않고 사람들 앞에 나서게 되면 부끄러워할 것이다."

1966년의 라디오와 1986년의 텔레비전, 그리고 2006년의 뭔가가 1776년의 리넨 셔츠에 해당할 것이다. 애덤 스미스의 '리넨 셔츠'는 생존에 무조건 필요하지는 않지만 사회적인 주변 환경으로부터 소외감을 느끼지 않기 위해 꼭 필요한 물건이다. 인도의 경제 철학자이며 노벨상 수상자인 아마르티아 센은 스미스의 리넨 셔츠 사례로부터, 가난과 부는 돈과 수입에 좌우되는 게 아니라 모든 개개인의 발전 가능성의 문제라고 추론했다. 개개인의 발전 가능성은 배불리 먹고 잠잘 곳이 있거나 비바람을 피할 곳이 있다는 확신으로 끝나지 않는다. 센에 따르면, 무엇보다도 한 공동체의 인정받은 성원으로서 사람들 앞에 나설 수 있는 것도 그것에 속한다. 자신의 사회적인 발전 가능성에서 소외된 사람은 가난하다.

그러므로 1961년 연방의회에서 가결된 독일연방생계보조법은 상당히 진보적인 것으로 간주할 수 있다. 센보다 20년 앞서서, 오로지 물질적인 것에 한정되지 않는 '총체적인' 접근 방식에 토대를 둔 가난에 대한 정의를 도입했기 때문이다. 즉 독일 법률에 따르면, 국가의 도움을 받는 사람은 단순히 금전적인 도움을 받는 데 그치는 것이 아니라 사회적인 발전 가능성에 대한 권리를 가진다. 혼자 힘으로 이런 가능성을 누릴 수 없는 경우에는 당연히 도움을 주는 것이 국가의 의무이다. 연방생계보조법 제1항은 이렇게 말한다.

"생계 보조의 임무는, 보조를 받는 사람이 인간으로서의 품위에 어울리는 삶을 영위할 수 있도록 하는 데 있다."

바로 이것은, 반드시 생존에 필요하지는 않지만 결여되는 경우에는 사회적인 삶에서 소외당할 수 있는 자산을 국민들이 혼자 힘으로 누릴 수 없다면 국가가 도와주는 것을 의미한다.

'꼭 필요한 것'의 문제와 무관하게, 일종의 신분을 암시하는 자산이 존재하는 사실을 부인할 수 없다. 신분에 대한 생각에서 완전히 벗어날 수 있다고 믿으면 착각일 것이다. 모든 인간은 인정받길 원한다. 그러나 신분을 다져주고 사회적으로 인정받게 하는 것들이 시대와 더불어 변한다는 것은 다행한 일이다. 고대 스파르타에서는 철저한 훈련을 쌓은 뛰어난 투사라는 사실이 공적인 명성을 좌우했다. 그 밖에 나머지는 모두 부수적인 것이었다. 시민계급이 과거의 귀족 계층에게서 독립한 19세기 말에, 시민들은 뒤로 밀려난 상류층의 생활양식을 흉내 내고 커다란 저택을 짓고 멀리 여행을 다니면서 자신의 신분을 드러냈다. 영락한 귀족들은 시내의 호화 저택을 매각했으며, 그곳에는 고급 호텔들이 들어섰다.

그로부터 100년이 지난 오늘날, 세상은 다시 변하고 있다. 비행기의 퍼스트 클래스, 비즈니스 클래스, 이코노미 클래스에 앉아 있는 사람들을 보면 이 사실을 잘 알 수 있다. 비행기 맨 앞의 퍼스트 클래스에는 진하게 화장을 하고 붉게 립스틱을 바른, 머리에서 발끝까지 베르사체로 친친 감은 부인들이 앉아 있다. 그 뒤에는 비행기 단골 고객으로서 마일리지 회원권을 지닌 콤비 차림의 신사들이 자리하고서, 여

승무원들을 노예처럼 부린다. 그러면서 자신들은 비즈니스 클래스로 여행하기 때문에 당연히 그럴 권리가 있다고 느낀다. 어느 정도나마 교양 있게 처신하는 사람들은 오직 이코노미 클래스에서만 찾아볼 수 있다. 그곳에서도 극소수의 사람들만을 고풍적인 의미에서 '우아하다'고 표현할 수 있지만, 적어도 그들은 비행기 앞부분의 승객들처럼 상스럽지는 않다.

유행의 창조자로 이름 높은 엘사 스키아파렐리는 말한다. "사치는 부유함이나 화려한 치장이 아니라 천박하지 않음에 있다." 요즈음 돈 냄새를 풍기는 것은 전부 천박한 것으로 여겨진다. 이런 사실을 전혀 눈치 채지 못한 듯 보이는 유일한 사람들은 이제 막 큰돈을 번 벼락부자들이다. 루이비통 신사용 손가방을 들고 유명 디자이너의 옷을 입고 두바이의 별 5개짜리 호텔 '더 팰리스 앳 더 원 앤드 온리 미라주 The Palace at the One&Only Mirage'에서 휴가를 보내는 올리버 칸 같은 사람이 스타일의 본보기라고 진지하게 주장하는 사람은 아무도 없을 것이다. 오늘날 무엇이 천박한 것으로 여겨지는지 알고 싶은 사람은 영국의 축구 스타 웨인 루니와 콜린을 기준으로 삼을 수 있다. 루니는 약혼 기념으로 콜린에게 4만 유로짜리 값비싼 다이아몬드 반지를 선물했다. 콜린은 거의 3만 유로짜리 롤렉스 시계를 차고 미소니 의상을 가장 즐겨 입는다. 맨체스터에는 자주 햇빛이 비치지 않는데 남쪽 나라의 피부색을 좋아하는 탓에, 피부를 갈색으로 만들어주는 값비싼 스프레이, 작은 병 하나에 무려 120유로 하는 고가의 스프레이를 사용한다. 맨체스터에서 웨인과 콜린이 쇼핑 일주를 나서는 경우에는, 사륜구동 캐딜락

에스컬레이드와 크라이슬러 300C V8을 번갈아 탄다. 오늘날 천박하지 않은 진정한 사치는, 세금을 적게 납부하는 계층이나 아니면 이미 상당히 오랫동안 돈을 소유하여 그사이 취향 다루는 기교를 충분히 터득한 사람들, 부유한 티를 내지 않는 사람들에게서 볼 수 있다.

실제로 깊은 만족을 느끼게 하는 사물들은 돈으로 얻을 수 없다. 진정한 사치품을 잃는 경우에 이 세상의 어떤 보험회사도 보상해줄 수 없다. 손으로 직접 쓴 편지, 독특한 장서표, 여느 꽃가게에서 구입한 게 아니라 이따금 꽃을 꺾도록 허락하는 어느 노부인의 정원에서 선물받은 꽃다발, 화장품 가게에서 돈 주고 산 것이 아니라 손수 섞어 만든 향수, 수공업자가 직접 고안하고 제작한 물건, 눈 내리는 공원에서의 산책, 무더운 여름날 호수에서의 수영, 아버지가 쉰 번째 생신에 고이 보관하신 포도주 한 병 등. 내 친구 카를 라슬로가 1960년 《사치를 위한 호소*Aufruf zum Luxus*》에서 말한 것처럼, 사치는 "가지고 싶은 것은 가지고 가져야 하는 모든 것은 포기하는 것"을 의미한다. 이 정의에 따르면 시리즈 상품, 호텔 특실에서의 하룻밤, 값비싼 자동차, 돈 주고 사기 위해 노력하는 모든 것은 사치품이라 불릴 자격이 없다.

따라서 지나치게 넘치는 삶은 피곤하고 권태로울 뿐만 아니라 완전히 시대에 뒤떨어진다는 사실을 아직 파악하지 못한 가난한 부자들이 특히 동정을 받아 마땅하다. 그와 반대로 가난해지는 사람들은 선구자에 속한다. 결국 머지않아 우리 모두, 정말로 모두가 예전보다 한결 더 가난해질 것이다. 이러한 상황에 우아하고 침착하게 대처하는 법을 빨리 터득할수록 더욱 근심 걱정 없는 삶을 누리게 된다. 돈으로 해결할 수 없는 욕구를 품은 사람들만이 부자로 살 수 있다. 비록 은행

잔고가 줄어들지라도, 다행히 인생의 가장 아름다운 일들은 우리 곁을 떠나지 않는다.

삶을 보람 있게 해주는 것들은 수중의 돈이 감소한다고 해서 줄어들지 않는다. 예를 들어 우리의 내적인 자주성은 지금까지 결코 수입의 문제가 아니었다. 박식함이나 예의범절도 마찬가지다. 우리 집안에는 제2차세계대전 후에 부모님이 전 재산을 잃은 아저씨가 한 분 계신다. 그 아저씨는 호텔 분야에서 일하셨고, 웨이터로 시작하셔서 결국 호텔 지배인이 되셨다. 그 아저씨 인생에 오직 하나 변하지 않은 것이 있었는데, 그것은 때로는 당황할 정도의 정중함이었다. 한번은 아저씨가 손님들을 집으로 초대해서 저녁 식사에 아스파라거스를 대접하셨다. 손님 중에는 유럽의 관습이나 풍습에 익숙하지 않은 오스트레일리아에서 온 사람이 한 명 있었다. 접시 옆에 물이 담긴 작은 주발이 하나씩 놓여 있었고, 물속에는 레몬 조각이 하나 동동 떠 있었다. 그 물 주발들은 아스파라거스를 먹은 후에 손가락을 씻기 위한 것이었다. 오스트레일리아에서 온 손님은 그걸 모르고 주발의 물을 마셨다. 그러자 다른 손님들이 어처구니없어하며 고개를 설레설레 저었다. 우리 아저씨는 손님이 실례를 범했다는 느낌을 갖지 않도록, 조금도 망설이지 않고서 자신 앞에 놓인 물그릇을 입으로 가져가셨다.

정중함, 친절함, 다정함, 도와주려는 마음, 삶을 쾌적하게 해주는 이런 모든 것은 참으로 무한할 수 있으며, 물질적인 여건과는 완전히 무관하다. 게다가 다행히도 인간의 모든 미덕도 이와 마찬가지다. 도덕률의 경우에는 '이렇게 하라', '저렇게 하지 마라'는 명령이 토대를 이루고 있으며, 이것을 단념하고 저것을 회피하는 것으로써 그 명령을 완수할 수 있다. 그러므로 도덕률은 언제나 일시적인 것에 그치는 데 비해, 미덕은 무한하다는 불굴의 장점을 가진다. 사랑하거나 신뢰하거나 희망하는 데는 원래 한이 없는 법이다. 또한 누군가가 도를 넘어서 현명하거나 용감하거나 정의롭거나 신중했다는 말은 결코 들어 보지 못했다. 그러므로 결핍의 시대에 우리는 미덕만큼은 자책하지 않고 마음껏 활용해야 할 것이다.

넘치는 풍요의 시대에 조금 유행에 뒤떨어졌던 많은 미덕들이 이제 결핍의 시대에 다시 르네상스를 체험하게 될 것이다. 자원 고갈, 복지의 후퇴가 꼭 분배의 싸움으로 끝나라는 법이 어디 있겠는가. 아니 한 걸음 더 나아가 그것은 오히려 전혀 예상하지 않은 결과를 낳을 수도 있다. 사회적인 존재로서 우리의 재탄생. 우리가 이웃에 대한 모든 책임을 추상적인 사회제도에 위임할 수 있었던 시대는 이제 지나갔다. 경제 위기가 무척 불편하긴 하지만, 이런 즐거운 면도 있다.

우리가 서로 도움을 주고받는 경우에 오래전에 잊은 우리의 여러 가지 능력을 다시 개발할 수 있다. 인간이 심각한 위기에 부딪힐 때마다 이것은 사실로 증명되었다. 우리가 현재 처한 위기는 우리를 위해 최선의 것으로 판명될 수 있다.

◆

어휘 해설

개 인 파 산

슈뢰더 정부 덕분에, 이제 파산은 기업의 전유물이 아니다. 소비자 파산 소송 절차를 도입한 이후로, 지금은 개인도 파산선고를 할 수 있다. 과거에는 채무를 해결하지 못하면 교도소에 가야 했다. 몇 년 전까지 공식 파산 서약이라는 것이 있었는데, 그것에 따르면 남은 여생 동안 빚쟁이들에게 쫓겨다녔으며 세상을 떠나는 날까지 생계 보조법에 상응하는 것 이상의 수입을 손에 쥘 수 없었다. 이제는 믿을 만한 회생 계획서를 제출하는 경우에 7년이 지나면 나머지 부채가 탕감된다. 그래서 새 출발을 할 수 있다.

고 원 목 장 에 서 의 휴 가

스트레스에 시달리는 일 중독자들에게 안성맞춤이다. 긴장을 풀려고 안간힘을 쓰는 대신, 1주일 내지 2주일 동안 고원 목장에서 뼈 빠지게 고된 일을 하는 것이 최근 유행하고 있다. 고원 목장의 숙소와 목장 일에 대해 자세히 알고 싶은 사람은 다음 주소들을 참조하라.

www.zalp.ch

www.sab.ch

공 동 주 택

공동주택은 아주 고풍적이면서도 현대적인 공동생활 방식이다. 이런 방식이 사회에 널리 퍼지면 우리의 사회와 경제를 괴롭히는 많은 문제를 해결할 수 있다. 한 집에 혼자 사는 것은 경제적인 면에서뿐 아니라 사회적인 면에서도 완전히 무분별한 짓이다.

관 광 객

언제나 다른 사람들이다. 웃긴다.

기 차 여 행

현대 인간에게는 종종 대여섯 시간 동안 부대끼지 않고 조용히 앉아 있을 수 있는 유일한 가능성이다.

단 식

생활의 질을 높일 수 있는 무척 효과적인 방법은 적어도 1년에 한 번 1주일(최대 3주일) 동안 야채수프만 먹고 쐐기풀 차를 많이 마시는 것이다. 돈을 절약하고, 신진대사를 증강시키고, 약간의 행복과 더불어 예감하지 못한 정신적인 명료함을 얻을 수 있다. 현인들이 중대한 결정을 앞두고 단식하던 시대가 있었다. 더불어 모든 독성 물질(커피, 홍차, 니코틴, 알코올)을 포기해야 하는 탓에, 단식하는 사람의 주머니 사정은 급격하게 좋아진다.

돈을 내다

이런 헝가리 속담이 있다. "신사는 돈을 내지 않고 놀라지 않고 서두르지 않는다."

DVD

LP 음반이나 VHS 카세트와 비슷하게 DVD는 '주문형 비디오' 때문에 진보하는 기술 문명에 의해 뒤로 밀려날 것이다. 그러므로 DVD 수집은 돈을 길바닥에 뿌리는 것이나 다름없다. 다른 한편으로 DVD를 직접 소장한다면 날이면 날마다 흉측해지는 텔레비전 프로그램에서 어느 정도 벗어날 수 있다. 딜레마.

빌리 목사

본명은 빌 탤런이며, 아주 어처구니없고 재미있는 미국의 반소비 운동가이다. 빌리 목사는 캠페인에 나서면, 언제나 밝은 금발로 염색하고 흰색 양복을 차려입고 판지로 만든 메가폰을 손에 들고서 《요한묵시록》의 거리 설교사처럼 등장한다. 그러고는 메가폰에 대고 "쇼핑 중지! 중지 시작! 할렐루야!"라고 울부짖는다. 빌리 목사는 연극배우로서 실패하고 웨이터로서 좌절한 후에 뉴욕에서 '쇼핑 중지 교회'를 창시했는데, 세계 각지에 추종자들이 생겨났다.

롤스로이스

1980년대에 갈렌 백작의 SMH 은행이 세상을 떠들썩하게 하며 도산했을 때, 그 피해를 입지 않은 소수의 독일 은행들 가운데 하나가 코머츠방크였다. 오랫동안 코머츠방크의 중역을 역임한 파울 리히텐베르크는 그 이유를 아주 간단하게 설명했다. "나는 시내에서 롤스로이스를 타고 다니는 사람에게는 절대로 돈을 빌려 주지 않습니다."

마 누 팍 툼 Manufactum

필요한 사람은 아무도 없는 대신 무척 비싸고(진동의 세기가 표시되는 수동식 커피 분쇄기처럼), 주변의 허섭스레기 세상에 저항했다는 감정을 심어 주는 '옛날 호시절'의 물건들이 존재하는 이상적인 백화점.

마 르 벨 라 Marbella

과거에 상류 계층이 모여 놀던 장소들 중에서 맨 먼저 앞장서서 일관성 있게 상스러워지는 길을 걸은 곳은 마르벨라이다. 심지어 1980년대만 해도 멸시받았던 부유한 아랍인들마저 이제 그곳을 등지고 있다. 그동안에 생모리츠나 생트로페 같은 곳들도 마르벨라의 뒤를 바짝 쫓았다. 이런저런 비슷한 장소에서 아직도 우아한 것이 남아 있다면, 그것은 오로지 종업원과 고용원들이다.

목 욕 용 품

곤란하게도 호텔에 묵어야 하는 사태가 발생하는 경우에 목욕 용품 재고를 효과적으로 늘릴 수 있다. 호텔에서 유일하게 이것만큼은 슬쩍해도 별문제가 없다. 이왕 말이 나온 김에 덧붙이면, 호텔 업계에서 제일 두려워하는 절도범들은 네덜란드인들과 영국인들이다. 그들은 나사로 단단히 고정되어 있지 않은 것은 무엇이든 슬쩍한다는 평판을 받고 있다. 그에 비해 목욕 용품을 가져가는 정도는 너무 지나치지만 않으면 대부분 너그럽게 눈감아준다.

무 보 수 명 예 직

아주 확실하게 불행해지는 방법 하나는 끊임없이 자신의 건강과 안부를 염려하는 것이다. 최고의 라이프 스타일 비결은 그와 반대로 이따금 자신을 무시하고 다른 사람들을 돌보는 것이다. 예를 들어, 몰타기사단 소속 자원봉사단은 도움을 필요로 하는 가난한 이들을 위해 일할 사람을 찾는다. 이를테면 병든 외로운 사람들의 집을 찾아가 도와주는 것이다(www.malteser.de). 무보수 명예직에 관심 있는 사람은 www.gute-tat.de에 문의하라.

미 네 랄 워 터

새로운 생활 방식의 엘리트들, '로하스Lohas'('건강과 지속 가능성을 고려한 생활 방식 Lifestyle of Health and Sustainability'의 약자) 족은 그들 선구자의 선구자들인 여

피족이 샴페인을 가지고 번잡을 떨었던 것과 비슷하게 지금 미네랄워터를 가지고 소란을 피운다. 미네랄워터 속물들은 일본 상표 '로코노'를 애호한다(베를린의 아들론에서 로코노 한 병은 거만하게 62유로 한다). 미네랄워터의 본거지는 미식 전문가들에게 높이 평가받는 '로바트', '하일랜드 스프링스', (밸모럴 성에서 마시는) '디사이드 내추럴 미네랄워터', '피오나' 같은 상표들의 본고장 스코틀랜드이다. 최초로 독일 미네랄워터 안내서를 집필한 마르틴 슈트리크는 어떤 미네랄워터가 세계에서 가장 뛰어나냐는 질문을 받고서, '슈타틀리히 파힝겐'이라고 대답했다. "그것은 미네랄워터계의 벤츠입니다." 광물 함유량이 1리터당 2.97그램에 이르는 그 미네랄워터에는 정말로 뚜렷하게 건강을 증진시키는 효과가 있다.

백 화 점

그럭저럭 봐줄 만한 백화점은 오직 책에만 존재한다. 예를 들어 에밀 졸라가 묘사한《여인들의 행복 백화점》의 백화점이 그런 경우이다. 1883년 출간된 동명의 책을 읽은 사람은 그 순간부터 실제로 존재하는 모든 백화점을 오직 경멸할 수밖에 없을 것이다.

벼 룩 시 장

호주머니 사정은 가벼워지는데 취향은 뛰어난 사람들에게 마드리드의 F. 라스트로는, 베를린의 크바르티어 206이나 뉴욕의 버그도프굿맨 같은 고급 백화점이 벼락부자들에게 하는 역할을 한다. F. 라스트로는 일요일 오전마다 열리며 조금 구석진 곳에 있다. 그곳까지 가는 길은 다음과 같다. 푸에르타 델 솔에서 카르테라스 거리를 지나 카스코로 광장 방향으로 가라. 베나벤테 광장을 가로질러 콩데 데 로마노네스 거리와 두케 데 알바 거리를 따라가면 카스코로 광장에 이르는데, 그 남쪽 끝에 라스트로 광장이 있다.

보 석

살바도르 달리의 말에 따르면, 보석을 지극히 업신여기는 능력을 가진 부인들만이 몸에 지닐 수 있다.

복 지 국 가

튀빙겐 대학교의 어느 교수가 우리 복지국가에 사는 사람들의 정신 상태를 규명하기 위한 실험을 했다. 그 교수는 학생들을 레스토랑에 초대해놓고 말했다. "맥주하고 포도주, 물은 내가 책임질 테니, 나머지는 각자 알아서 하게나." 그래서 학생들은 그 레스토랑에서 제일 값싼 음식을 선택했다. 그 교수는 일주일 후에 또다시 학생들을 초대했다. 그러나 이번에는 이렇게 말했다. "오늘은 우리 모두 음식값을 공동으로 부담하는 게 어떻겠나?" 그 결과는 메뉴 위에서부터 아래까지 모든 음식이 테이블에 올랐다. 그 자리에 참석한 사람들로서는 당연한 반응이었다. 모두가 공동으로 음식값을 부담하는데, 무엇 때문에 몸을 사린단 말인가? 이런 식이라면 복지국가가 잘될 리 없다.

비타민 정제

지구의 서반구 주민들 가운데서, 비타민은 결핍되고 지방질은 과다한 식생활을 비타민 정제를 통해 보충하려는 사람들이 점점 늘어나고 있다. 누구보다도 북아메리카의 주민들이 단연 월등하게 많은 비타민 정제를 삼킨다. 우리의 간장이 과잉 비타민을 재빨리 추출해서 소변 고속도로를 통해 배출하는 특성을 가진 탓에, 세계에서 가장 값비싼 소변은 미국 사람들의 소변이다.

사회적으로 취약한

이 말은 아주 조악한 개념이다. 이 개념을 빌려 가난한 사람들을 중상모략할 뿐 아니라, 그들에게 인간관계가 부족하거나 사회적인 능력이 뒤떨어진다고 무고한다. 그런데 타우누스의 은행가 동네나 뮌헨 그륀발트의 흉물스러운 저택 담장 너머에서 많은 고독한 은행가 부인들을 볼 수 있다. '사회적으로 취약한'이라는 말은 그들에게 더 잘 어울릴 것이다. 아니, '사회적으로 고립된'이나 '사회적인 장애가 심한'이라는 표현이 대개는 더 적절할 것이다.

상어 알

"Confiture de poisson(생선 잼)." 루이 15세는 이렇게 욕하며 성난 표정으로 철갑상어 알을 내뱉었다.

샴페인

저 품질의 포도로 빚는 프랑스의 탄산 함유 포도주. 그러므로 빙점에 가깝게 차가운 상태에서만 마실 수 있다. 그래서 샴페인의 매력은 맛이 아니라(1978년도산 샴페인이 든 잔을 손에 들고 있을 때는 예외이다), 병뚜껑을 따는 의식이다. 펑 소리 요란하도록 천천히 뚜껑을 따면 "와!" 커다란 함성이 인다. 그러나 이제 바야흐로 도래하는 시대의 진정으로 사치스러운 음료는 미네랄워터이다.

서비스의 황무지

흔히 독일을 서비스의 황무지라고 말한다. 그런데 우리는 서비스를 돈으로 살 수 없는 나라에 살고 있다는 것에 자부심을 느껴야 할 많은 이유가 있다. 복지 수준이 전반적으로 극히 낮은 나라에서만 팁으로 나긋나긋한 태도를 살 수 있다. 오직 우리가 종업원들에게 돈을 주기 때문에 종업원들이 우리한테 굽실거리는 것이 아니라면, 그것은 문명이 진보했다는 증거이다.

식객

1980년대 뮌헨에는 외국 문화 재단들의 모든 강연회에 빠짐없이 참석하고 다과회에 항상 맨 먼저 모습을 나타내는 이른바 대공이 한 명 있었다. 그를 모르는 사람이 없었으며, 다들 빙긋이 웃으며 못 본 척 내버려두었다. 그는 두루두루 이탈리아인, 스페인인, 프랑스인 들의 도움으로 살았다. 독일에서 예의범절이 땅에 떨어지는 것을 진지하게 여긴다면, 문화와 사회에 기식하는 기교를 다시 부활시켜야 한다.

신문

미셸 우엘벡의 소설 《플랫폼》의 주인공은 오로지 신문의 경제란만 읽는다. 경제 뉴스가 세계에서 일어나는 중요한 사건들을 무엇보다 잘 발췌하여 보여준다고 확신하기 때문이다. 그렇다면 가난해지는 사람들에게 가장 적당한 신문은 브뤼셀에서 발행되는 《월스트리트 저널》 유럽판일 것이다. 이 신문은 경제와 금융의 세계에서 일어나는 황당한 사건들에 대해서, 따라서 우리의 삶에 대해서도 《타게스차이퉁》과 《슈피겔》을 합친 것보다 더 많이 알려준다.

아이튠즈 뮤직 스토어

잠재적인 거대한 음반 가게. 애플 이용자들에게 주어진 돈을 쓸 수 있는 무척 효과적인 가능성. 책상에 앉아서 권태로우면, 아이튠즈 뮤직 스토어의 스위치를 눌러 노래를 한 곡 컴퓨터에서 다운로드한다. 한 곡에 99센트. 그런 식으로 자신을 — 그리고 시내의 음반 가게를 — 희희낙락하며 단시간에 망가뜨릴 수 있다.

아탁 ATTAC

실로 통찰하기 어려운 '세계화'라는 현상에 저항하며 약간 호감을 불러일으키는 고소득자 자녀들의 연합. 이들은 소비 지향적인 태도의 개선을 주창하고 국제적인 대기업에 맞서 투쟁한다. '낫위스트', '슬럿', '언더월드'가 사운드트랙을 제공한다.

알 디 Aldi

시류를 의식한 변호사 부인들의 쇼핑 천국. 이곳에서 그들은 일반 대중들과 뒤섞여, 자신들이 특별하지 않다는 것을 보여주려 한다.

LVMH (세계적인 패션 업체 루이비통 모에 에네시)

대량 상품을 생산하면서 고객들에게 독특한 명품이라고 필사적으로 약속하려 드는 프랑스 대기업. 그러나 중국과 베트남에서 생산되는 완벽한 모조품 덕분에 그 효력이 없어진 지 이미 오래이다.

여 왕

영국 여왕 엘리자베스 2세가 우아하게 가난해지는 기교를 애용하는 사실을 아는 사람은 많지 않다. 여왕이 아침 식사로 슈퍼마켓에서 구입한 콘플레이크를 먹고 뮤즐리가 은그릇이 아니라 플라스틱 그릇에 담겨 있는 사실이 경솔한 집사 탓에 세상 사람들에게 알려졌을 때, 영국의 속물들은 고개를 절레절레 저었다. 우리의 영광스러운 여왕 만세!

오사마 빈 라덴

아랍 국가들에서조차 금욕에 대한 생각이 달라졌다. 얼마 전까지만 해도 체면을 유지하려면 몸이 최소한 어느 정도 풍만해야 했다. 이집트의 파룩 왕은 왕위를 물려받았을 때, 몇 달 동안 국민들이 보지 못하도록 몸을 숨겨야 했다. 국민들 앞에 몸을 나타내기 전에 먼저 마른 몸에 살부터 찌워야 했다. 그렇지 않았더라면 아무도 왕을 존경하지 않았을 것이다. 적이 마음 불안한 소리로 들리겠지만, 오늘날 아랍 세계에서는 금욕적인 오사마 빈 라덴이 스타일의 우상으로 간주된다. 오사마 빈 라덴의 신화는 무엇보다도 그가 아주 소박하게 산다는 사실에 기인한다.

옷

가능한 한 옷차림에 신경을 쓰지 않으면서, 옷차림에 전혀 신경을 쓰지 않는 듯 보이려고 애쓰는 티가 나지 않는 방법은 없을까? 애플의 스티브 잡스는 이런 방법을 택한다. 검은 티셔츠 한 무더기와 똑같은 청바지 열두어 개를 한 번에 구입해서는 날마다 같은 모양의 옷을 입는 것이다.

외국인에 대한 적대감

외국인에 대한 두려움은 경제 위기를 통해서, 무척 보기 흉측하지만 사회적으로 인정받을 수 있는 듯 보이는 국면에 접어들었다. 이웃 '저임금 국가'의 노동자들에 대한 두려움. 그러나 우리의 숭고한 사회 원칙을 진지하게 여긴다면, 우리는 나누는 법을 배워야 한다. 그리고 독일 국경 너머에서 일어나는 일들은 우리와 전혀 상관없으며, 예를 들어 체코의 가정은 니더바이에른의 가정보다 노동과 생계에 대한 권리가 적다는 환상과 작별을 고해야 한다.

요트 항해

요트 소유주들의 가장 큰 문제는 많은 유지비나 뱃멀미에 시달리는 요리사가 아니라 손님들이다. 소유주들이 더 부유할수록 딜레마는 더 커진다. 요트도 더 커져서 더 많은 사람을 태워야 하기 때문이다. A급 손님들은 문제가 안 된다. 그들은 나름대로 휴가 장소나 배에 대처할 줄 알며, 스스로 활기차게 보내려고 노력하기 때문이다. B급의 범주에 드는 사람들(배우들이나 톱 모델들)은 대부분 스케줄로 꽉 차 있다. C급은 본업이 손님인 사람들이다. 이들이 많은 여행을 다니는 탓에 교양이 있다고 생각하면 오산이다. 요트를 타고 지중해에서 흑해까지 갔다 온 부인에게 묻는다. "다르다넬스를 보셨습니까?" 그 부인이 대답한다. "그럼요. 그 사람들 집에 초대까지 받았는걸요. 정말 매혹적인 사람들이에요!"

재스민 차

가난해지는 사람들이 건강을 의식하는 경우에 이상적인 음료수. 모든 아시아 식품점에서 저렴하게 구입할 수 있고 맛도 아주 뛰어나다. 게다가 재스민 차는 플라보노이드를 다량 함유하고 있어서 다른 어느 차보다 월등히 건강에 좋다.

전당포

전통적으로 중고품 가게와 더불어 전당포는 가난해지는 사람들을 위한 중요한 사회제도 가운데 하나이다. 그러나 대부분 전당포의 단점은 당연하지만 고객들의 재정적인 어려움을 악용하려 든다는 것이다. 파는 사람들뿐 아니라 사는 사람들도 좋은 평판을 누리는 유일한 전당포는 유럽 최대의 경매장이기도 한 빈의 도로테움이다. 도로테움에는 곤경에 처한 뚜쟁이의 롤렉스 시계에서부터 거덜 난 세계 일주 여행자의 박제 캥거루에 이르기까지 없는 게 없다. 도로테움에 물건을 가져가는 사람은 정중한 대접을 받고, 또 가져간 물건에 대해 항상 적절한 대가를 받는다. 경매는 월요일에서 금요일까지는 오후 두 시부터,

그리고 토요일에는 오후 열 시부터 열린다.

중고 의류 가게 Second-Hand-Laden

취향은 고상한데 형편이 넉넉하지 못한 부인들은 원칙적으로 유명 디자이너 의상을 헌옷 가게에서만 구입한다. 독일 최고의 헌옷 가게 중 하나인 '세컨드 핸드 아겐투어'는 뮌헨 지게스슈트라세 20번지에 있다. 뮌헨의 모든 속물 사회, 적어도 스타일을 아는 속물 사회는 그곳에서 옷을 구입하고, 또 필요 없는 옷은 체면 차릴 것 없이 그곳으로 가져간다. 막시밀리안슈트라세의 값비싼 의류 가게에서 옷을 충원하는 사람이 있으면, 뮌헨의 점잖은 부류들은 경멸 어린 미소를 짓는다. 취리히의 격조 높은 사회는 '야스민'(제펠트슈트라세 47)에서 옷을 사고판다.

지하철

어처구니없게도 대중교통 수단을 우습게 보는 태도를 이미 프랭크 시내트라가 비꼬았다. "지하철에서 만원이라고 불리는 것이 나이트클럽에서는 기분 좋은 친밀함이라고 일컬어진다."

집사

유능한 집사에게는 주인을 다스리는 특성이 있는 탓에 집사를 부리지 않는 것이 사치이다. 말버러 가문 최후의 공작은 집사에게 너무 의존한 나머지, 한번은 집사를 대동하지 않고 여행을 떠났는데 칫솔에서 저절로 거품이 일지 않아 의아하게 생각했다. 스스로 자신의 집사가 되는 편이 가장 좋다. 스스로를 위해 침대로 음식을 나르고, 또 스스로를 위해 자신을 장보러 보내라. 비용과 짜증을 절약할 수 있다.

채무 상담

소비 지향 사회는 우리 가운데 많은 사람들을 채무의 함정에 빠뜨렸다. 그러나 물론 그 함정에서 벗어날 길은 있다. 예를 들어 어떤 법률도 재정적으로 곤란한 시기에 보험 계약금이나 상환 계약금을 계속 지불하라고 강요하지 않는다. 불입하는 계약금 액수를 줄이거나 아니면 일시적으로 아예 중단할 수 있다. 이런 문제와 관련하여 조언을 구할 수 있는 아주 적절한 시설은 채무 상담소이다.(→ 개인 파산)

카 르 티 에

한때는 파리의 이름 높은 보석상이었다. 현재는 러시아의 고위 정치가들이나 VfL 보훔 프로 축구선수들의 부인들을 위해 조야한 상품을 터무니없이 비싼 가격으로 대량생산한다.

코 카 인

도매상인들이 이익을 높이려고 값싼 암페타민을 점점 더 많이 섞는 탓에, 20년 전부터 유럽에서 그 품질이 계속 하락하는 고가의 흥분제. 아직도 코카인을 소비하는 사람은 1980년대에서 영영 벗어나지 못한 사람이다.

포 틀 래 치

자신의 소유물을 가능한 한 많이 선물함으로써 사회적인 신분을 증명하는 북아메리카 인디언 종족들의 옛 관습. 가장 많이 주는 사람이 가장 고매한 사람이다.

필 하 모 니

가난해지는 사람이 고상한 취향을 가졌다면 베를린 필하모니는 하루 저녁을 보낼 수 있는 단연 최고의 장소이다. 연주회 입장료는 대개 적당한 편이다. 필하모니 사정에 밝은 사람은 휴식 시간을 이용하여, 음악가들을 위한 출입구를 통해 슬쩍 무대 뒤로 잠입하여 가격이 아주 저렴한 카페테리아에 머무를 수 있다.

한 계 효 용 체 감 의 법 칙

일정한 복지 수준에 이르면 소유가 늘어나도 생활의 질이 더 이상 향상되지 않는 경제 현상. 이런 사례 연구가 있다. 페터 H.는 출세의 사다리를 타고서 높이 올라섰으며, 지출보다 소득이 훨씬 더 많다(무엇보다 돈을 쓸 시간이 전혀 없기 때문이다). 값비싼 양복이나 뉴욕으로의 짧은 여행, 그 밖의 무엇이든 얼마든지 원하는 바를 이룰 수 있다. 그러나 지금은 아무리 소원을 이루어도 소원을 이루기 위해 절약하던 옛날보다 더 재미가 없다고 본인 스스로 당황하여 인정한다.

헬 스 클 럽

최고의 헬스클럽은 집 앞의 공원이다. 입회비가 전혀 없을뿐더러 악취 나는 탈의실에서 근육 강장제로 연명하는 주유소 주인들과 함께 옷을 갈아입을 필요도 없다. 그 대신에 공원에서는 신선한 공기를 무료로 마음껏 들이마실 수 있다. 게다가 대다수의 헬스클럽 회원증은 거의 사용되지 않는다. 독일에서는 해마다 이런 방식으로 약 3억 유로가 낭비되는데, 이 액수는 몽골의 국민총생산과 거의 맞먹는다.

호 텔

거의 모든 웬만한 도시에는 이른바 고급 호텔과 더불어 훨씬 더 우아하고 저렴하게 묵을 수 있는 근사한 집들이 있다. 빈의 하숙집 '페르치'나 호텔 '쾨니히 폰 웅가른', 파리의 '베드퍼드', 그리고 물론 런던의 '더 고어'. 그러나 진짜 전문가들은 낯선 도시에서 친구 집에 묵거나 가구가 딸린 집을 세낸다. 단 며칠만 묵는 데도 그런 집을 세낼 수 있다. 그런 집에 대한 정보를 얻을 수 있는 곳은 다음과 같다.

www.apartmentservice.com

www.furnishedquarters.com

www.urbanstay.com

화 이 트 티

커피와 블랙 티를 중국의 비밀 특효약 화이트 티로 대신할 수 있다. 화이트 티는 준비가 아주 간단하다. 오직 뜨거운 물로 이루어져 있기 때문이다. 그 밖에 정말로 아무것도 필요하지 않다. 그런데 맛은 아주 일품이다. 화이트 티는 아유르베다에서 병을 치유하는 음료로 간주된다. 또한 미지근하거나 차갑게 마셔도 맛이 뛰어나다는 장점이 있다. 화이트 티는 너무 진하거나 약한 법이 결코 없으며, 번잡스럽게 차 봉지를 만지작거릴 필요도 없다.

◆
옮긴이의 말

어느 날 갑자기 불운이 닥쳐서 그동안 안락한 삶을 보장했던 돈이 우리 곁을 떠난다면, 우리는 어떻게 현명하게 대처할 것인가? 예측 불가능하게 엉킨 현대사회를 살아가는 우리 모두에게 이런 일은 언제든지 일어날 수 있다. 이처럼 뜻밖에도 안정된 삶의 문 밖에 서게 되면 누구나 당황하고 혼란에 빠지기 마련이다. 그럴 때 우리는 어떻게 품위를 잃지 않고서 의연하게 위기를 극복할 수 있는가.

알렉산더 폰 쇤부르크는 이 책에서 자신이 몸으로 겪은 체험을 바탕으로, 돈 없이도 풍족하게 살 수 있는 법, 우아하게 가난해지는 방법을 설득력 있게 제안한다. 저자는 이미 500년 전부터 영락의 길을 걷고 있는 귀족 집안의 후예로서 어린 시절부터 가난해지는 기술을 몸에 익힌 데다가 뜻하지 않게 실직자 신세로서 삶을 헤쳐나가게 되면서 이 방면에 직접 많은 경험을 쌓았다. 그러니 "오늘날과 같은 시대에 가난해지면서도 부유하게 느낄 수 있는 방법에 대해 당연히 몇 가지 조언을 할 수 있지 않"겠냐고 말한다.

가난한 부자들과 부유한 빈자들, 행복을 돈으로 살 수 없으며 삶의 행복은 물질적인 것에 좌우되지 않는다, 물질적인 것들을 포기함으로써 오히려 풍성한 삶을 누릴 수 있다, 빈곤과 부는 언제나 상대적인 것이며, 인생의 척도를 외부 세계가 아니라 내면에 두어야 평온에 이를 수 있다. 사실 이런 말들은 전혀 새로운 것이 아니다. 고대사회에서 산업혁명을 거쳐 현대 문명사회에 이르기까지, 특히 번영의 시대가 위기에 직면할 때마다 이런 외침이 드높았다. 그러나 이 책은 현대 자본주의사회의 관점에서, 사회를 다방면으로 진단하고 비판하면서 현 실정에 맞게 구체적으로 이런 문제를 풀어나가는 데에 의의가 있다.

이런 점에서 이 책은 실용적인 삶의 철학을 제시한다. 물질적인 풍요와 더불어 정신적으로 빈곤해지는 현대 자본주의사회에서 인간은 은연중에 소비 산업과 광고에 의해 소비를 강요받고 세뇌당한다. 자칫 깊은 생각 없이 주변의 영향과 일시적인 유행에 휩쓸려 돈을 낭비하는 경우가 많다. 그러다 보면 스스로 깨닫지 못하는 사이, 직접 선택하기보다는 선택을 강요당하는 소비 산업의 노예로 전락할 뿐 아니라 심한 경우에는 물질문명에 중독되어 만사를 물질적인 척도에 맞추어 판단한다. 그러다 불시에 허리띠를 졸라매야 하는 상황에 처하게 되면, 걷잡을 수 없이 흔들릴 수 있다.

여기에서 쇤부르크는 무엇보다도 '포기의 호사'에 대해 역설한다. 삶의 군더더기, 불필요한 것을 포기하고 자신에게 진정으로 소중한 것을 인식하고서 집중적으로 즐기게 되면 기쁨을 극대화시킬 수 있다는 것이다. 따라서 소비의 강요로부터 해방되고 상대적인 빈곤에서 벗어나 진실로 삶을 우아하게 즐길 수 있으며, 이것이야말로 물질 만능 주의에 젖은 사람은 즐길 수 없는 진정한 사치라고 강조한다. 즉 진정한 호사는 물건들을 소유하는 것이 아니라 포기할 수 있는 것에서 출발한다. 우리 선조들의 지혜 '안빈낙도安貧樂道'를 현대 서구 사회의 관점에서 풀어내었다고 볼 수 있다.

물론 이것은 쉬운 일이 아니다. 포기의 의의를 깨닫고서 의도적으로 자유롭게 기꺼이 포기해야 한다. 상황에 몰려 어쩔 수 없이 포기하는 경우에는 상실감만 더할 뿐이다. 그러나 현대 자본주의 시대에서는 누구든 언젠가는 가난해질 위험이 있는 데다가, 비록 절약해야 하는 상황에 직면하지 않더라도 풍요의 시대에 물질의 노예가 될 위험은 항시 존재한다. 적은 것으로 풍족을 일구어내며 삶을 즐길 필요성, 우아하게 가난해질 필요성을 인식한 사람은 시대를 앞서가는 선구자라고 할 수 있다.

쇤부르크는 현대사회에 대한 날카로운 해부와 신랄한 비판을 토대로, 고급 자동차와 유명 브랜드 의상 열병에서부터 음식과 외식 문화, 건강과 지나친 몸매 관리, 여행, 오락, 문화생활, 자녀 교육, 휴가 여행 등 우리 사회의 주요 관심 분야에 걸쳐 구체적으로 우아하게 가난해지는 비결과 방법을 소개한다. 예를 들어 외식은 완전히 소시민적인 것이고, 휴가는 사람을 아둔하게 만들고, 물질의 풍요는 우리의 아이들을 행복하게 해주지 않는다. 그러니 이런 것들을 기꺼이 포기할 수 있으며, 또 포기하는 것이야말로 현명하지 않겠는가라고.

'우아하게 가난해지는 법'은 소비주의에 젖어서 살아가는 우리 현대인들에게 자신을 돌아볼 수 있는 기회를 제공하고, 내적으로 윤택한 삶을 영위할 수 있는 길을 제시한다. 풍요와 궁핍이 공존하는 시대에 갑자기 허리띠를 졸라매야 하는 사람들을 위한 책이면서, 동시에 물질 만능 주의의 유혹에서 벗어나 스스로를 지키며 여유 있고 우아하게 살아가고자 하는 사람들을 위한 실용적인 조언서라 할 수 있다.

폰 쇤부르크씨의 우아하게 가난해지는 법

초판 1쇄 발행 | 2013년 6월 7일
초판 8쇄 발행 | 2018년 1월 15일
개정판 2쇄 발행 | 2021년 10월 17일

지은이 | 알렉산더 폰 쇤부르크
옮긴이 | 김인순
펴낸이 | 이은성
펴낸곳 | 필로소픽
편집 | 김은미, 김무영, 김지은
디자인 | 이윤진, 방유선

주소 | 서울시 동작구 상도동 206 가동 1층
전화 | (02) 883-3495
팩스 | (02) 883-3496
이메일 | philosophik@hanmail.net
등록번호 | 제379-2006-000010호

ISBN 979-11-5783-154-8 03850

필로소픽은 푸른커뮤니케이션의 출판브랜드입니다.

이 도서의 국립중앙도서관 출판시도서목록(CIP)은 서지정보유통지원시스템 홈페이지(http://seoji.nl.go.kr)와 국가자료공동목록시스템(http://www.nl.go.kr/kolisnet)에서 이용하실 수 있습니다.(CIP 제어번호 : CIP2019024975)